Rebellischer Vampir
Rebellin aus der Anderswelt

Brogan Thomas

ÜBERSETZT VON
Lisa Gröpper für Literary Queens

Ebook ASIN: B0D8G56DNP
Taschenbuch ISBN: 978-1-915946-49-2
Gebundene Ausgabe ISBN: 978-1-915946-50-8

Umschlaggestaltung von Melony Paradise

Übersetzt von Lisa Gröpper

WWW.BROGANTHOMAS.COM

EIN URBAN-FANTASY-ROMAN
REBELLISCHER VAMPIR
REBELLIN AUS DER ANDERSWELT
BROGAN THOMAS

Für meinen Ehemann

Kapitel Eins

Ich bereue meine Lebensentscheidungen, als ein fleckiger, orange-roter Tentakel nach meinem Kopf schlägt. Ich ducke mich und weiche geschickt aus, gerade als ein weiterer Tentakel hervorschießt, nach meiner Wade langt, sich um mein Bein windet und es quetscht. Ich verziehe das Gesicht dabei.

Puh, das ist ein verdammt fester Griff. Es zieht. *Au.* *Aua!* Mit einem dumpfen Aufprall lande ich auf dem Asphalt.

Mein Unterschenkel verkrampft sich und die raue Oberfläche der Straße schält die Haut von meinem Rücken, während mich das Monster über die Straße und auf das Portal zu schleppt. Mit zusammengebissenen Zähnen spanne ich meine Bauchmuskeln an, drücke den Absatz meines linken Stiefels in die Straße, und meine rasante Fahrt kommt abrupt zum Stehen, als mein Fuß ein passendes Schlagloch findet.

Ich danke dem Schicksal für den schlechten Zustand der britischen Straßen.

Ich zücke ein Messer und schiebe die flache Seite so vorsichtig wie möglich zwischen mein Bein und das klebrige Glied.

Es ist wirklich klebrig.

Die Muskeln in meinen Unterarmen spannen sich an, als ich das Messer mit beiden Händen zur Seite ziehe und mich losreiße. Ich rolle mich auf die Seite und stehe auf. Die Hände in die Hüften gestemmt, atme ich kurz durch. Ich lasse meine Zunge gegen meinen Gaumen schnalzen. Igitt. Ich kann das außerirdische Wesen schmecken, so stark ist sein salziger Geruch. Ekelhaft.

Den Mund voller Galle schiebe ich das Messer weg, schaue über die Schulter und lächle dem Land Rover zu, um den jungen Insassen zu zeigen, dass ich alles unter Kontrolle habe.

Nein, nein, hier gibt es keine Probleme.

Die Kinder der Feen sind aufgestanden, in ihre Mäntel gehüllt, und alle drei drücken sich die Nasen an der Heckscheibe des Defenders platt.

Page, die Jüngste, winkt mir aufmunternd zu.

Ich winke zurück.

Jeff mit seinen großen Augen grinst mich an, dann verzieht er das Gesicht, als Novel, der Älteste, ihm ein wenig Popcorn aus der Hand reißt und es nach und nach in den Mund steckt. Er schreit, es gibt ein Handgemenge, und es sieht aus, als ob ... ja, er schleckt genüsslich an dem restlichen Popcorn, das er noch in der Hand hat.

Eigentlich sollten die Snacks nur im Kino gegessen werden.

Mein Blick schweift von den Streichen der Kinder ab, während ich die stille Straße absuche und das Portal mit seinen wackelnden Tentakeln von der Seite betrachte. Mir wird elendig übel. Das Portal ist groß genug, um den ganzen Defender zu verschlingen.

Ich blicke zurück zu den Kindern. Das war knapp. *Sie hätten sterben können.*

Wir waren auf dem Weg ins Kino, um den neuesten Kinderfilm zu sehen, den man angeblich gesehen haben muss. Als wir an der Bushaltestelle und den Neubauten links vorbeifuhren, zeigte der Scheinwerferkegel, dass der Asphalt vor uns gefroren war und die Straße unter der Brücke wie Diamanten glitzerte. Glatteis? Ich nahm den Fuß vom Gas. Der Land Rover wurde langsamer, die Straße vor uns brach auf und verschwand.

Ich trat voll auf die Bremse und wir verfehlten das Portal um Haaresbreite.

Nachdem ich den Land Rover in sicherer Entfernung geparkt, eine Hexe zum Schließen des Portals gerufen und die Straße mit einem provisorischen Schutzzauber abgesperrt hatte, kamen die Tentakel hervor.

Ha!

Tentakel.

Ich wische mir übers Gesicht, während ich mir eine Lösung überlege, die nicht darin besteht, dass ich mich wieder einem Außerirdischen persönlich aussetze. Mir fällt nichts ein. Die Zaubersprüche, die ich habe, sind nutzlos. Ich kann ihn damit nicht eindämmen, denn das würde das ohnehin instabile Portal destabilisieren.

Ich rümpfe meine Nase, als ich einen weiteren Atemzug der stinkigen Luft nehme. Ich fülle meine Lungen mit dringend benötigtem Sauerstoff, schwinge die Arme, rolle die Schultern und widme mich mit grimmiger Entschlossenheit wieder meiner Aufgabe.

»Gut, dann los. Ich schaffe das schon.« Ich reibe meine Hände über die Jeans und kneife die Augen zusammen. *Verdammt, sind da noch mehr Tentakel?* In meinem Kopf – damit ich nicht ausflippe – habe ich mich davon überzeugt, dass dieses Wesen ein größerer, außerirdischer Cousin unserer Kraken ist.

Ich habe mein Schwert im Auto, ich könnte ihn in kleine Stücke hacken, wenn ich wollte, aber … ich will ihm nicht wehtun. Ich mag Kraken.

Ich grunze, und mein von Tentakeln gequetschtes Bein pocht, als ich einen Sprung aus dem Lauf heraus mache und mich auf das Wesen stürze. Ich habe so viel Spaß. Ein manisches Grinsen umspielt meine Lippen. Mit vollem Körpereinsatz ramme, schiebe und drücke ich ihn in das Loch im Asphalt.

»Das ist doch nur eine riesige, knuddelige Krake.« Aha. Ein Tentakel entwischt und schlägt mir ins Gesicht. Ein Saugnapf reißt mir die oberste Schicht der Haut von der Wange. Autsch.

»Ich glaube, ich nenne ihn Fred.« Ich schubse Fred noch einmal mit meinem ganzen Körper. »Geh zurück in das verdammte Portal, Fred.«

Mit vollen Händen und brennendem Gesicht gebe ich der Kreatur einen letzten gezielten Stoß und sie schlängelt sich zurück in die Dunkelheit. Ja! Ja! Ich krabble schnell aus dem Weg.

»Jetzt!«, rufe ich der Hexe zu, die am Tor wartet.

Sie schnaubt und scharrt mit den Füßen.

Mann! Jetzt mach schon, Ethel.

Ihre Magie beginnt, die Straßenlaternen werden schwächer und mit einer schnellen Bewegung aus dem Handgelenk trifft mich Ethels Kraft.

Uff. Die Magie brennt. *Au! Au! Au!* Ich fühle mich, als hätte man mich mit Schmirgelpapier der Körnung vierzig abgerieben. Als wäre ich in der Mikrowelle gewesen. Ich schmecke Blut im Mund.

Autsch. Echt toll.

Mit zusammengebissenen Zähnen schlucke ich den Schmerz hinunter und der Schmerz verwandelt sich in Wut. Sie hätte mich nicht so hart treffen müssen. Meine Hand zuckt zum Messer, der Drang, die Klinge in der Hexe zu versenken, ist fast wie ein lebendiges Wesen in mir. Ich habe die »Du hast mich verletzt, ich werde dich noch mehr verletzen«-Mentalität im Griff. Das ist mein Mantra.

Wieder bebt mein Atem vor Schmerz und meine Hand zittert, als ich das Messer zurück in die Halterung am Oberschenkel schiebe. *Nein. Ich darf keine Dummheiten machen.* Die Hexe zu töten ist den Papierkram nicht wert. Ich beiße mir auf die Zunge, um nicht zu fluchen, und blinzle schnell mit meinen verschwommenen Augen, um mich auf das Portal zu konzentrieren.

Ah, ich sehe, dass ein Teil ihrer Magie es geschafft hat. Ich beobachte, wie sich das illegale Portal schließt. »Auf Wiedersehen, Fred.«

Ich sacke zusammen. Die Hände im Schoß beuge ich mich vor.

Aus den Augenwinkeln sehe ich ein entschlossenes

saphirblaues Wesen mit einem Kreidestift über der Schulter davonschleichen. Story. Ihre hauchdünnen rosé-goldenen Flügel flattern, während sie herumflitzt und einen komplizierten Kreis um die nun beschädigte Ley-Linie zieht, um sicherzugehen, dass sie sich nicht wieder öffnen kann.

Ich sacke noch etwas mehr in mich zusammen. Die vereiste Straße sieht sehr gemütlich aus. Am liebsten würde ich mich schweißgebadet und erschöpft auf den Boden fallen lassen und schlafen, aber ich tue es nicht. Ich kann nicht. Denn die Kinder schauen zu.

Juhu. Ich habe so viel Spaß.

Ja, genau das wollte ich an einem Freitagabend machen: mit einem außerirdischen Kraken ringen und mir von einer rachsüchtigen Hexe die Haut verbrennen lassen. Ich schüttle den Kopf. Mein Rücken knackt, als ich mich aufrichte und meine professionelle Maske wieder aufsetze.

Ich wollte doch nur einen Abend frei haben. Ist das zu viel verlangt?

Ich betaste die runde Wunde in meinem Gesicht und verziehe das Gesicht. Ich muss mich bewegen. Mein Körper fühlt sich an wie ein einziger blauer Fleck. Ich habe Kratzer und Abschürfungen und meine arme Haut brennt noch von dem Zauber. Der Schmerz macht mich wütend. Am liebsten würde ich Ethel in ihr selbstgefälliges Gesicht schlagen.

Der Dämonenkuss – das königliche Paarungsmal auf meinem Handrücken – pocht seit einer Stunde. Kleric ist besorgt. Ich versuche, ihn zu ignorieren. Der Dämonenkuss pocht immer heftiger. Er juckt. Ich stöhne, balle die Hände zu Fäusten und reibe den Handrücken an meiner Jeans.

»Verpiss dich!«, denke ich – und entschuldige mich kurz darauf in Gedanken.

Im vergangenen Monat habe ich einen Weg gefunden, Kleric zu blockieren. Ich habe gelernt, eine Mauer, eine Hülle um meinen Geist zu bauen. Der neugierige Dämon hat damit kein Problem. Er hat gesagt, was auch immer mich beruhigt. Es ist eine Erleichterung, nicht jeden dummen Gedanken, der mir durch den Kopf geht, weiterzugeben. Ab und zu blitzt er immer noch auf, besonders wenn ich schlafe oder Schmerzen habe. Ich seufze und fasse mir ins Gesicht.

Mit finsterer Miene lasse ich einen kleinen Teil meiner Erinnerungen heraus – an das Portal, an Fred, den Kraken – und füge am Ende ein klares »Mir geht es gut« hinzu. Das sollte ihn zum Schweigen bringen.

Ich habe einen Dämon als Gefährten.

Und schon ist meine Wut verflogen. Ich lache und schüttle wieder den Kopf, diesmal ungläubig. *Gefährten. Was für ein Blödsinn?*, lache ich innerlich spöttisch. Wir hatten noch nicht einmal eine richtige Verabredung. Ich kenne den Kerl doch gar nicht. Ich zapple herum.

Wenigstens mag er mich. Ja, nicht so wie der Engel. Meine Wangen glühen vor Verlegenheit.

Einen Gefährten zu haben, bedeutet gar nichts. Ich habe mich mit einem Engel eingelassen, und was ist daraus geworden? Gefängnis. Weiße Folter. Ja, all die schönen Dinge.

Ein unangenehmer Schmerz macht sich in meinem Daumen bemerkbar, und ich höre auf, mich an der Nagelhaut zu kratzen. Es ist eine schlechte Angewohnheit, die ich mir nur schwer abgewöhnen kann. Ich schüttle meine Hand und lasse sie gegen mein Bein fallen, wobei ich jeden Finger gegen meinen Oberschenkel drücke, damit ich nicht wieder anfange, meine armen blutenden Fingerspitzen zu kratzen.

Die Verbindung zum Engel ist jetzt nicht mehr vorhanden, also ist es egal.

Ich schleife mit meinem Stiefel über den Bordstein, während ich Story dabei zuschaue, wie sie die letzte Kurve des Kreises nimmt – sie wird immer schneller im Kreis.

Ich wünschte, Schicksal und Magie würden sich aus meinem nicht vorhandenen Liebesleben heraushalten. Wieso kann ich nicht einfach normal sein? Ich habe genug von diesem magischen Unsinn.

Alles wäre besser, wenn Kleric hier auf der Erde wäre. Es ist eine Fernbeziehung der besonderen Art. Unsere ist nicht von dieser Welt. Er wurde in sein Reich zurückgerufen, um ein paar Fragen zu beantworten. Und nicht nur er. Alle Dämonen – außer den wenigen, die hier geboren wurden – sind zurückgekehrt.

Vor ein paar Monaten bin ich auf ein paar niedere Dämonen gestoßen, die ein verstecktes Portal benutzt haben, um illegal auf die Erde zu gelangen. Dann hatten sie während ihres Urlaubs die geniale Idee, einen Blutring zu gründen, um damit Geld zu verdienen.

Ja, wer macht denn so was? Die Bevölkerung ausbluten zu lassen und das Blut meistbietend zu verkaufen, um ein paar Kröten zu verdienen? Ich schließe die Augen und atme tief durch. Sie haben viele gute Menschen umgebracht.

Was folgte, war ein politischer Albtraum. Wir standen am Rande eines Krieges. Kleric war drei endlose Monate weg, während alle versucht haben, das Problem zu lösen.

Ich vermisse ihn.

Ich werde nervös, wenn ich ihn nicht sehe.

Natürlich werde ich das. Ich lache leise vor mich hin, lege den Kopf in den Nacken, um in den Nachthimmel zu starren, und seufze, weil ich wegen der Lichtverschmutzung keine Sterne sehen kann. Ich habe keine Ahnung, ob das, was wir haben, real ist. Ob es Magie ist, die uns zusammenhält, oder ob ich versuche, das engelsförmige Loch in meiner Brust zu ersetzen.

Kleric sagt, ich sei seine Gefährtin.

Niemand hat gesagt, dass er meiner ist.

Und Xander. Ich versuche, nicht an den Engel zu denken. Es ist nicht gut, jemanden zu sehr zu lieben.

Vor allem, wenn die Liebe nicht erwidert wird.

Die ganze Sache mit Xander hat etwas in mir zerbrochen. Und die Liebe, die ich für ihn empfunden habe? Sie ist in sich zusammengefallen wie ein alter Pappbecher. Xander. Warum muss ich an ihn denken? Es ist, als könne ich ihn nicht vergessen, sosehr ich es auch versuche. Ich muss aufhören, mich so auf ihn zu fixieren. Es ist, als würde mein Geist an ihm kleben.

Hass kann das bewirken, und tief in mir weiß ich, dass das ungesund ist und meine Zeit verschwendet.

Seelische Qualen machen einen Menschen wie mich verrückt. Ich schlucke den Kloß im Hals herunter und verdränge die Gedanken an Xander, zusammen mit dem ekligen Gefühl meiner Dummheit.

Ein paar Küsse und ein Paarungszeichen eines Dämons machen noch keine Beziehung, und wenn ich ehrlich bin, traue ich mir selbst nicht.

Es gehört schon eine Menge Mut dazu, es noch einmal mit einem anderen zu versuchen.

Ich bin mir sicher, dass sich die Dinge klären werden – wenn wir uns wiedersehen. In der Zwischenzeit sind diese zufälligen Portale, die überall in der Stadt auftauchen, nicht sehr hilfreich. Sie machen alle verrückt. Wer immer das macht, sollte sich ein anderes Hobby suchen.

Ich habe so ein Gefühl, dass das passiert, weil wir das erste illegale Portal geschlossen haben. Jetzt denken sie, es macht Spaß, Spielchen zu spielen. Ich bin das leichteste Ziel. Ja, wer auch immer das macht, wird nicht mehr lachen, wenn ich ihm den verdammten Kopf abhacke.

Heute Abend hat jemand dieses Portal geöffnet, in der einzigen Absicht, meinen Verteidiger zu verschlingen. Ich blicke die Straße hinunter. Sagt man nicht, dass Brandstifter und Verbrecher am Tatort bleiben, um sich am Chaos zu ergötzen? Das würde dieser Idiot vom Portal auch tun. Ich wette einen Ballen Timothee-Heu, dass sie noch hier sind. Sie beobachten.

Egal, was einige Kreaturen denken, Magie ist nicht unfehlbar, und es ist nur eine Frage der Zeit, bis sie einen Fehler machen. Ich lächle und bin froh, dass ich alles mit Mikrokameras aufnehme.

»Warum hast du nicht deinen Job gemacht und es getötet?«, fragt eine verbitterte, weinerliche Stimme hinter mir.

Wie süß. Ethel ist zum Plaudern gekommen. Ich muss meine Hand davon abhalten, nach meinem Messer zu greifen.

Kapitel Zwei

Ich verdrehe die Augen und wende mich steif dem vorwurfsvollen blauen Blick der Hexe zu. Warum habe ich es nicht getötet? Es wäre schneller gegangen, aber ich habe ein Problem damit, unschuldige Kreaturen zu töten. Ich tue es nicht, wenn ich es vermeiden kann. Fred hat gerade ein Loch gesehen und seine Tentakel hineingesteckt.

Ethels Augen verengen sich vor Bosheit, ihre Lippen verziehen sich vor Abscheu. »Henker«, sagt sie höhnisch.

Henkerin – immerhin bin ich die erste Frau in diesem Amt.

Bei dem Wort bleibt mein Herz stehen, aber ich hebe das Kinn, um ihre Verachtung zu erwidern. Ich verdiene diese Abscheu – oder eine Faust ins Gesicht – dafür, dass ich diese Rolle angenommen habe.

Oh, es bietet mir einen gewissen Schutz, und niemand

wird mich so schnell wieder ins Gefängnis werfen. Aber wenn mich die Kreaturen dafür gehasst haben, dass ich ein seltsamer Einhorn-Vampir-Hybrid bin, dann lieben sie mich jetzt sicher als Henkerin. Ich schnaube. Ich bin nicht nur eine Abscheulichkeit, sondern jetzt auch noch eine Verräterin.

Buchstäblich *jeder* hasst mich.

Das wird lustig.

Ethel verbirgt ihre Abscheu nicht. Nein, sie macht deutlich, auf welcher Seite sie steht. Und das ist nicht die Pro-Tru-Seite. Das passt. Ihr blondes Haar klebt schweiß-nass an den Schläfen, ihre Augen sind von dunkelgrauen Ringen umgeben. Bei dem Versuch, mich zu verletzen, hat sie viel Magie eingesetzt und sich selbst verletzt.

Dann wagt Ethel es, die Kinder und Story anzustarren, als wären sie Dreck. Ich stelle mich zwischen sie und den Land Rover, um ihr die Sicht zu versperren.

Ich kneife die Augen zusammen. »Tu das nicht!«, sage ich mit beängstigend sanfter Stimme.

Ethel schwillt bei meiner Warnung an und streicht sich das verschwitzte Haar aus dem Gesicht. »Seit du diese Region als Henkerin übernommen hast, war ich nicht mehr so beschäftigt. Du musst wirklich anfangen, deinen Job besser zu machen.«

Story fliegt wie ein Ball über die Straße. Im Schein der Straßenlaternen rieselt der Staub wie glitzernde Funken von ihren Flügeln, als sie an meiner Nase vorbei und aggressiv auf das Gesicht der Hexe zusteuert.

Oh-oh.

»Mach *deine* Arbeit, Ethel, und halt die Klappe!«, knurrt Story. »Ich weiß nicht, worüber du dich beschwerst.

Du wirst gut bezahlt.« Mit saphirblauen, kreidebeschmierten Händen und Armen zeigt Story auf die Hexe, nur Millimeter von ihrer Stupsnase entfernt.

»Du bist in Bereitschaft und hast fünfzig Minuten gebraucht, um hierherzukommen. Fünfzig Minuten! Meine Kinder sind in dem Auto.« Story deutet hinter sich. »Wenn wir darüber reden wollen, wer seinen Job nicht richtig macht, solltest du vielleicht mal in den Spiegel schauen.«

Ethels Mund steht offen.

Ich stehe da und beobachte, wie die beiden sich anstarren.

Story gewinnt – natürlich. Ethel räuspert sich, richtet ihre schicken cremefarbenen Mantelärmel und senkt den Blick auf die Straße und den fertigen Kreis. Mit einem Fingerschnippen und einem magischen Impuls – ich bin stolz, dass ich nicht zusammenzucke – wirbelt Kreide durch die Luft, die Linien knistern und leuchten blassblau, als der Zauber wirkt.

Er verfliegt, und ich versuche, den Schmerz zu ignorieren, als ich wieder auf die Straße schaue.

»Erzähl uns doch mal, wie du den Henker mit deiner Portalmagie getroffen hast.« Story macht weiter. »Hast du das mit Absicht gemacht oder bist du einfach nur ein Arschloch?«

Oh, verdammt!

»Du hast Glück, dass die Henkerin stark genug ist, deine Magie abzuwehren, und die Gnade besitzt, deinen unbedeutenden Arsch zu ignorieren. Jede andere wäre bei diesem Kunststück verletzt oder getötet worden. Was hast du dir dabei gedacht? Wie dumm kann eine Hexe sein? Sich mit der Henkerin anzulegen? Hoffentlich stolperst du das nächste Mal nicht, wenn du ein Portal schließt.« Story lächelt.

Es ist kein freundliches Lächeln.

Ethel quietscht, dreht sich auf dem Absatz um und eilt zu ihrem Auto.

»Du bist nutzlos«, ruft Story ihr hinterher. »Und ich werde mit Carol Larson über deine Nachlässigkeit sprechen. Wir haben dich auf Video.«

Ich zucke zusammen und kratze mich im Nacken, der Straßenschmutz sammelt sich unter meinen Fingernägeln. Das ist keine leere Drohung. Carol Larson ist eine gefürchtete Frau. Sie ist Mitglied des Großen Rates der Kreaturen und hat in den letzten fünf Jahren die Leitung aller englischen Hexenzirkel übernommen.

Ethels Autotür fällt hinter ihr zu und klemmt ihren cremefarbenen Mantel ein. Sie lässt den Motor so hochdrehen, dass die Zahnräder ohrenbetäubend rattern, als der rote Fiat 500 mit einem Funkenregen durch die Station und die Straße rast und außer Sichtweite verschwindet.

Ich glaube nicht, dass sie sich überhaupt angeschnallt hat.

Ich summe vor mich hin, während ich in meinem schweren Zauberkasten herumwühle und eine Wasserflasche nehme, um die Kreide abzuwaschen. Meine Hand schwebt über dem ersten Teil des Kreises. Ich könnte einen Reinigungszaubertrank benutzen, aber diese Zauber sind teuer, besonders wenn Wasser und ein paar Schritte genügen, um die Aufgabe zu erledigen. Außerdem kann ich sagen, dass ich den Zauberspruch benutzt habe, und ihn stattdessen für die Reinigung meines Hauses verwenden. Eine Win-Win-Situation. Ich hasse es, zu putzen.

»Welch schönes Portal, was?«, frage ich lässig. Die billige Plastikflasche knistert, als ich sie zusammendrücke. Mit dem Stiefel reibe ich die nasse Kreide ab – und runzle die Stirn. Ich mache eine ziemliche Sauerei. In meinem Kopf war es viel einfacher.

»Sie war unhöflich. Sie hätte dich ernsthaft verletzen können.« Story lässt sich auf meine Schulter fallen. »Geht es dir gut?«

»Ja. Ich habe schon Schlimmeres erlebt.« Ich betrachte meine Lieblingsjeans – oder das, was davon noch übrig ist. Ich bin heute Abend nicht für einen Kampf angezogen, und jetzt sind sie zerrissen und schmutzig. Ich bemerke, dass Storys Hände voller Kreide sind, und träufle etwas Wasser auf eines von Klerics weißen Taschentüchern mit Monogramm, die ich wie eine Verrückte in meiner Tasche aufbewahre, und gebe es ihr, damit sie sich abwischen kann.

»Oh, wie schick. Danke. Dein Gesicht sieht wund aus.« Sie reibt über ihre Arme.

»Ja, ich bin überrascht, dass ich überhaupt noch Haut habe.« Ich kratze das letzte Stück Kreide ab, das jetzt ein fleckiges Durcheinander ist, und seufze vor Selbstekel. Ich trinke den Rest Wasser. »Können die Kinder noch ein paar Minuten allein sein? Ich muss mich umziehen.« Ich habe Schmerzen. Ich glaube nicht, dass ich mich noch lange genug konzentrieren kann, um zu fahren, und kann es kaum erwarten, nach Hause zu kommen.

»Nur zu! Das wird schon wieder.«

Story gibt mir das Taschentuch zurück und ich stecke es

wieder in die Tasche. Ich ziehe mein Handy heraus und lege es auf den Bordstein – der Kleiderhaltezauber mag keine Technik, und um das Handy vor der totalen Zerstörung zu bewahren, ist es am besten, wenn ich mich nicht mit dem in der Tasche bewege.

»Danke, dass du die Hexe erschreckt und in ihre Schranken verwiesen hast. Du bist meine Heldin. Es tut mir leid, dass das passiert ist, und es tut mir leid, dass die Kinder den Film verpasst haben.«

Story dreht sich zum Auto und grinst mich an. »Das ist nicht wahr. Sie hatten seit Wochen nicht mehr so viel Spaß. Es war so toll, dich gegen die Kreatur kämpfen zu sehen. Ich habe sie noch nie so begeistert gesehen. Am Ende des Wochenendes wird die ganze Schule von diesem Abenteuer wissen. Wenn nicht sogar die ganze Stadt.« Sie nickt in Richtung des Bezirks, und ich sehe das Blinklicht eines Nachrichtenwagens.

Toll!

Aus dem Land Rover ertönt ein verzweifeltes Stöhnen.

Story stöhnt auch. »Ich war zu voreilig. Lass mich das in Ordnung bringen! Schalt den Motor ein, damit wir nach Hause fahren können. Du siehst aus wie ein Leuchtfeuer mit deiner armen Haut, die so rot ist.« Story tätschelt meine Wange und ihre Zehen graben sich in meine Schulter, als sie in die Luft springt und zu den Kindern zurückfliegt.

Ich sehe ihr nach, bis sie durch das halb heruntergelassene Fenster im Auto verschwunden ist. »Jeff! Hör auf, deine Schwester zu beißen! Hast du das Popcorn aufgemacht?«

Ich grinse. Mein Gesicht brennt, also lasse ich den

Zauber der Wandlung über mich ergehen. Bevor ein normaler Mensch blinzeln kann, vibrieren meine Moleküle, und meine Sicht wird schwarz, während ich von meiner menschlichen Gestalt zu unverbundenen Mikropartikeln der Materie werde, die herumschweben und sich dann wieder zu einem Einhorn formen.

Meine schillernden Hufe klappern auf dem Asphalt – pfui! So ein rutschiger Untergrund, ich mag keine Straßen. Meine regenbogenfarbene Mähne weht in einer salzigen Brise vom Meer und mein Schweif peitscht gegen meine Hinterbeine.

Ich stoße einen gewaltigen Schrei aus, der von den umliegenden Gebäuden und der Brücke widerhallt. Dann schüttle ich meinen ganzen Körper. Ich bin überfällig für einen Galopp und etwas Ruhe auf der Weide.

Wenn meine Freundin Forrest sich wandelt, kann sie sofort wieder ihre menschliche Gestalt annehmen, ohne zu ihrem Wolf zu werden. Ich versuche es jedes Mal, wenn ich mich wandle, denn meine Einhorngestalt ist umständlich, aber ich habe es noch nicht geschafft. Mit einem Gähnen und einem letzten Schwanzwedeln wandle ich mich wieder in meine menschliche Gestalt.

Ah, so gut wie neu. Die Schmerzen in meinem Gesicht und in meinem Körper sind längst verschwunden. Ich richte meinen zerrissenen Pullover und bücke mich, um mein Handy aufzuheben.

Meine Kopfhaut kribbelt.

»Achtung!«, ruft eine Frauenstimme.

Kapitel Drei

Mein Herz rast, als ich zur Seite springe und mich umdrehe. Es klingt wie ein *Peng*, als das gebogene Metall auf Fleisch trifft, die Kreatur, die sich von hinten an mich heranschleicht, streift mich auf ihrem Weg zu Boden, und ihr Kopf schlägt mit einem Platschen auf dem Bürgersteig auf.

O nein.

Ich sehe die zitternde Gestalt meiner Retterin: ein Mädchen mit einer *Bratpfanne*. Das Preisschild, das noch am Stiel hängt, flattert im Wind, als sie die Pfanne über dem Kopf hält und zum nächsten Schwung ansetzt.

Das ist nicht nötig. Das Wesen, das sie niedergeschlagen hat, ein Mann, liegt regungslos da. Ich kann nichts für ihn tun. Sein Gehirn liegt auf dem Bürgersteig.

Er ist tot. Sehr tot.

Das Mädchen hat ein süßes, hübsches, rundes Gesicht mit vor Kälte rosigen Wangen. Ihr keuchender, panischer Atem füllt die kalte Luft mit weißen Schwaden, und ihre großen, unschuldigen, verängstigten Augen starren mich schockiert an, während sie in der einen Hand die Pfanne und in der anderen die Plastiktüte hält, aus der sie sie entnommen hat.

Meine Lippen zucken, als ich bemerke, dass sie die Pfanne aus der Tüte genommen hat, bevor sie ihn geschlagen hat. Süß.

Ihr Schnaufen lässt mich befürchten, dass sie einen schweren Panikanfall hat, und ich nehme meine Hände hoch und spreche leise und beruhigend, um sie nicht noch mehr zu erschrecken. »Alles ist gut. Alles ist gut. Du hast mich gerettet. Du hast ihn aufgehalten, du kannst die Pfanne hinlegen.«

Die Hand über ihrem Kopf zittert und sie schaut zur Pfanne hoch. Ich zucke zusammen, als ein roter Blutstropfen auf ihre Wange spritzt.

»Oh.« Wie eine Marionette, der man plötzlich die Fäden durchgeschnitten hat, fallen ihre Hände an die Seiten, und das Mädchen blinzelt langsam zu der am Boden liegenden Kreatur. »Oh.« Ihre Knie wanken und sie kippt zur Seite.

Mein Gott, wird sie ohnmächtig?

»Hier, setz dich.« Ich packe ihren Ellbogen und führe sie vom Körper weg zur Bordsteinkante. Nach ein paar Schritten geben ihre Knie nach und sie fällt auf den Bürgersteig.

»Ich ...« Ihr Kopf fällt in den Nacken, große braune Augen starren mich ungläubig an. Ihr Mund öffnet und schließt sich wie der eines Fisches, der nach Luft schnappt, und ihre Augen füllen sich mit Tränen.

Ich stelle mich zwischen sie und den Toten, um ihr die Sicht zu versperren.

Verdammt, diesmal habe ich es wirklich vermasselt und aus einem süßen, unschuldigen Kind eine Mörderin gemacht. Wie schrecklich. Das ist schlimm. Wirklich, wirklich schlimm. Verlegen drehe ich die Hände und räuspere mich. »Du hast ihn nicht getötet. Er atmet noch ... ähm ...« Ich werfe einen Seitenblick auf den Toten.

Ach, was ist schon eine kleine Notlüge? Oder? *Oder?!*

Ich bin so ein schlechter Mensch.

Sie nickt, senkt den Kopf zwischen die Knie und zieht die kalte Luft scharf ein. Ihr langes, seidiges dunkles Haar weht ihr ins Gesicht. Die tödliche Bratpfanne, die sie immer noch in der Hand hält, scheppert und schabt über die Straße und hinterlässt eine makabere Spur aus Blutresten und Kopfhaut – mit Haaren. *Würg.*

Ach, das arme Mädchen. Ihr ganzer Körper zittert.

»Alles wird gut.« Ich klopfe ihr unbeholfen auf den Rücken. »Danke für die Hilfe.« Ich trete von dem Mädchen zurück, greife nach meiner Tasche und ziehe mir blaue medizinische Handschuhe an. »So ist es gut, genau so.« Vorsichtig nehme ich ihr die Pfanne aus der Hand und stecke das blutverschmierte Küchengerät beiläufig in einen Plastiksack für Beweismittel.

So. Ich kaufe ihr eine neue, das verspreche ich mir.

Ich weiß nicht, warum ich Dinge in Beweismittelbeutel packe. Es ist etwas, das ich tue. Professionell. Ich weiß nicht, was ich tue. Ich mache nur das, was ich im Fernsehen sehe.

»Ich bin Tru. Wie heißt du?«

»Caitlyn. Caitlyn Croft«, murmelt sie.

»Kannst du mir sagen, was passiert ist, Caitlyn?«

Es dauert ein paar Sekunden, bis sie antwortet. »Es tut mir leid, dass ich ihn so hart geschlagen habe. Ich bin in Panik geraten. Er hatte eine magische Kugel und ein Messer. Er wollte dir wehtun.« Sie hebt den Kopf und ich blicke in ihre ehrlichen braunen Augen. »Er hat die letzten zehn Minuten vor meinem Fenster herum gelungert. Ich bin gerade vom Einkaufen bei Asda nach Hause gekommen.« Die Plastiktüte mit dem grünen Supermarktlogo knistert, als sie sie wie einen Teddybären an ihre Brust drückt.

Ich fühle mich schrecklich.

»Ich habe Reifen quietschen gehört und gesehen, dass sich unter der Brücke ein Portal geöffnet hat, fast unter einem Auto. Ich habe sofort gemerkt, dass du ein Profi bist, als du die Sicherheitsstation aufgebaut hast, also bin ich im Haus geblieben, aus dem Weg, und habe dich vom Fenster aus beobachtet. Ich bin froh, dass du dem Kraken nichts getan hast.«

Siehst du? Nicht alle finden, dass ich Fred hätte wehtun sollen. Ich verstecke mein Lächeln hinter meinem Unterarm.

»Ich habe den Mann bemerkt, der dort herumlungerte. Er hat sich in Luft aufgelöst, mit einem *Du siehst mich nicht Zauber*. Aber ich konnte ihn noch auf der anderen Seite des Glases spüren.« Sie runzelt die Stirn. »Sein Zauber hat sich faul angefühlt. Er hat den Zauber aufgehoben, als du dein Handy genommen hast, und ist auf dich zugekrochen. Er hatte ein Messer und eine orangefarbene Zauberkugel in der Hand. Ich weiß genug, um zu ahnen, dass eine orangefarbene Zauberkugel nichts Gutes bedeutet. Als er den Zauber entfachen wollte … habe ich … das Nächstbeste genommen, bin zur Tür gerannt, habe eine Warnung geschrien und ihm auf den Kopf geschlagen.« Ihr Blick fällt auf ihre Hände.

In der Reihe der bunt gestrichenen Reihenhäuser sehe ich die offene Tür hinter uns. Was sie sagt, ergibt Sinn.

»Bekomme ich Ärger?« Sie zuckt zusammen und versteckt sich hinter ihrem Haar.

Ich drehe mich wieder zu ihr um. »Nein. Du hast das toll gemacht. Du hast mir das Leben gerettet.«

Schuldgefühle steigen in mir auf. Sie hätte mich nicht retten müssen. Sie hätte mir nicht so nahe kommen dürfen. Ich bin so daran gewöhnt, dass Dexter, mein Beithíoch – eine Fae-Monsterkatze – auf mich aufpasst. Abgesehen von dem Kinobesuch heute Abend hat er mich nicht mehr aus den Augen gelassen, seit Kleric weg ist.

Ich bin träge geworden.

Meine Sicht verschwimmt. Ich bin so verdammt müde. Daran hat auch diese Schicht nichts geändert. Es waren höllische Wochen. Ich zwinge mich, weiter zu reden: »Wenn alles in Ordnung ist, wovon ich überzeugt bin, wird es keine Probleme geben. Geht es dir gut? Ich werde kurz …« Ich starre den Toten an. *Komm schon, Tru, denk nach!* Ich schnippe mit den behandschuhten Fingern und grinse. »Ihn in die stabile Seitenlage bringen.« Mein Lächeln muss so falsch sein, aber ihre Augen sind glasig vor Schreck, und sie scheint es nicht zu merken.

Ich danke dem Schicksal.

»Ja, ja, natürlich. Danke, Henkerin.« Sie winkt mich

weg und ihr Kopf sinkt wieder zwischen ihre Knie. Bah. Ich bekomme gleich wieder dieses unangenehme Gefühl in der Brust.

Ich schnappe mir meine Ausrüstung, verstecke die Pfanne und knie mich neben den Toten. Ich schaue über meine Schulter. Zum Glück rührt sich Caitlyn nicht und dreht mir weiterhin den Rücken zu.

»Bist du stark?«, frage ich sie, während ich den Körper abtaste. Ich leere seine Taschen und packe seine Habseligkeiten in eine andere Asservatentüte. Hm, keine Brieftasche, aber eine riesige Sammlung teurer Zaubersprüche. Er hat gute Beziehungen.

»Nicht wirklich«, murmelt sie. »Ich bin ein Mensch. Ich habe drei Brüder, und sie haben mich immer gezwungen, mit ihnen zu spielen, um die Anzahl der Mannschaften auszugleichen, also habe ich einen guten Schwung entwickelt.«

»Gut.« Das ist irgendwie seltsam. Ich ignoriere die Warnung in meinem Kopf. Menschen können Magie nicht spüren, und sie hat gesagt, seine Magie fühlte sich faul an. Wenn Caitlyn mir nicht die Wahrheit über ihre Herkunft sagen will, werde ich nicht weiter nachforschen. Ich habe siebzehn Jahre als Mensch gespielt und werde sie nicht verraten.

Ich werde keine Heuchlerin sein und jemanden verraten, der mir geholfen hat.

Wenn ich raten müsste, würde ich sagen, sie ist eine Fae. Ich werfe ihr einen flüchtigen Blick zu. Vielleicht eine Halb-Elfin? Die Abstammung von Kreaturen kann ein heikles Thema sein, und ich weiß aus Erfahrung, dass Menschen keine Andersartigkeit mögen. Ich bin eine seltsame Kombination aus Einhorn und Vampir, ein echter Hybrid. Hybriden werden normalerweise gejagt und getötet, sobald sie auftauchen. Eine alte, tief verwurzelte Angst vor unserer Magie hat alle in Aufruhr versetzt. Ich halte das für ein Ammenmärchen. Trotz aller Nachforschungen, die ich und mein Großvater zu seinen Lebzeiten angestellt haben, konnten wir nichts finden, aber diese Angst besteht seit Jahrtausenden.

Ich bin froh, dass ich noch lebe.

Auch Story ist anders. Sie ist keine reine Fae. Ihre Mutter war eine Fae, ihr Vater ein Kobold. Nach dem Tod ihrer Mutter wurde sie von ihrer Truppe exkommuniziert, als diese das Geheimnis ihrer schönen Flügel entdeckte. Von einem Kobold verstoßen zu werden, ist ein Todesurteil. Sie wagten es, *sie* eine Abscheulichkeit zu nennen.

Arschlöcher.

Wenn Story keine Flügel haben sollte, dann hätte sich ihr Vater vielleicht nicht mit einer Fae paaren sollen.

Sie hat es ihnen gezeigt. Sie hat nicht nur überlebt, sie ist aufgeblüht und wird geliebt, mit einer eigenen Truppe, die ihre Andersartigkeit begrüßt und feiert.

Ich stoße gegen das Bein des Mannes. Neben der Leiche liegen ein silbernes Messer und eine intakte, orange marmorierte Zaubertrankkugel. Oh! Caitlyn hat recht. Ich steche auf den Zaubertrank ein. Es ist ein fieser Zaubertrank, der einem das Gesicht wegschmelzen lässt.

Wenn Miss Pfanne mir nicht geholfen hätte, wäre ich vielleicht in Schwierigkeiten geraten.

Der böse Zaubertrank wandert zusammen mit allen anderen Zaubersprüchen in einen speziellen Antizauberbeutel – mein neuer Job hat auch seine Vorteile – und das Messer in einen anderen Beweisbeutel.

»Ich bin ein Einzelkind. Ich hätte gern Brüder gehabt.«

»Ich habe Glück. Sie sind toll.«

Ah, gut zu wissen. Vielleicht bin ich superzynisch. Nicht jeder hat ein beschissenes Leben, und vielleicht ist sie nur ein magieempfindlicher Mensch mit einem tollen Schwung.

»Soll ich sie anrufen? Deine Brüder?«, frage ich.

Caitlyn verzieht das Gesicht. »O Gott, nein! Lieber nicht. Sie sind sehr beschützend und werden sauer sein, dass ich das Haus allein verlassen habe.«

Ich drehe den Toten auf den Rücken, sodass er mit dem Gesicht nach oben liegt und die Mikrokameras, die den Tatort filmen, ihn sehen können. *Ich wette, sie haben ihn schon gescannt und seine DNA genommen.* Als mir dieser Gedanke kommt, piepst mein Datapad. Ava.

Die Technikhexe ist jetzt wie Story eine offizielle Teilzeitkraft im Büro der Henkerin. Ich brauche jede Hilfe, die ich kriegen kann. Auch wenn ich mir ständig Sorgen um ihre Sicherheit mache.

Seufzend überfliege ich die Informationen und verziehe das Gesicht. Der Mann war ein Hexer. Männliche Zauberer sind extrem selten, und ich werde wegen seines Todes viel Gegenwind bekommen.

Ein mächtiger toter männlicher Zauberer. Na toll.

Nicht, dass der Idiot kein übler Kerl gewesen wäre. Den Aufzeichnungen zufolge war Marcus ein Portalhexer. Wenn ich recht habe – und die Hexen können seine magische Signatur bestätigen – dann ist er derjenige, der überall in der Stadt Portale geöffnet, Chaos verursacht und den Krieg angeheizt hat. Er ist ein richtiges Arschloch.

Ich hoffe, die Hexen sehen ein, dass Caitlyn ihnen einen Gefallen getan hat, als sie ihm den Schädel eingeschlagen hat. Marcus ist ein PR-Albtraum. Und als wäre das nicht schlimm genug, um seinen Tod zu rechtfertigen, hat das Arschloch auch noch versucht, mich umzubringen.

Hoffen wir, dass mit seinem Tod alles wieder normal wird. *Vielleicht kann ein bestimmter Dämon nach Hause kommen?* Die Hexen werden das schon irgendwie hinkriegen.

Am Ende der Nachricht erklärt Ava, dass sie wegen eines Interessenkonflikts nicht weiter an dem Fall arbeiten wird. Wunderbar. Das ist einfach großartig.

Als ich das Geräusch von flatternden Flügeln höre, schaue ich auf – Story schwebt hinter meiner Schulter und liest den Bericht.

»Ist das der Typ mit dem Portal?«

»Ja, ich glaube schon. Er ist ein Portalhexer. Ich muss mich beeilen und Carol Larson so schnell wie möglich befragen.« Ich zittere am ganzen Körper. Ich hasse es, mit Menschen zu reden. Und ganz besonders hasse ich es, mit Carol Larson zu reden. »Ich wette, Ava hat sie schon informiert.«

»Ich werde mit Carol reden.« Story interpretiert meinen Schauder perfekt. »Ich bin so froh, dass er tot ist.«

»Bewusstlos«, platzt es aus mir heraus, während ich dem zitternden Mädchen wild zunicke.

Story verengt die Augen. Ich weite meine und nicke Caitlyn noch einmal seltsam zu. Story verdreht die Augen, als sie es endlich versteht. »Ja, ich bin so froh, dass er bewusstlos ist«, sagt sie mit ausdruckslosem Gesicht. »Hat sie ihn getötet?«, fragt sie ganz leise.

Ich nicke.

»Also habe ich einen Krankenwagen gerufen« – jetzt übertreibt sie ein wenig – »und ein Team der Jägergilde ist unterwegs, um die Sache zu übernehmen und den Tatort zu säubern.«

Toll. Die können das erledigen. Meine Aufgabe als Henkerin ist es nicht, zu ermitteln, sondern zu töten.

»Ist schon gut«, kommt es hinter uns. Caitlyn schwingt sich auf die Beine und deutet auf Marcus. »Ich weiß, dass er tot ist. Ihm kommt Zeug aus den Ohren und ...« Sie strafft sich. »Henkerin, du bist eine schlechte Lügnerin.«

»Sie hat nicht ganz unrecht.« Story grinst mich an.

Eine Henkerin sollte sich nie entschuldigen oder die Verantwortung übernehmen. So steht es im Ausbildungshandbuch. Ich stöhne. Vielleicht habe ich das Ding gelesen und auf Nimmerwiedersehen in die Schublade gelegt.

Scheiß drauf! Ich war noch nie ein Freund von Regeln.

»Es tut mir nicht leid, dass ich gelogen habe, Caitlyn.« Ich recke das Kinn vor und ziehe die Schultern zurück. »Es tut mir leid, dass du ihn umbringen musstest. Es tut mir so leid, dass ich dich in diese Lage gebracht habe. Falls es dich tröstet, er war eine schlechte Person.«

»Ich weiß.«

»Kannst du irgendwo anders hin? Ich kann dir eine sichere Unterkunft besorgen ...«

»Nein«, unterbricht sie mich und streckt mir die Handfläche entgegen, um mich aufzuhalten.

»Oh, okay.« Ich wippe von einem Fuß auf den anderen.

Caitlyn ist schockiert. Ich werde versuchen, sie zu überzeugen, auch wenn es nur eine vorübergehende Umsiedlung ist. Ich bezweifle, dass mein Arbeitgeber, der Große Rat der Kreaturen, ihr helfen wird, da sie behauptet, ein Mensch zu sein. Aus Erfahrung weiß ich, dass sie nicht einmal eine Wache vor ihre Tür stellen werden. Ich werde Story bitten, unseren Kontakt bei der menschlichen Polizei anzurufen und zu fragen, ob die örtliche Patrouille wenigstens ein Auge auf das Haus werfen kann.

»Ich will einfach nur zu Hause bleiben«, flüstert sie. Caitlyn weicht von uns zurück und geht zur offenen Haustür. »Hör mal, mir ist kalt. Ist es okay, wenn ich ... braucht ihr sonst noch etwas von mir?«

Ich schüttle den Kopf.

»Wird die Jägergilde mit mir sprechen wollen?«

»Ja, das ist nur eine Formalität. Wenn sie das tun, sollte dich niemand mehr belästigen.« Ich greife in meine Tasche und gebe ihr eine offizielle Visitenkarte. Die Ecken sind leicht eingerissen und die Karte ist etwas abgegriffen. Sie hat schon bessere Tage gesehen, aber wenigstens ist sie sauber – kein Blut, kein Schleim. »Ruf mich jederzeit an. Ich werde versuchen, dich so weit wie möglich aus allem herauszuhalten.«

»Danke.« Sie tippt mit der Karte auf ihre Handfläche.

Ein nagender Instinkt in mir sagt mir, dass ich noch mehr tun muss. »Oh, und hier.« Ich greife in meine Tasche. Ich traue den Hexen nicht, dass sie sich nicht rächen werden. Aha. Ich ziehe einen Schutzzauber. Wir können nicht vorsichtig genug sein, weshalb ich eine

Schutzstation vor ihrer Tür möchte. »Dieser Schutzzauber sollte ein paar Wochen halten.« Ich gebe ihr den teuren Trank.

Sie blinzelt. »Danke.«

»Nein, ich danke dir. Ich schulde dir was.« Ich drücke ihr leicht auf den Arm und schenke ihr ein kleines, beruhigendes Lächeln.

Caitlyn nickt und geht mit einem traurigen Winken hinein.

»Mach dir keine Sorgen!« Story streicht mir eine Haarsträhne aus der Wange und steckt sie hinter mein Ohr. »Ich werde mit Ava darüber reden, ob sie einen Platz im Tierheim bekommt.«

Ich nicke. »Das ist eine gute Idee. Danke.«

Das Sanctuary ist ein kleines Königreich. Ich war noch nie dort, aber soweit ich weiß, wird dort jeder aufgenommen und beschützt, der wirklich Hilfe braucht. Es könnte eine gute Möglichkeit für Caitlyn sein, bis wir alles geklärt haben. Nach ein paar Minuten taucht die Station auf.

Sie ist in Sicherheit.

Vorläufig.

Und man weiß ja nie, vielleicht klappt es ja doch noch, dass ich sie aus der Pfanne haue. Innerlich grinse ich. Heute Abend ist zwar alles schief gelaufen, aber wenigstens sind meine Wortspiele geistreich.

Kapitel Vier

»Sie sind da«, singt Story über meinem Kopf, als zwei riesige schwarze Land Rover ähnliche Fahrzeuge in die Station einfahren. Die Station zischt und blitzt, aber sie lässt die Autos durch, denn sie ist nur für autorisiertes Personal zugänglich.

Ach ja, die Jäger. Endlich ist die Verstärkung eingetroffen. Über eine Stunde ist es her, dass Story den ersten Anruf getätigt hat.

Story landet auf meiner Schulter, als sie an der Bordsteinkante halten und geschlossen aus den Fahrzeugen steigen, in schwarzen Kampfanzügen und mit tödlichen Waffen, die im Schein der Straßenlaternen friedlich glitzern. Ich vermeide es, die Augen zu verdrehen. Sie sehen absurd aus.

Acht Jäger. Sie haben zwei Teams geschickt. Wie nett.

Das eine Team teilt sich in zwei Gruppen, die jeweils ein Ende des Bezirks bewachen, und ein einzelner Jäger hebt das Portalgerät vom Rücksitz des Wagens. Es sieht aus wie ein großer Geigerzähler, soll aber die Aktivität der Ley-Linien überwachen.

Ich deute hilfesuchend auf die verschmierte Kreide-masse unter der Brücke, als wäre es nicht offensichtlich. Er nickt und macht sich an die Arbeit.

Die anderen Jäger stapfen auf uns zu. Ich habe alle drei schon einmal gesehen, aber noch nie direkt mit ihnen gear-beitet, deshalb kenne ich ihre Namen nicht. Zwei von ihnen betrachten die Leiche, während einer, ein schleimiger Vampir, mich anstarrt, als hätte ich das letzte Stück Geburtstagskuchen gegessen.

Der wird Ärger machen.

»Henkerin.« Der große Kerl in der Mitte blickt von dem toten Zauberer auf und knurrt eine Begrüßung, während er meine Kombination aus zerrissener Jeans und Pullover ansieht, als sollte ich mich schämen, kein passendes Outfit zu haben.

Oh, der vielleicht auch.

Die schlichten Streifen auf seiner Schulter weisen ihn als Teamleiter und Katzenzauberer aus. »Was hast du für uns?«, bellt er überaggressiv und höchst streitsüchtig.

Mit wem zum Teufel glaubt er zu reden?

Mein plötzlicher Aufstieg in die erhabenen Höhen der Henkerin muss eine Überraschung gewesen sein. Es ist ja nicht so, dass irgendjemand wüsste, dass ich eine superge-heime Auftragskillerin war. Sie wissen nicht, was ich kann, und wenn sie es nicht wissen, wie sollen sie dann respektie-ren, was ich getan habe?

Die dramatische öffentliche Enthüllung der Dämonen kann auf verschiedene Weise interpretiert werden, und es ist nicht abwegig zu vermuten, dass der Rat der Kreaturen mich mit einem schicken Titel und einem Job, den ich nicht verdiene, bestochen hat.

Das ist fragwürdig und verwirrend. Ich verstehe das. Ich versuche, es nicht persönlich zu nehmen, aber ... ich seufze. Diese ganze Feindseligkeit wird schnell langweilig.

Story rutscht auf meine Schulter und ihre nackten Zehen zupfen an meinem Oberteil. Die Feindseligkeit in der Luft ist erdrückend.

Der Teamleiter verengt die Augen. Ungeduldig.

Ich starre ihn an.

Er runzelt die Stirn und gibt mir mit einer Geste zu verstehen, dass ich zur Sache kommen soll.

Ach, so ist das also? Würde es wehtun, sich das vorzustellen? Was ist nur aus der Welt geworden, wenn man sich nicht einmal mehr die Mühe macht, höflich zu sein? Ich bin frustriert, aber ich behalte meine professionelle Maske auf. Wenn ich mich über jede Kleinigkeit aufregen würde, käme ich zu nichts mehr.

Wieder seufze ich und fasse so professionell wie möglich zusammen.

Während ich spreche, wird das Gehirn des männlichen Hexenmeisters vom Bürgersteig gekratzt und alles in einen Leichensack gestopft.

»Ich lasse dich jetzt allein«, sage ich zum Schluss. Ich bin bereit, nach Hause zu gehen. Mein Magen knurrt, und obwohl es noch früh ist, bin ich bereit, den Tag als beendet zu betrachten. Ich gehe ins Bett und verkrieche mich unter die Decke, um darüber nachzudenken, was ich mit meinem Leben anfangen werde.

»Ich schicke Ihnen die Videos und Berichte in einer Stunde«, fügt Story hinzu, die immer noch auf meiner Schulter sitzt und auf ihrem Datapad herumtippt. Sie macht sich nicht einmal die Mühe, in meine Richtung zu schauen.

Der Teamleiter brummt.

Alles klar.

Ich übergebe an die Spurensicherung und wende mich zum Gehen.

»Miststück«, sagt jemand leise.

Story versteift sich.

Beleidigung? Ernsthaft? Meine Toleranzgrenze für Beleidigungen und Beschimpfungen gegen Tru Dennison hat heute ihren Höhepunkt erreicht. Oh, und ich glaube, Storys Kopf wird gleich platzen, so wütend ist sie.

Als ich mich wieder umdrehe, grinst der schleimige Vampir sogar und zeigt mir den Mittelfinger. Seine Augen funkeln. »Tschüss, Henkerin. Schönen Abend noch.«

Lustiger Typ.

Dieser Jäger amüsiert sich auf meine Kosten. Er hält mich für einen Witz. Er hält mich auch für eine Idiotin. Mich als Miststück zu bezeichnen, bringt mich nicht aus der Ruhe, überhaupt nicht, und die Witze gehen auf seine Kosten. Es ist mir egal, was ein Jäger denkt. Er kann mich nicht ködern.

Ich starre ihn ausdruckslos an.

In meinem Kopf spiele ich durch, was ich wirklich tun will: Ich schlage ihm in Gedanken ins Gesicht. Nein ... ich breche die Fantasie ab und spule zurück. Das reicht nicht, kein Schlag. Der Idiot verdient eine Ohrfeige. So. Ich lächle und stelle mir vor, wie meine Handabdrücke auf seinem Gesicht rot werden – niemand wird gern geohrfeigt –, gefolgt von der Röte der Verlegenheit auf seinen Wangen. Der Geruch von Blut in seinem Atem bedeutet, dass er vor Kurzem gegessen hat. Das Blut in seinem Körper sollte seiner Haut einen schönen Glanz verleihen.

Ja, ich will ihn nur ein bisschen verprügeln. Das ist doch nicht zu viel verlangt, oder? Aber es würde ihnen nur beweisen, dass ich die Kontrolle verloren habe, und sie würden gewinnen. Ich werde mir sein Gesicht einprägen.

Ich starre es immer wieder an.

Es ist so lange her, dass der Vampir mit den Fingern gewackelt hat. Es ist, als wäre die ganze Welt in Erwartung verstummt. Sie hält den Atem an.

Der Vampir wippt von einem Fuß auf den anderen.

Schweigen ist eine unterschätzte psychologische Waffe. Es fällt ihm schwer, meinen Blick festzuhalten. Ich mag keinen guten Ruf haben, aber in seinem Gehirn geht etwas Instinktives vor, wenn er in die Augen eines Killers blickt und sich wie Beute fühlt.

Das Leben war so viel einfacher, als ich noch den Mund aufmachen und einfach ausspucken konnte, was ich dachte. Mir auf die Zunge zu beißen und dieses professionelle Spiel zu spielen, ist ermüdend.

Ich drehe mich um und will gehen.

Oh, und das gefällt dem Vampir nicht. »Genau, lass uns deinen Dreck wegmachen. Wenn du das nächste Mal für jemanden die Beine breitmachst, lass vielleicht die Jägergilde aus dem Spiel. Wir alle wissen, dass dein Job eine Belohnung dafür ist, dass du auf dem Rücken gelegen hast.« Er lacht laut, greift sich an den Bauch und gibt seinem Kollegen einen Klaps.

Gut gemacht, sehr clever.

Sein Lachen wird unheimlich, als ich nicht reagiere. Dann gähne ich und er flippt aus. Er zieht ein silbernes Messer, geht in Kampfstellung und hält mir die Klinge ins Gesicht.

Wie süß.

Meine Lippen zucken und ich muss mich zusammenreißen, um nicht laut loszulachen. »Hunter, willst du mir etwa mit diesem kleinen silbernen Messerchen drohen?« Ich blinzle unschuldig. »Story, siehst du das auch oder täuschen mich meine Augen?«

»Nein. Das ist ein Messerchen.«

Ich summe.

Komm, lass mich dich mit meiner Faust küssen oder mit meinen Zehen an deiner Schläfe kitzeln.

Mein manisches Lachen ist so hell, dass die beiden anderen Jäger zurückweichen. Ich grinse die drei zähnefletschend an und klatsche in die Hände. Sie zucken zusammen. Zur Sicherheit wackle ich noch ein wenig mit den Schultern. »Endlich. Ausnahmsweise klappt es mal.«

Dem Schicksal sei Dank. Das Handbuch war sehr eindeutig, was den Umgang mit Drohungen angeht.

Ich lache leise.

Der Adamsapfel des Vampirs bewegt sich in einem nervösen Schluckauf, seine Hand, die die Klinge des grimmigen Todes umklammert, zittert leicht. Er holt tief Luft – und stürzt sich auf mich.

Story springt von meiner Schulter und fliegt in die Luft.

Meine linke Hand schnellt hervor, und als würde ich ein ungezogenes Kleinkind festhalten, greife ich nach seinem hervorstehenden Adamsapfel, um den Vampir aus seinem Sprung herauszuziehen. Meine Finger umklammern den Knorpel auf beiden Seiten, meine Fingernägel graben sich in seine Kehle.

Mit einer schnellen Drehung des Handgelenks bändige ich seine Messerhand, dann halte ich ihn locker über meinem Kopf – eine Armlänge, um seinen zappelnden Beinen auszuweichen – und manövriere ihn so, dass er mit dem Rücken gegen die Wand des Hauses neben Caitlyn prallt.

Die Füße des Vampirs baumeln einen halben Meter über dem Boden.

Ich reiße seinen Arm mit der Klinge zur Seite des frisch behandelten Patienten und lasse ihn mit dem Elektroschocker treffen. Mit einem schönen befriedigenden Schrei lässt er das Messer fallen.

So, das ist besser.

»Nicht«, knurre ich, als seine Freunde ihm zu Hilfe eilen wollen.

Sie ziehen sich zurück.

Das Blut des Vampirs läuft unter meinen Fingernägeln hindurch und tropft über mein Handgelenk. Ich könnte ihm den Kehlkopf abreißen. *Ich müsste ihn nur schnell drehen.*

»Noch jemand?«

»Nein, Henkerin«, brummen die umstehenden Jäger. Alle sieben. Wie schön, die ganze Bande ist versammelt. Manchmal muss man es den Leuten einfach zeigen.

Ich drehe mich um und starre den Anführer dieses

Idioten an. »Ich kann dich nicht mit Namen ansprechen, weil du dich nicht vorgestellt hast. Du solltest dir wirklich Manieren aneignen. So, Unbekannter, so führst du also dein Team?« Ich schüttle den stöhnenden Vampir ein wenig.

»Nein, Henkerin.«

»Nein?«

Der Schock in seinem Gesicht ist unbezahlbar.

Das Blut des Vampirs tropft jetzt bis zu meinen Ellenbogen. Ich wende mich wieder dem kämpfenden Jäger zu. »Und du, du musst Disziplin lernen. Du musst lernen, den Mund zu halten. Du wolltest eine Reaktion. Hm? War es das, was du wolltest?« Ich schüttle seinen schwankenden Körper und seine Schulter streift die Station. Ups. Er stöhnt, als die Magie ihn wieder beißt.

»Wenn ich deine süßen Laute noch einmal höre, werde ich mehr tun, als dir die Kehle zuzudrücken.« Ich senke meine Stimme und lasse ihn ganz leicht sinken, sodass wir uns Nase an Nase gegenüberstehen. Ich runzle die Stirn. Der Typ stinkt nach Zwiebeln, Knoblauch, Blut und etwas Verwesung.

Wenn man eine gute Nase hat, riechen gebissene Vampire ein bisschen tot. Es ist der schwache, kaum wahrnehmbare Geruch der beginnenden Verwesung. Zellen sterben, bevor das Vampirvirus zuschlägt. Ich bin ein halber Vampir, also bin ich weder halbtot noch stinkend.

Ich streiche mit den Fingern über seine Wange, drehe seinen Kopf, beuge mich vor und flüstere ihm unheimlich ins Ohr: »Wenn ich dich noch einmal sehe, bringe ich dich um. Und dann werde ich jeden finden und töten, den du je geliebt hast, nur weil ich es kann. Was auch immer du dir in deinem kleinen Erbsenhirn ausgedacht hast, ich werde es dir in die Stirn stechen – oder was auch immer die Klatschtanten hinter meinem Rücken über mich verbreiten, sei dir bewusst: Ich habe diesen Job nicht auf dem Rücken liegend bekommen.«

Meine Krallen graben sich noch etwas tiefer in sein Fleisch. Mann, ich wünschte, ich hätte Krallen.

»Nein, ich habe den Job bekommen, weil ich gut im Töten bin. Ich bin gut darin, mich mitten in der Nacht aus dem Schatten zu schleichen. Du bist nur noch am Leben, weil ich dich verschonen will, und ehrlich gesagt habe ich keine Lust auf Papierkram. Denk doch mal nach. Dein Tod ist es nicht wert, dass ich ein zehnseitiges Formular ausfülle.«

Angewidert trete ich zurück, öffne meine Hand und lasse ihn fallen.

Jetzt rieche ich sein Blut. Ohne nachzudenken, von meiner Wut getrieben, bewege ich meinen klebrigen, blutigen Arm. Er wandelt sich nicht in einen Huf. Stattdessen wird er wieder zu einer sauberen menschlichen Hand.

Story schreit kurz auf und hustet.

»Später.« Ich bin zu wütend, um darüber nachzudenken, was ich gerade getan habe. Ich schiebe es beiseite, um später darüber nachzudenken, und erhebe meine Stimme. »Hunter, du bist erledigt. Geh zur Gilde und unterschreibe die Papiere. Du bist wegen groben Fehlverhaltens entlassen.«

»Das kannst du nicht tun«, zwitschert ein anderer Jäger.

»Ich kann nicht? Seltsam, ich habe es gerade getan.

Abschnitt achttausendsechshundertzweiundachtzig: Angriff auf einen Vorgesetzten ist ein Grund zur sofortigen Entlassung.« Okay, also habe ich mir das verdammte Handbuch eingeprägt, bevor ich es in die Schublade geworfen habe. »Und für den Angriff auf einen Henker mit Silber sollte er eigentlich tot sein. Aber heute bin ich großzügig. Bitte kämpft weiter! Ich könnte es mir anders überlegen und ihn töten.«

Ich warte auf eine Antwort, aber die Jäger schweigen weise.

»Jetzt aufräumen und den Weg frei machen.« Ich trete zurück, drehe mich um und schleiche mit federnden, eleganten Schritten zurück zum Land Rover.

Ich vergewissere mich, dass Story vor mir ist.

Ich spüre die vorwurfsvollen, hasserfüllten Blicke in meinem Rücken. Na und? Sie können über mich urteilen, nörgeln und schimpfen, so viel sie wollen. Ich bin immer noch die Person, die kommt, um ihren Dreck wegzuräumen, wenn es zu schwierig wird.

Kapitel Fünf

Ich lehne mich an den schmutzigen Land Rover, Arme und Kinn aufs Dach gestützt. Meine Wange ist nass von Pages schleimigem Gutenachtkuss, und ich bringe es nicht übers Herz, sie abzuwischen. Die Elfen machen sich auf den gewundenen, sonnendurchfluteten Weg hinunter zu ihrem schicken, hochmodernen Zuhause. Ich sorge gern dafür, dass sie gut ankommen.

Das Haus liegt versteckt im Wurzelwerk eines kleinen Obstgartens mit neun alten Apfelbäumen links der Einfahrt.

Als wir das Haus gekauft haben, waren die Bäume in einem schlechten Zustand. Mein Blick schweift über die schlafenden Winterzweige. Sie wurden sorgfältig geschnitten und ausgelichtet und sind jetzt gesund. Da der Boden um sie herum organisch gedüngt und mit Wildblumen und Bärlauch eingesät wurde, wird es hier im Frühjahr besonders schön aussehen.

Ich freue mich schon auf die Apfelblüte. Wer liebt nicht blühende Apfelbäume?

Das Café, in dem ich früher gearbeitet habe – und in dem Story immer noch gelegentlich Hochzeitstorten dekoriert – gehört einer Bekannten von mir, einer Dryade. Tilly hat Zweige ihres Apfelbaums über die Decke des Cafés gespannt. Dank Tillys Zauber blühen die Zweige für immer.

Der Duft von Blüten, Kaffee und Kuchen weckt Erinnerungen und wird mich immer an Geborgenheit und ... schmerzende Füße erinnern. Ich wackele mit den Zehen. Meine Güte, ich habe ein paar Stunden in diesem Café gearbeitet. Ich habe dort Vollzeit gearbeitet, seit ich vierzehn war.

Die Elfen sind etwa auf halbem Weg, als Ralph, der Freund von Story, zu ihnen kommt.

»Daddy, Tru hat gegen ein außerirdisches Monster gekämpft!«, ruft Page aufgeregt, während sie auf ihn zuläuft und seine Hand ergreift, um sich unter seinem Arm hindurch zu drehen.

»Hat sie das wirklich?« Er umarmt sie und küsst sie auf die Stirn.

»Ja, und Tru hatte einen Jäger an der Kehle.«

Ich stöhne, zucke zusammen und stoße mit der Stirn gegen das Dach. »Danke, Jeff«, murmle ich.

»Mom hat eine böse Hexe angeschrien«, fügt Novel hinzu und tänzelt vor ihnen her.

»Wirklich?« Ralph zieht eine Augenbraue hoch und Story zuckt mit den Schultern, während sie seine andere

Hand nimmt und sich an seine Seite schmiegt. »Das hast du in deiner SMS nicht erwähnt«, sagt er in ihr Haar und küsst ihre Wange.

»Du weißt doch, dass ich keine Tyrannen mag. Ich hätte dem Jäger ein Messer ins Auge gerammt, wenn Tru mir die Chance gegeben hätte.«

Ich muss lachen, als Jeff den Kampf zwischen dem Kraken und mir dramatisch nachstellt und Novel und Page mitspielen. Zu meiner Belustigung – und obwohl ich mit Popcorn vollgestopft bin – macht er eine Rolle im Kommandostil, um Novels *Tentakeln* auszuweichen.

Die Koboldtruppe tritt ein, und mit einem Nicken und Winken von Ralph schließt sich die Tür.

Selbst von hier aus höre ich das gleichmäßige, beruhigende Summen der Kammer.

Alles ist sicher.

Mir dreht sich der Magen um und ich starre seufzend auf die winzige Tür. Ich habe die Baupläne gesehen, aber ich werde nie in ihr neues Zuhause hineinschauen können, denn ich bin größer als fünfzehn Zentimeter. Es ist eine Schande, aber was soll ich tun? Ich bin einfach eine dieser großen Kreaturen, denke ich.

Ich bin froh, dass Story sich wieder auf ihre traditionellen Bedürfnisse besinnt, und ich finde es toll, dass sie ein eigenes Zuhause hat. Ich klopfe auf das Dach des Autos. Ich bin nicht traurig ... es ist nur eine kleine Veränderung, das ist alles.

Es ist dumm, weil sie gleich nebenan sind.

Ich stoße mich vom Auto ab und drehe mich auf den Zehenspitzen. Ich vermisse sie. Und es ist verrückt, weil ich Menschen nicht einmal mag. Blah, Kinder. Ich schüttle mich vor Lachen und fasse mir an die noch feuchte Wange. Wem mache ich etwas vor? Ich liebe diese kleinen Monster.

Auch Justin und Morris fehlen mir. Sie sind beide in der Wohnung geblieben, weil sie näher an der Arbeit ist. Im Gegensatz zu uns anderen wollten sie nicht auf dem Land leben. Ich kann das nicht verstehen. Wer will nicht die Sterne sehen und die Vögel hören? Sie waren beide so aufgeregt, bevor ich meinen neuen Job bekommen habe. Ich glaube, dass ich als örtliche Henkerin Justin Angst mache. Er war in den letzten Monaten nicht mehr er selbst. Ich weiß nicht, wie ich mit ihm reden soll. Was, wenn ich mir umsonst Sorgen mache?

Ich habe nicht viele Freunde und mein Herz kann den Verlust von nur einem nicht verkraften. Also lasse ich ihnen natürlich den Vortritt.

Wieder überkommt mich ein Anflug von Traurigkeit. Meine Freundschaften verändern sich, wir entfernen uns voneinander.

Das gefällt mir nicht.

Während alle um mich herum erwachsen werden, Kinder bekommen und ihre Beziehungen weiterentwickeln, bin ich immer noch dieselbe.

Mein Leben stagniert, ich bin einsam.

Ich runzle die Stirn, reiße mich innerlich aus meiner Trübsal und schaue mir das Haus an. Das Bauernhaus hat noch einen langen Weg vor sich, bis es fertig ist. Ich schrubbe mir das Gesicht. Es gibt noch so viel zu tun und ich wollte alles selbst machen, aber natürlich habe ich nicht genug Zeit, um alles zu machen, was ich machen möchte.

Wenigstens von außen ist das Haus perfekt. Ich lächle ein wenig stolz. Als wir das Haus gekauft haben, waren die

Wände schmutzig weiß verputzt, und der Putz war an einigen Stellen abgebröckelt und rissig, was zu Schimmel und Feuchtigkeit im Inneren führte. Ich wollte kein *Weiß*.

Ich schlucke, als sich eine Erinnerung in meinen Kopf drängt, und ignoriere sie. Ich stopfe die scharfen Scherben in dasselbe dunkle Loch, in das ich alles packe.

Ich habe den Putz abschlagen lassen, und ein Team von Steinmetzen – Zwerge – hat die Außenfassade mit einem dunkelgrauen Stein verkleidet. Auch die Dachziegel und die alten, morschen Holzfenster habe ich erneuert. Die Fenster haben mich ein kleines Vermögen gekostet und wurden passend zur Eingangstür lila gestrichen. Sie sind es wert. Grau und lila. Ich nicke. Und für einen richtig modernen Touch ist die gesamte Rückseite des Hauses aus Glas.

Die raumhohen Fenster sind mit einem teuren Zauber belegt, damit man von innen einen freien Blick auf die umliegenden Felder hat. Ins Haus schauen kann dank der Magie allerdings niemand. Dreiundzwanzig Hektar biologisch bewirtschaftetes Weideland umgeben das Haus, und ich verhandle gerade über weitere vierzig Hektar Wald entlang der westlichen Grenze.

Ja, ich liebe das Haus von außen.

Innen ist es noch eine Baustelle, aber es geht langsam voran. Mein geliebtes Heim nimmt Gestalt an. Es scheint langsam zu gehen, aber es sind ja erst drei Monate vergangen. Immerhin haben wir das Hauptschlafzimmer fertiggestellt – na ja, eher eine Suite mit angeschlossenem Bad und einem riesigen Waffenschrank.

Ich trete gegen einen Stein, der über die zugewachsene Auffahrt rollt – die als Letztes auf meiner Liste steht. Ein rotbrauner Fleck kommt um die Hausecke geschossen und springt mit fast lautlosen Schritten auf den Stein.

Dexter.

Seine Krallen graben sich in den Boden und seine Zähne blitzen auf, als er vorsichtig eine Pfote hebt und darunter schaut. Tief angewidert miaut er und schlägt den Stein weg. Mit finsterer Miene tapst er auf mich zu.

»Reow.« Er drückt seinen Kopf gegen mein Bein, um mich auf seine typische Art zu begrüßen.

»Hi, Dex.« Mir wird ganz anders. Ah, da ist sie wieder: Die liebenswerte Monsterkatze erinnert mich einmal mehr daran, dass ich nicht allein bin. Kein bisschen.

Ich beuge mich vor und kraule ihn hinter den Ohren. Er reibt sich an mir und ich beobachte fasziniert, wie jedes einzelne rote Haar an seinem Körper aufzuspringen scheint und sich an meinem Pullover festkrallt.

Nein, ich bin nicht allein. Ich bin dumm und hatte einen schlechten Tag.

Ich betrachte die Narbe an meiner Hand, die Klerics Lippen perfekt nachzeichnet. Wenn ich Glück habe, werde ich nie mehr allein sein.

Ich mag keine Veränderungen, das ist alles.

»Reow.«

»Ja.«

»Berrrt.«

»Jaaa.« Ich habe keine Ahnung, was er sagt. »Ja. Du bist so ein braver Junge«, gurre ich. »Du hast dich gut auf den bösen Stein gestürzt.«

Er kneift die Augen zusammen und wackelt mit dem Hintern, sodass meine Hand an seinem Rücken entlanggleitet. Er hebt seinen Hintern für ein zusätzliches Streicheln und schlägt mit seinem Schwanz, sodass er sich um mein Handgelenk wickelt.

»Mert?« Er senkt den Kopf, um an meinen Stiefeln zu schnüffeln, und niest. Sie müssen Geruchsspuren an sich haben, denn ich musste den Tatort durchqueren, um zum Land Rover zu gelangen.

»Ja, du hast mir auch gefehlt, und heute Abend hast du den ganzen Spaß verpasst. Ich habe gegen einen außerirdischen Kraken gekämpft und mir fast das Gesicht weggeschmolzen, nicht einmal, sondern zweimal, und dann hat ein Vampirjäger versucht, mich zu erstechen.«

So ein Spaß.

»Breow«, zirpt er und tanzt um meine Füße herum.

»Ich bin nutzlos, wenn du mir nicht den Rücken freihältst, Dex.« Ich schultere meine Ausrüstung – ich kann sie nicht im Auto lassen – und die hübsche lilafarbene Eingangstür öffnet sich leise, als wir hineinrutschen.

Ich bleibe auf der Schwelle stehen, reibe mir das Gesicht und murmle in meine Hand. »Ich habe Mist gebaut, Dex«, gestehe ich. »Dieses Mädchen, Caitlyn, kam aus dem Nichts und hat mich gerettet. Ein menschliches Mädchen hat einen bösen Zauberer mit einer Bratpfanne getötet. Sie hat ihm auf den Kopf geschlagen. Es ist keine wissenschaftliche Schlussfolgerung, aber ich bin mir ziemlich sicher, dass sein Gehirn aus seiner Nase geflossen ist. Er war tot, bevor er auf dem Asphalt aufgeschlagen ist. Es ist ein schlechter Tag, wenn dich jemand mit einer Bratpfanne rettet.« Ich muss lachen.

Selbst in meinen Ohren klingt es traurig.

Die Haustür fällt ins Schloss und Dexter stupst mich an. »Ich werde ihr morgen früh eine neue Bratpfanne besorgen. Die Jäger haben die klebrige mitgenommen.« Ich mache das Licht an und … nichts.

Huch. Haben die Bauarbeiter Mist gebaut?

Ich blinzle in die Dunkelheit.

Die Station des Hauses summt hinter mir, aber das ist kaum beruhigend, als Dexter knurrt – und etwas, das sich wie böse Magie anfühlt, pulsiert aus der Dunkelheit.

Kapitel Sechs

Die Dunkelheit des Hauses umgibt mich. Im Gegensatz zu einem echten, reinrassigen Vampir oder gar einem Gebissenen habe ich keine Nachtsicht. In dieser Gestalt bin ich mit menschlichem Sehvermögen behaftet. Also warte ich, atme ruhig und langsam und lasse meine Augen sich an die Dunkelheit gewöhnen.

Das Messer in der Hand.

Stille und Dunkelheit.

Ich spanne meine Sinne an. Ja. Schleimige, faulige, böse Magie. Und nicht nur Magie. Ich atme tief ein; über dem Geruch der Bauarbeiten liegt der Geruch von Verwesung – und nicht von Vampirverwesung.

Es ist der Geruch von *Leichen*, die schon lange tot sind.

Nicht noch einmal. Der Geschmack von Galle steigt mir in den Mund, während die Magensäure in meinem

Hals brennt und ich mich anstrengen muss, um nicht zu erbrechen. Es ist eine natürliche Reaktion auf den Geruch – mein Körper sagt mir, dass ich das nicht essen soll.

Ja, ohne Scheiß. Danke für den Tipp.

Dieser Gestank ist mehr als ekelhaft, und das will was heißen. Heute Nacht ist es besonders ekelhaft. Ich halte die Luft an, aber der Gestank bleibt. Ich werde ihn bestimmt noch in meinem Haar riechen.

Apropos Haar: Das Babyhaar in meinem Nacken stellt sich auf, ich bekomme eine Gänsehaut und ein Schauer läuft mir über den Rücken.

Ich verdränge die Angst und rede mir ein, dass ich mich freue, bis mein Körper es mir glaubt. Ein Lächeln umspielt meine Lippen, während die Wut an meiner Seele nagt.

Wie können sie es wagen, in mein Haus einzudringen?

Ich kann eine geduldige Jägerin sein, wenn es sein muss.

Nein. Ich muss nicht jagen. Sie werden kommen, wenn sie noch im Haus sind, und ich muss mich als saftiges Ziel präsentieren. Wie könnte ich das besser tun, als hier im Dunkeln zu stehen?

Die Zeit vergeht und niemand kommt, um uns zu begrüßen.

Vielleicht brauchen wir noch einen besseren Köder?

»Hallo Schatz. Ich bin zu Hause!« Um es noch seltsamer zu machen, öffne ich die Haustür. »Ich brauche einen Heiltrank. Mein Bein tut weh.«

Dexter dreht seinen rotbraunen Kopf und sieht mich an, als wolle er fragen: »*Was zum Teufel machst du da?*« Ich zucke mit den Schultern und schließe die Tür mit einem besonders lauten Knall.

»Hallo!«

Nichts.

Kein Geräusch durchbricht die Stille, niemand kommt, um uns zu begrüßen. Schade. »Ich bin mir ziemlich sicher, dass der oder die Eindringlinge längst über alle Berge sind.« *Das heißt aber nicht, dass es im Haus nicht von fremder Magie wimmelt.*

Das Messer immer noch in der einen Hand schiebe ich mit der anderen das Zauber-Kit von meiner Schulter, lege es auf meinen Oberschenkel und suche nach einem Lichtzauber.

Gut, dass ich die Tasche immer in Ordnung halte. Der Lichtzauber leuchtet im Dunkeln blassgelb, was sehr hilfreich ist. Ich führe den Zauber an meine Lippen und flüstere die Beschwörungsformel für das allmähliche Licht. Das Letzte, was ich brauche, ist, mich selbst zu blenden.

Die Murmel erwärmt sich und der Zauber leuchtet sanft in alle Richtungen und entweicht durch meine Finger. Ich öffne meine Hand und blinzle, während sich meine Augen an das Licht gewöhnen, das sich zu einer Kugel formt und in die Luft steigt.

Das warme, wachsende Licht vertreibt die Dunkelheit und berührt die Wände des Flurs – die neue Wandverkleidung sieht wunderschön aus, grundiert und bereit zum Streichen, und … das Licht hebt das Glitzern des Metalls auf der Treppe hervor.

Ich neige den Kopf.

Die Müdigkeit, die mir noch in den Knochen steckt, weicht dem Adrenalin, das durch mein Blut schießt.

»Nun, ich habe diese Kunstinstallation nicht errichtet. Wie aufmerksam.« Ich schaue auf die alte, ausgehöhlte

Treppe, die für die Arbeit des Zimmermanns vorbereitet ist, in der nun dutzende von Klingen im Holz stecken.

Messer in verschiedenen Größen, manche alt, manche neu.

Manche sind bis zum Griff eingestochen, andere nur an der Spitze und kaum ins Holz eingedrungen. Sie glitzern im Licht der Magie.

Es ist ein schauriger Anblick, und die meisten Menschen würden erschrecken. Ich lache leise. *Die Ausstellung fasziniert mich.*

»Wie nett, dass ihr mir so viele Waffen dagelassen habt. Wie viele kann ich dem Eindringling wohl in den Leib rammen, bevor er verblutet?«

Ich weiß, dass ich mein Haus mit einem feinen Kamm durchkämmen muss. Ich will keine weiteren Überraschungen erleben. Ich bin heute Abend schon einmal überfallen worden. Seufzend greife ich wieder nach meiner Ausrüstung und werfe eine Handvoll Mikrokameras in die Luft, um das Chaos festzuhalten.

Keine weiteren Fehler mehr, Tru. Mit diesem Gedanken ziehe ich eine schicke Plastikkapsel und ein Tütchen mit gemischten Kräutern heraus. In der Kapsel raschelt ein *Sieh Magie Zauber.*

Dieser Super-duper-Spezialzauber wird nur von Profis an wichtigen Tatorten eingesetzt, wenn es um den Tod eines Staatsoberhauptes geht, nicht bei einer *Hoppla, bei mir ist jemand eingebrochen*-Situation.

Ich sollte es nicht benutzen.

Nicht dafür, aber ... Scheiß drauf! Die sind bei mir eingebrochen.

Die Kapsel hat drei Siegel. Ich brauche beide Hände,

also schiebe ich die Klinge beiseite, lege mein Set wieder auf die Schulter und stecke den Beutel mit den Kräutern zwischen meine Knie, um sie sicher zu verwahren.

Die Kapsel ist so schwer zu öffnen wie ein Zauberwürfel. Endlich löse ich den Plastikdeckel und ... Hm. Ein bisschen enttäuscht bin ich schon. Nach all der Mühe erwarte ich eine dramatische Rauchwolke, einen Wah-Soundeffekt oder so etwas. Ich nehme den Trank heraus und schaue in die Glasflasche. Die durchsichtige Flüssigkeit sieht aus wie Wasser.

Der Zauberspruch *Sieh Magie* sollte all das unterstreichen, was in den letzten Stunden in diesem Haus passiert ist.

Er sollte die verbliebene Magie in einem fahlen Grün erstrahlen lassen. Jedes Lebewesen, ob lebendig oder tot, wird in Rot hervorgehoben und die Technik in Blau.

Es ist so empfindlich, dass es sogar den Furz einer Fliege aufspüren kann. So zumindest die Theorie.

Ich leere den Beutel mit den gemischten Kräutern in meine Handfläche und füge den Trank hinzu. Noch eine gesungene Beschwörung, diesmal ohne Flüstern.

Die Kräuter fangen Feuer. Ich schreie auf und springe zur Seite, als das blaue Feuer meine Hand erfasst und beinahe mein Gesicht erreicht. Ich muss mich zusammenreißen, um das brennende Zeug nicht zu Boden fallen zu lassen.

Dann – dem Schicksal sei Dank – erlischt die Flamme, und die Asche in meiner Handfläche verschwindet mit einer Rauchwolke. Mit einem dichten, rauchigen Aroma, das das Nasenhaar zum Brennen bringt, wird der Zauber *Sieh Magie* aktiviert. Er fegt durch das Haus, bläst mir die losen Haarsträhnen aus dem Gesicht, und die Hitze des Zaubers trocknet meine Augen.

Winzige blaue Punkte huschen umher und nehmen Daten und Messwerte auf – die Mikrokameras. Es funktioniert. Ich habe dieses eigenartige Gefühl im Bauch, dass ich noch etwas tun muss. Ich schüttle den Kopf und ignoriere die innere Stimme.

Schwarze Flecken überziehen den Boden.

Hmm. Schwarz?

Ich beuge mich vor und betrachte einen dicken Fleck in der Mitte des Flurs. Vielleicht ein dunkles Grün? Ich drehe den Behälter und blinzle auf das Etikett. Es zeigt mir in winziger Schrift eine Farbtabelle. Ich stöhne. Hoffentlich filmen die Kameras das, dann kann ich die Details später studieren. Der Zauber wird nicht die ganze Nacht anhalten, und ich muss herausfinden, was zum Teufel die in meinem Haus gemacht haben.

Ich drehe mich um und sehe, wie das schwarze Zeug die Treppe hinaufläuft. Magie tropft von demjenigen, der hier war. Fäulnis, ekelhafte Magie, die so stark austritt, dass ich schwache Fußabdrücke auf dem Boden erkennen kann. Wenigstens kein Rot, also ist niemand da oben.

Mein Blick folgt den schwarzen Flecken im Flur, riesigen Füßen mit einem tieferen Abdruck am linken Bein, einer leichten Schleife am rechten Bein und einem kleinen Satz, der zu dem Schrank unter der Treppe führt, in dem sich der Stromkasten befindet.

Auf Zehenspitzen gehe ich auf die verzogene Schranktür zu und achte darauf, keinen der magischen Rückstände zu berühren. Die alte Tür – weiß glänzend bis auf den letzten Zentimeter und bald ersetzt – knarrt.

Ich schaue hinein. Der Lichtball schwebt über meine Schulter und beleuchtet den neuen Sicherungskasten. Ich schalte den Hauptschalter ein und mit einem Klicken und Summen erhellt sich das Haus.

Jedes Licht funktioniert.

Der Flur, der Treppenabsatz im Obergeschoss, das leere Arbeitszimmer zu meiner Rechten und das Wohnzimmer zu meiner Linken. Alles leuchtet, als hätte jemand zum Spaß jedes funktionierende Licht im Haus angeknipst.

»Das ist ja wie bei der verdammten Blackpool Illumination«, murmle ich und zitiere damit den Lieblingsspruch meines Großvaters, den er immer gesagt hat, wenn ich als Kind seiner Meinung nach zu viele Lichter angeknipst hatte – so ist das eben im Norden Englands.

Ich starre auf die Flecken, und etwas in mir, dasselbe nagende Bauchgefühl, ein Instinkt, drängt mich, etwas von meiner Magie in den Zauber *Sieh Magie* einzubringen. Meine Magie? Das habe ich noch nie gemacht. Ich habe es nie versucht, und es ist eine dumme Idee.

Meine Magie ist eine verkorkste Einhornversion der Vampirmanipulation. Es ist Gedankenmanipulation. Ich kann sie nicht nach Belieben einsetzen. Ich bin keine Hexe. Aber etwas sagt mir, dass ich es versuchen sollte. Magie ist schließlich instinktiv. Ich schnaufe. *Ganz oder gar nicht, oder? Was kann schon passieren?*

Das sagt man doch immer.

Der magische Ball, den ich in meiner Brust gefangen halte, zittert, und mit einem fast unbedachten Wurf und einem zu späten Zucken des Bedauerns werfe ich ein winziges bisschen meiner Magie in den aktiven Zauber. Aus der Spitze meines Zeigefingers zischt kirschrosa Energie. Es fühlt sich richtig an. Die Hybridmagie schießt in die Luft, verbindet sich mit dem Zauber *Sieh Magie* und ... zerstört ihn.

Oje.

Entsetzt sehe ich zu, wie die magischen Farben um uns herumwirbeln, sich scheinbar verdichten, schwärzen und dann zu Schatten werden. Dexter stößt mir stumm gegen das Bein. Die magischen Schatten werden dicker, fast körperlich.

Neben der Eingangstür ist ein Schatten von vertrauter Gestalt, hoch und schlank, der an den Rändern in eine ölige Farbmasse übergeht, die wie ein Regenbogen schimmert. Der kleinere Schatten hat die Form einer Katze, die Ränder leuchten blau. Sind das Dexter und ich? Wow. Das ist irgendwie cool.

»Oh, Scheiße.« Ich ändere meine Meinung, als sich die Schatten *bewegen*.

Kapitel Sieben

DER SCHATTEN, der mir gehört, zieht blitzschnell ein Messer – ich bin beeindruckt von seiner Schnelligkeit. Mein Herzschlag beruhigt sich, als der Schatten meiner Gestalt die Haustür öffnet. *Puh.* Ich habe keine Schattenmonster von Dexter und mir erschaffen, und so schnell werden sie auch nicht die Weltherrschaft übernehmen. Nein, die Schatten stellen die Momente nach, in denen wir das Haus zum ersten Mal betreten haben. Ich glaube, ich habe der Magie eine Art Animation verliehen.

Nach ein paar ereignislosen Minuten verschwinden die Schatten. Okay, das ist gut. Ich drehe meine Schultern und meinen Nacken und fühle mich ein wenig seltsam und steif. Vorsichtig sammle ich mehr Magie aus meiner Brust und sende die Kraft in den nächsten schwarzen Fleck.

Diesmal ist es komplizierter. Der schwarze Rückstand

ist älter und hartnäckiger. Er will nicht weichen. Ich beiße die Zähne zusammen und zähme die Magie, Schweißperlen stehen mir auf der Stirn, während ich ihm ein wenig mehr von meiner Kraft zuführe – ein wenig rosa, eine Prise hellblau – die magischen Funken.

Ein paar Sekunden passiert nichts.

Dann, mit einem *Peng* in meinem Kopf, ruft mich die Magie in den hinteren Teil des Hauses. Dexter muss denselben Ruf gehört haben. Das Fell auf seinem Rücken sträubt sich und er knurrt wütend, als er den Flur entlangtrottet.

Ich folge seinem flauschigen Hintern.

Mondlicht und Solarlampen aus dem Garten fallen in den Raum und beleuchten die blanken Drähte, die von den frisch verputzten Wänden hängen. Die Lampen müssen noch installiert werden, Farbdosen und Baumaterialien sind ordentlich in der hinteren Ecke gestapelt. Die extra hohen Fenster geben den Blick frei auf endlose Felder und die Ecke des langgestreckten Nebengebäudes, das in einen hochmodernen Fitnessraum und eine Gästewohnung umgebaut wurde.

In der Mitte des Bodens befindet sich ein schwarzer Tümpel voller fauliger Magie.

Das ist nicht gut.

Als wir näher kommen, sehe ich, dass der Sieh-Magie-Zauber inaktiv ist. Ist er kaputt? Nein, er wird wieder aktiv, als wir näher kommen. Die Spannung auf der Wasseroberfläche löst sich, das Wasser kräuselt sich und der Schattenfilm beginnt wieder zu laufen, als hätte der Zauber auf unsere Anwesenheit gewartet. *Unheimlich.*

Die Schattenwesen werden von einer Welle stinkender

Magie zum Leben erweckt – ein schrecklicher, fauliger Gestank. Der Gestank ist so stark, dass ich zurück taumle und mir die Hand vor Mund und Nase halte, um den Geruch abzuschirmen.

Dexter niest.

Ich kneife meine tränenden Augen zu. Woher zum Teufel kommen die? Mir schwirrt der Kopf, als die Schatten dichter werden. Der Schatten in meiner Gestalt hat sich an der Tür vorbeigeschlichen, diese Schatten sind aus dem Nichts aufgetaucht.

Ich blinzle und sehe, dass sie ein Portal benutzt haben. Unter all dem schwarzen Schleim muss sich ein Ley-Linien-Riss verbergen. *Schon wieder Portale.* O nein, nein, nein. Das ist nicht gut. Mir läuft ein kalter Schauer über den Rücken. Mein Blick wandert durch den Raum. Man kann doch nicht mitten in eine aktive Station hineinportieren – eine Station wie die, die das Haus umgibt.

Das darf nicht sein.

Aber ... aber Magie ist kompliziert, und gerade wenn man glaubt, die Regeln zu kennen, ändert sie das Spiel. Schaut mich an! Ich mache die ganze Zeit verrückte Sachen. Oder sind es wieder Dämonen? Mir dreht sich der Magen um. Kleric kann diese ganze Rauchsache, aber ich denke, das ist Magie zwischen Partnern der königlichen Linie und keine gewöhnliche Dämonensache. Ich schüttle den Kopf und schiebe es erst einmal aus meinem Kopf. Ich werde keine voreiligen Schlüsse ziehen. Ich muss die Fakten erst einmal verarbeiten.

Ich beuge mich vor und beobachte die Eindringlinge, zwei schattenhafte Gestalten, die eine ein großes, schwerfälliges Tier, die andere eine kleinere in menschlicher Form.

Ihre Schatten sind nicht von verschiedenen Farben umgeben, sondern schwarz in schwarz. Vielleicht ... ich kneife die Augen zusammen. Die Schatten haben einen Hauch von Dunkelgrün an den Rändern.

Der Tod scheint wie Trockeneis von ihnen abzufallen.

Der große, schwerfällige Schatten schleppt sich durch den Raum, und während er sich bewegt, schleift das rechte Bein. Ah, das bestätigt meinen Verdacht, den ich aufgrund der schwarzen, fleckigen Spuren im Flur hatte. Ich hatte recht mit den riesigen Füßen und dem leichten Schleifen des rechten Beins.

Der kleinere Schatten bewegt sich im Vergleich dazu leichtfüßig und berührt alles. Ich knurre tief in meiner Kehle, als der neugierige Schatten so tut, als würde er meinen Kühlschrank öffnen. Ich wette, wenn ich mehr Möbel hätte, würde er jede Schublade öffnen.

Der Sieh-Magie-Zauber kann das Böse, das der kleine Schatten hinterlässt, nicht aufspüren, aber darum geht es auch nicht. Ich verziehe das Gesicht. Ich will nicht, dass die meine Sachen anfassen.

Dexter folgt den beiden Schatten zurück in den Flur, und nachdem sie mein Wohnzimmer und mein Arbeitszimmer durchsucht haben, geht der neugierige Schatten die Treppe hinauf.

Ich will ihm folgen, bleibe aber abrupt stehen – die blutigen Messer. Ich kann nicht weitergehen, wenn ich nicht einen Zeh verlieren will. Frustriert trommle ich mit den Fingern auf meinen Oberschenkel. Ich weiß nicht, ob ich diesen Zauber noch einmal anwenden kann oder wie lange der aktuelle anhält. Ich weiß nicht, ob die Mikrokameras diesen seltsamen Zauber einfangen, ich muss es mit eigenen Augen sehen. Ich muss mein Zimmer überprüfen.

Ich schaue nach oben, auf den Spalt zwischen dem ersten Stock und der Treppe. Es ist machbar. Ein kurzer Blick auf die Länge des Flurs und meine Idee könnte funktionieren. Ich lasse den Rucksack zu meinen Füßen fallen, gehe in die Hocke und springe in die Luft.

Als meine Füße den Boden verlassen, klappen meine Flügel auf.

Bei dem Platz, den ich habe, können sie sich nicht vollständig ausbreiten, und ich habe nur Zeit für einen einzigen schwachen Flügelschlag, bevor sie wieder verschwinden müssen. Meine Flügel lösen sich, aber der Schwung reicht aus, um mich in den schmalen Spalt zwischen Decke und Treppe zu katapultieren. Meine Hände krallen sich in das hölzerne Geländer.

Unter mir schreit Dexter.

»Gib mir eine Sekunde!«, schreie ich durch zusammengebissene Zähne und ziehe mich hoch. Das alte Holz gibt ein fürchterliches Knarren von sich. Es knarrt und bröckelt unter meinen Händen. »Komm nicht die Treppe hoch, Dexter. Du wirst dir wehtun.« Ich ziehe mich fester an dem alten Geländer hoch, bevor es bricht.

Mein Herz klopft wie verrückt, als ich mit den Füßen auf den Treppenabsatz trete, während der kleine Schatten die oberste Stufe erreicht. Ich ignoriere das schattenhafte Wesen, das neugierig das leere Gästezimmer erkundet, und richte meine Aufmerksamkeit stattdessen auf meine Schlafzimmertür. Die beschädigte Schutzzauberplatte glänzt und zischt. Haarrisse durchziehen das Spinnennetz in der Mitte und der gebrochene Zauber hallt in meinem Kopf wider.

»Das ist ja seltsam. Seit wann spricht Magie so laut?« Ich reibe mir die Schläfe und verziehe das Gesicht. Mir ist ein bisschen übel. Irgendwie muss ich durch den Sieh-Magie-Zauber mit dem Schutzzauber verbunden sein.

Ich seufze. Der Schutzzauber ist beschädigt, aber noch intakt. Ein rubinroter Blitz durchdringt die magische Barriere, dann leuchtet sie wütend purpurrot. Der neugierige Eindringling hat es nicht in mein Zimmer geschafft. Ich bin so froh, dass ich einen teuren temporären Schutzzauber errichtet habe. Es ist vor allem eine Vorsichtsmaßnahme, damit niemand in meine Privatsphäre eindringen kann, denn die Bauarbeiter gehen den ganzen Tag im Haus ein und aus.

»Reow.« Dexter rügt mich. Er sitzt am Fuß der Treppe und beobachtet die Klingen. Sein Schwanz zuckt hin und her, dann geht er zurück zur Eingangstür. Sein roter Hintern wackelt.

»Dexter«, ermahne ich ihn.

Er springt, hüpft, überspringt die halbe Treppe und landet mit beeindruckender Katzengewandtheit auf dem knarrenden Geländer. Mit perfekter Balance läuft er darüber und landet in Sekundenschnelle vor meinen Füßen.

»Miau.«

Ich lasse die Hände sinken, die mein Gesicht halb verdeckt hatten. »Angeber.« Dem Schicksal sei Dank geht es ihm gut. Wie ein Wal atme ich erleichtert auf. Dexter leckt sich die Pfote, und meine Aufmerksamkeit gilt wieder dem neugierigen Schatten. Wir beobachten beide, wie sich die magische Vergangenheit entfaltet, während der Eindringling versucht, die Mauer in Stücke zu schlagen.

Der Schatten hämmert auf die Mauer ein und wirft einen Zauberspruch nach dem anderen. Es ist ein sinnloses und unverschämt teures Unterfangen. Gut zehn Minuten geht das so, dann gibt der neugierige Schatten auf und geht die Treppe wieder hinunter. Wir sehen zu, wie die große, schwerfällige Schattenkreatur dann die Klingenkunst arrangiert.

Ich springe über das Geländer, um der Treppe auszuweichen, und beobachte, wie die Schatten ihre Arbeit beenden. Nachdem sie alle Lichter angeknipst haben, knipst der neugierige Schatten die Sicherung aus, und beide gehen zurück in den hinteren Raum und lösen sich in nichts auf.

Ich lasse mich fallen. Die Magie in meiner Brust ist immer noch da, aber sie fühlt sich leer an, also höre ich auf, sie zu nähren, und sofort kehrt sie zu ihrem ursprünglichen Sieh-Magie-Zauber zurück.

Langsam und methodisch durchsuche ich das Haus.

Im Flur liegt eine einzelne Feder. Ich hebe sie auf, ziehe sie durch meine Finger und halte sie gegen das Licht.

Das Trinken von Xanders Engelsblut hat mir reinweiße Flügel gegeben, aber nach Monaten von Klerics Blut sind sie blau geworden. In verschiedenen Blautönen. Dunkelblau an der Spitze und zum hohlen Schaft hin verblassend zu einem hellblauen Ombré. Ich habe keine Ahnung, was dieser Farbwechsel bedeutet. Ich stecke die Feder in die Gesäßtasche meiner zerrissenen Jeans.

Ich greife nach einem knallgelben Eimer aus dem Hinterzimmer, Rand und Boden sind mit bröckelndem Putz bedeckt. Ich stopfe eine Plastiktüte für Beweismaterial hinein und ziehe mir dicke, magiesichere Handschuhe an – für den Fall, dass die Messer auf der Treppe etwas Böses wie

Gift enthalten. Der Eimer schlägt gegen meinen Oberschenkel, als ich zur Treppe gehe und mit der seltsamen Aufgabe beginne, die Messer von den Stufen zu ziehen. Sie klappern auf dem Boden des Eimers, während ich die Treppe hinaufsteige. Ich hatte *recht. Die Klingen sind Schrott.* Auf halber Treppe bleibe ich stehen.

Ist das ...? Ich lache verlegen.

»Jetzt bin ich froh, dass ich Handschuhe trage«, sage ich zu Dexter, der vom oberen Treppenabsatz zusieht.

Ist das ein Finger?

Ja, das ist einer. Neben dem abgetrennten Finger liegt ein verdammt scharfes Messer. Wahrscheinlich das einzig gute Messer. Es landet mit dem Rest im Eimer. Ich bin mit der Treppe fertig und endlich liegt der Finger ganz allein auf der Holzstufe.

Ich starre ihn an. Der Finger hat kein Blut und sieht etwas schleimig aus. Ich pikse ihn an, und als er nicht schlagartig zum Leben erwacht, hebe ich ihn auf und quetsche ihn zwischen meinen behandschuhten Fingern.

Igitt.

Er ist so matschig wie bröckelig. Hier könnte der Geruch herkommen. Ich zucke mit meinen Nasenflügel. Nekromantische Magie. Mr Hinkebein war ein verdammter Zombie. Ich betrachte all die Flecken verrotteter Magie mit besonderem Entsetzen. Zombie. Ich schaudere.

Niemand möchte, dass ihm Großtante Dorothy in ihrem besten Kleid entgegenstolpert, das von ihrem animierten Körper verfault. Als Auftragskillerin habe ich schon viele Menschen ins Jenseits befördert. Dass die Toten wieder aufstehen und sinnlos umherirren, ist für mich nicht in Ordnung.

Besonders gruselig finde ich es, wenn ein Zombie sein grausiges Ich im ganzen Haus verteilt und einen Körperteil auf meiner Treppe zurückgelassen hat.

Ich muss mich mit der Theorie der Kreaturen vertraut machen, falls ich jemals einem Zombie von Angesicht zu Angesicht gegenüberstehe. Sie neigen dazu, zu beißen, wenn man sie nicht richtig unter Kontrolle hat.

Soweit ich mich erinnere, soll der Zombie nicht ansteckend sein, aber wer will schon von verfaulten Zähnen angeknabbert werden? Außerdem macht Magie immer eigenartige Sachen. Ich will auf keinen Fall gebissen werden.

Es juckt mich. Ich muss einen Reinigungszauber für das Haus, Dexter und mich anwenden. Bei Zombies kann man nicht vorsichtig genug sein. Die Toten zum Leben zu erwecken, ist das Schlimmste. Es ist eine seltsame Magie. Nekromanten haben die Kontrolle über die Toten – Zombies, Geister, Gespenster, Ghule und, wenn man den Angstmachern glauben darf, auch Vampire.

Ja, man kann sich vorstellen, dass Vampire das lieben.

Die Berührung des Todes bei einem gebissenen Vampir könnte für einen mächtigen Nekromanten ausreichen, um den Vampir wie einen Zombie zu benutzen. Da es jedoch keine dokumentierten Berichte darüber gibt, dass dies jemals passiert ist, bleibt es eine Gruselgeschichte.

Das Gerücht hält sich hartnäckig, vermutlich weil niemand außerhalb der Nekromanten-Gemeinschaft weiß, wozu ein starker Nekromant fähig ist. Umso beunruhigender ist es, wenn jemand mit einem Zombie als Haustier durch ein Portal in mein Haus eindringt.

Was habe ich getan, um einen Nekromanten zu verärgern?

Ich spüre, wie ich den Zombiefinger wie einen verrückten Stressball zerquetsche. Igitt. »Das ist echt übel«, sage ich mir, während ich die Treppe hinunterstürze. Ich muss das Ding sofort in einen Anti-Magie-Beweisbeutel stecken.

Außerdem muss ich den Riss in der Ley-Linie in meinem Fußboden reparieren. Das Portal ist kleiner als das unter der Brücke, das fast den Land Rover verschluckt hätte, also sollte es mit einem kleinen Kreidekreis und einem Trank, den ich habe, leicht zu reparieren sein, sodass keine Hexe nötig ist. Dann brauche ich einen besonders starken Reinigungszauber und eine große Handvoll Reinigungskugeln.

Ich packe den Zombiefinger doppelt ein, ziehe die Schutzhandschuhe aus und packe sie auch ein, während ich darüber nachdenke, was ich nicht verstehe. Ich habe einer Hexe ein kleines Vermögen bezahlt, um das Haus zu schützen, und trotzdem hat jemand die Barriere umgangen und mit einem Zombie ein Portal die aktive Station geöffnet.

Das muss bedeuten, dass der neugierige Eindringling sehr mächtig ist. Aber ... der neugierige Nekromant war nicht mächtig genug, um durch die Schlafzimmerschranke zu kommen, also ist es wahrscheinlicher, dass eine gewöhnliche Hexe das Portal für die Eindringlinge geöffnet hat. Und wenn das so ist, ist es dann möglich, dass mir eine schlechte Station verkauft wurde? Aber auch das scheint nicht richtig zu sein. Ich hätte es gemerkt, wenn die Station schlecht gewesen wäre. Und der Zaun um das Haus fühlt sich immer noch massiv an. Ein ganzer Hexenzirkel würde

Stunden, wenn nicht Tage brauchen, um ins Haus zu kommen.

Wenn also die Bannzone nicht nur ein Haufen Mist ist, kann ich mir nur vorstellen, dass die Hexe, die die Station um das Haus gelegt hat, sie hereingelassen hat.

Schon wieder Hexen.

Ich reibe mein Gesicht und stöhne.

O Gott, ich bin so verdammt müde. Okay, bevor ich etwas anderes mache, muss ich alle Schutzzauber erneuern.

Ich schlurfe zu meinem Koffer und hole alle Magie heraus, die ich brauche.

Jemand hat ein Portal vor meinem Auto geöffnet und die Elfen in Gefahr gebracht, und ein neugieriger Nekromant hat sich mit einem Zombie als Haustier in meinem Haus umgesehen, und als wäre das nicht schon schlimm genug, hat er auch noch eine süße Warnung mit Messern auf meiner Treppe hinterlassen.

Als wollten sie sagen: »Ich kann dich überall kriegen.«

Ich habe mich geirrt, als ich vorhin gehofft habe, mit dem Tod des männlichen Zauberers würden sich die Dinge wieder normalisieren. Warum habe ich das gesagt? Ich weiß, dass man das Schicksal nicht herausfordern soll. Ich glaube, sie haben Marcus, den Zauberer, als Sündenbock benutzt, und das Chaos ist mit seinem Tod nicht vorbei.

Nein, das ist erst der Anfang.

Kapitel Acht

Es klopft an der Haustür und ich renne mit Dexter im Schlepptau den Flur hinunter. Ich weiß nicht, warum mich das Klopfen jedes Mal in Panik versetzt. Jedes Mal. Ich bin so eine Spinnerin.

Entweder denke ich *Wer zum Teufel klopft da und muss ich wirklich aufmachen?* oder ich sage mir, dass sie wieder gehen, bevor ich an der Tür bin.

Ich öffne die Tür und sehe ein bekanntes Gesicht.

»Henkerin, schönes Haus«, murmelt der Labortechniker.

»Danke, Michael. Schön, dass du so spät noch gekommen bist.«

Groß und schlank, mit dunklem Haaransatz und einem strahlenden Lächeln spielt der Labortechniker heute Abend den Kurier. Ich habe eine dringende Abholung arrangiert.

Er steht unbeholfen abseits der leuchtenden und spuckenden Schutzzauber, die neu angebracht wurden – ich habe mich rausgeschlichen und den Koboldbau auch neu gemacht, um sicherzugehen. Die Schutzzauber sind alle temporär, die gleiche Marke wie die auf meinem Zimmer, die ich auch ausgetauscht habe.

Morgen früh muss ich Story alles erklären. Sie wird sicher sauer sein, dass ich sie nicht um Hilfe beim Einbruch gebeten habe.

Aber sie kann mir mit der Hexe helfen, die mich morgen besuchen kommt. Wir werden uns mit Rose unterhalten, der Hexe, die die Schutzzauber eingesetzt hat. Ich könnte heute Abend gehen, aber ich bin so wütend. Ich könnte etwas Dummes tun.

Wissenswertes am Rande: Kreaturen können normalerweise keine Fragen beantworten, wenn man sie erwürgt.

»Hast du Beweise für mich?«

Ich nicke in Richtung der beiden Beweisbeutel, die an der Gartenmauer lehnen, fast versteckt hinter einem Büschel Gras, das wild zwischen den alten Steinen der Auffahrt wächst. Ich will diesen Zombiefinger nicht im Haus haben, nicht nachdem ich mit einem Sauber-mach-Zauber und reinigender Magie den üblen Geruch beseitigt habe.

»Toll. Oh, und ich habe ein Päckchen für dich. Es lag auf deinem Schreibtisch. Ich weiß, dass du nicht gern ins Gebäude kommst, und es lag dort schon eine ganze Weile.« Michael wird rot, zappelt herum, zieht einen Karton unter seinem Arm hervor und schiebt ihn in meine Richtung.

Ich trete aus der Station, damit er mir das Paket geben kann. Es ist schwer. »Danke, Michael. Das ist sehr nett.«

Michaels Wangen werden noch dunkler, er hebt beide Beweismittelbeutel hoch und hält den einen mit dem Finger näher an sein Gesicht. »Zombie?«, murmelt er.

»Ja. Es ist matschig.« Ich zucke unbeholfen mit den Schultern, als er mich wieder ansieht.

»Scheiße!« Michael schüttelt sich. »Es war schön, dich zu sehen. Ich wünsche dir eine gute Nacht. Ich schicke die Ergebnisse an deine Assistentin, sobald sie fertig sind.« Michael nimmt seinen imaginären Hut ab und eilt zu seinem silbernen Ford Fiesta zurück.

Während ich ihm nachschaue, schüttle ich den Karton. Ich bekomme nie Pakete. Ich bekomme nie etwas. *Es sei denn, es ist ein Geschenk von Kleric!* Ich grinse und tanze innerlich. Nachdem ich abgeschlossen habe, renne ich die Treppe hinauf und trage die Kiste in mein Zimmer.

Vor der Tür ziehe ich die Stiefel aus.

Die ausgetauschte Station knistert und summt, als ich durch die Tür trete. Dexter plumpst aufs Bett, seine linke Pfote verkrallt sich im Stoff meiner Lieblingsbettwäsche. Ich stelle den Karton neben ihn, denn ich muss mir erst noch die Hände waschen.

Wenn ich schon dabei bin, kann ich mich auch gleich bettfertig machen.

Kaum habe ich meinen Schlafanzug an, hüpfe ich aufs Bett, reiße die Verpackung auf – und schnappe nach Luft. In schwarzem Seidenpapier liegen zwei schwarze *Schwerter*. Meine Hand zittert leicht, als sie über den Schwertern schwebt. Ich weiß nicht, welche Schachtel ich zuerst öffnen soll. Ich lache.

Mann, bin ich überwältigt. So etwas habe ich noch nie bekommen.

Ich lege den Kopf schief, um das magische Kribbeln zu spüren, und fast wie von selbst wandern meine Finger zu einem zarten Seidensäckchen, das ein wenig versteckt ist.

Oh.

Ich greife danach und ziehe.

Die starke Magie, die mir irgendwie vertraut ist, beißt mich.

Ich drehe den Beutel, um das Etikett lesen zu können:

TINKTUREN UND TONIKEN – Spezialisten für tragbare Zaubertränke.

Herzlichen Glückwunsch zu Ihrem anspruchsvollen Kauf. Dieses Produkt wurde speziell für den Empfänger angefertigt und muss mit einem Tropfen Blut aktiviert werden, während die beiliegende Beschwörungsformel gelesen wird. Bitte beachten Sie: Aus Sicherheits- und Datenschutzgründen gehorcht der Gegenstand nach Aktivierung des Zaubers nur dem Benutzer ...

Bla, bla, bla.

Die Worte verschwimmen, während mein Gehirn zu explodieren scheint. Eine magische Tasche! Ich kann es nicht glauben. Eine Zaubertasche. Die schwarze Tasche ist nicht irgendeine Tasche, sondern eine winzige Taschendimension, unglaublich selten und unverschämt teuer.

Der alte rote Werkzeugkasten meines Großvaters, den ich am Fußende meines Bettes aufbewahre, hat einen ähnlichen Zauber – vielleicht kommt mir die Magie der Tasche deshalb so bekannt vor. Aber obwohl ich Dinge darin aufbewahren kann, ist die Magie auf meinen Großvater zugeschnitten, und der Versuch, Dinge hinein- oder herauszubekommen, ist ein Albtraum. Außerdem ist es nicht leicht, das rostige, schwere Ding herumzuschleppen. Es ist nicht unauffällig genug, um es jeden Tag zu benutzen.

Diese Tasche ist viel raffinierter als der Werkzeugkasten. *Entschuldige, Großvater.*

»So seidig.« Ehrfürchtig streiche ich über die Tasche. »Mein Schatz.« Ich kann mir ein albernes Grinsen nicht verkneifen, als ich sie an meine Brust drücke.

Was habe ich gesagt – dass es eine Albtraumnacht wird? Nein, ich nehme es zurück. Diese Nacht endet wie ein Traum.

Die Möglichkeit, eine Vielzahl von Waffen zu verstauen – je nachdem, wie viel Platz im Inneren ist – macht mich schwindelig, und dann die Seidenhülle zusammenfalten und in die Tasche stecken zu können. Die Möglichkeiten sind einfach überwältigend.

Vielleicht werde ich nie wieder ohne Waffe sein.

Vorsichtig lege ich die Tasche auf mein Knie, um sie mit meinem Blut zu beträufeln, aber ich zittere wie ein Welpe und atme tief durch, um mich zu beruhigen. Ich will bei der Beschwörung keinen Fehler machen.

Nachdem ich die einfache Beschwörungsformel ein paar Mal zur Übung gelesen habe, nehme ich die hygienisch versiegelte Lanzette aus der Verpackung und atme noch einmal tief durch. Jetzt bin ich ruhiger und steche mir in den Zeigefinger, um mit dem Daumen einen einzelnen Tropfen Blut herauszudrücken. Er tropft und benetzt den Rand des seidigen Stoffes. Ich spreche den Zauberspruch, um die Magie zu aktivieren, und beobachte, wie mein Blut aufgesogen wird.

Die Magie des Beutels summt und die Außenseite des Beutels glitzert.

»Zeit zum Testen.«

Ein Messer liegt auf dem Nachttisch. Im ganzen Haus liegen Klingen herum. Ich hebe es auf und stecke es in die Tasche. Es verschwindet. Gewicht und Form der Tasche verändern sich nicht.

Oh, wow, wenn Kleric ein Geschenk kauft, dann richtig.

Ich zähle bis dreißig, greife hinein und stelle mir die Klinge vor. Der Griff prallt gegen meine Handfläche. Ich gebe einen kleinen Schrei von mir, und das Bett quietscht, als ich auf und ab hüpfe.

Dexter verzieht das Gesicht und entfernt sich so weit wie möglich von mir, ohne das Bett zu verlassen.

»Tut mir leid.« Ich ziehe das Messer heraus und lege es zurück auf den Tisch.

Okay, es hat funktioniert. *Das ist unglaublich.* Wie groß die Tasche wohl ist? Am liebsten würde ich meinen Kopf hineinstecken und mich umsehen – das habe ich schon mal mit der Werkzeugkiste gemacht, also weiß ich, dass ich das kann. Es sei denn, der Zauber geht schief und Story findet morgen meinen Körper ohne Kopf.

Aha.

Niemand hat gesagt, dass ich nicht impulsiv bin ... und dann ist da noch die Warnung auf dem Etikett. Ja, das ist vielleicht nicht die beste Idee. Ich grinse. Vielleicht stecke ich später meinen Kopf da rein. Ich stelle die Tasche ab und greife nach der ersten der Seidenschwertboxen. Mit angehaltenem Atem und Herzklopfen in den Ohren öffne ich sie.

Ich erstarre.

Es ist ein atemberaubend schönes, zweischneidiges Schwert.

Ich glaube, ich habe so was noch nie gesehen – etwas in meiner Brust tut weh. Ich habe von meinem Großvater nicht so viel über Waffen gelernt, wie ich hätte lernen sollen. Wenn ich die Zeit zurückdrehen könnte, würde ich mein jüngeres Ich schütteln und ihm vielleicht eine Ohrfeige geben, damit es auf seine weisen Worte hört.

Auf jedes Wort.

Meinem Adoptivgroßvater hätte diese Klinge gefallen. Die Erinnerung an seine Stimme hallt in meinem Kopf wider, so tief, dass es fast so ist, als stünde er neben mir, während ich das Schwert aus der Kiste hole. Meine Güte, so viele Details. Die runde Parierstange, an der die Klinge beginnt und der Griff endet, um die Hände des Benutzers zu schützen und die Waffe auszubalancieren, ist mit einem galoppierenden, blassrosa Einhorn verziert. Ich schaue genauer hin – das Roségold oder vielleicht eine Titan-Gold-Legierung beeinträchtigt das Gewicht der Waffe nicht, das Schwert ist leicht und wunderbar ausbalanciert.

Ein Glucksen entweicht meiner Kehle, als ich die Vampirzähne des Einhorns entdecke. Ich lache und schüttle den Kopf. Das Detail ist verblüffend.

Auch der Griffkragen und der Knauf sind mit einem Einhorn mit Reißzähnen verziert. Das Einhorn ist erhaben und ich frage mich, ob ich, wenn ich jemandem mit dem Knauf ins Gesicht schlagen würde, eine Einhornmarkierung hinterlassen würde. Ich schnaufe und stelle mir vor, wie ich jemanden auf die Stirn treffe.

Ich kann es kaum erwarten, das herauszufinden.

Der Griff ist mit elegantem schwarzen Leder umwickelt

und hat genau die richtige Länge für meine Hand. Ich ziehe die Scheide von der Klinge, und der Glanz des polierten Stahls ist eine Augenweide. Das ist die schönste Waffe, die ich je gesehen habe. Die Handwerkskunst ist exquisit. Kleric hat sich selbst übertroffen. Ich lege die Klinge zurück in die Schachtel und entdecke den handgeschriebenen Geschenkgutschein.

Ich summe vor Freude. Die schwarze Geschenkkarte – der Karton fühlt sich samtweich an zwischen meinen Fingern, nur bestes Papier. Ich lese die geschwungene Schrift:

Als Ersatz für das Schwert, das du verloren hast. In Liebe, Xander.

Das Lächeln, das meine Wangen schmerzt, verschwindet aus meinem Gesicht. Zombie-Schmetterlinge flattern in meinem Inneren. Ich lasse die Karte los, sie flattert zurück in die Schachtel.

Mir wird übel.

Ich halte mir beide Hände vor den Mund, springe vom Bett auf und trete ein paar Schritte zurück. Um das Schwert zu ersetzen, das ich verloren habe. Die Klinge, die er in zwei Hälften geteilt hat, trifft es besser. *Arschloch.* Schwarz schwimmt in meinen Augen, als die pure Wut den Schock verdrängt. Ich knirsche mit den Zähnen, bis mein Kiefer schmerzt, und mein ganzer Körper vor Wut zittert.

Was macht man, wenn der Mann, den man einmal geliebt hat, der Mann, der neun Jahre gebraucht hat, um einen zu bemerken, der Mann, der einen in eine Gefängniszelle geworfen hat, einem ein Geschenk schickt?

Ich hasse ihn abgrundtief, und jetzt denkt er, es sei an der Zeit, seinen Charme spielen zu lassen.

In Liebe, Xander.

Die Worte hämmern in meinem Kopf. Wie kann er es wagen?! Am liebsten würde ich ihm ins Gesicht schlagen. Wütende, verletzte Atemzüge rasen durch meine Brust und ich wische mir eine einzelne Träne von der Wange.

Ich bin nicht weit genug weg. Ein Schrei entweicht meiner Kehle, ich drehe mich um und renne aus dem Zimmer, bevor beide Schwerter durch die nagelneu verputzten und gestrichenen Wände fliegen.

Die Schwerter können nichts dafür, dass der Mann, der sie bestellt hat, ein Idiot ist.

Draußen vor dem Zimmer sackt mein Körper in sich zusammen, und ich muss mich an der Wand des Treppenabsatzes abstützen, um nicht zusammenzubrechen.

Ich brauche Kleric. Ich brauche ihn wie die Luft zum Atmen. Ich lasse den Schutzwall in meinem Kopf fallen. *Hast du kurz Zeit zum Reden?*, flehe ich.

Selbstverständlich. Seine warme Stimme beruhigt meinen rasenden, wütenden Herzschlag. Ich sinke auf die oberste Stufe der Treppe, und als mein Hintern die erste Stufe berührt, kippe ich zur Seite.

Selbst in meinem Kopf finde ich nicht die Worte, die ich sagen muss. Ich kann die Worte nicht zum Funktionieren bringen, also wähle ich den einfachsten Weg und zeige ihm die Erinnerung. Ich zeige ihm alles.

Es tut mir leid. Geht es dir gut?

Nein. Ich knurre, schließe die Augen und atme tief durch. *Ich bin wütend. Ich bin so wütend. Warum ... warum muss er so ein Arsch sein?* Ich drücke meine Wange an die raue Wand.

Der Dämon antwortet mir klugerweise nicht.

Ich schäme mich für diesen Moment der Schwäche. Kleric wird mich für verrückt halten. Ich kann nicht still sitzen, springe auf, renne den Gang entlang in mein Zimmer und schnappe mir die verfluchte Kiste und den Seidenbeutel vom Bett.

Mit der Schachtel, die ich wie eine Bombe vor mir halte, renne ich zu meinem Waffenschrank, reiße eine leere Schublade auf, werfe die Schachtel hinein und schließe die Schublade.

Aus den Augen, aus dem Sinn. Oder?

Ich schiebe den Seidenbeutel auf das oberste Regalbrett. Ich hasse ihn. Ich knurre. *Wie kann er es wagen, mir so ein schönes Geschenk zu schicken?* Ich schlage mit den Handflächen gegen den Schrank und lehne mich an das dunkle Holz. Am liebsten würde ich ihn mit bloßen Händen zerreißen. Aber ich weiß, dass ich mich damit nur selbst verletzen würde, und ich liebe dieses Zimmer.

Es ist Monate her, dass der Engel mein Schwert entzweigebrochen hat. Monate. Er muss es nach dieser Nacht getan haben. Ich kann zugeben, dass er mir ein Schwert schuldet, aber er hätte keine exquisiten Klingen mit blutigen Vampir-Einhörnern besorgen müssen.

Engelsklingen. Deshalb habe ich den Stil nicht erkannt – ich wette, es ist ein Paar, und die blutigen Dinger haben auch super-duper Magie.

Was um alles in der Welt? Wie soll ich damit umgehen? Ich wette, sie liegen beide perfekt in meiner Hand.

Du dachtest, sie wären von mir, sagt Kleric.

Ja.

Es tut mir leid.

Du brauchst dich für nichts zu entschuldigen. Ich kneife die Augen zusammen. Jetzt fühle ich mich, als hätte ich ihn irgendwie verraten.

Ich vermisse seine samtschwarzen Augen. Sein freundliches Lächeln, die Art, wie er mich ansieht, als wäre ich der Mittelpunkt der Welt. Mein dummes Herz schmerzt. Noch nie hat mich jemand so angesehen wie er. Als wäre ich seine ganze Welt. Es ist beängstigend. Was wir fühlen, ist nicht real. Aber oh, wie sehr wünschte ich, es wäre so. Du kannst ihm nichts anderes bieten als ein magisches Schicksal, und da ist es, pünktlich wie die Maurer. Die kleine böse innere Stimme pisst auf alles. Ich zeige ihr den Stinkefinger.

Ich vermisse dich, sage ich ihm.

Ich vermisse dich auch, sehr sogar. Es tut mir leid, dass er dir wehgetan hat. Wenn es dich irgendwie tröstet, ich glaube nicht, dass er es so gemeint hat. Diesmal nicht.

Ich schnappe nach Luft.

Und da ist Kleric, die Stimme der Vernunft. Der Dämon ist geduldig und freundlich. Xander ist älter als Dreck und hitzköpfig, während Kleric eiskalt ist.

Diesmal nicht. Widerwillig stimme ich zu. Ich muss mich zusammenreißen.

Die Schwerter in der Schublade rufen nach mir, wie eine gute Waffe nach einem Krieger. Ich stürze aus der Waffenkammer und werfe mich mit dem Gesicht nach unten aufs Bett. Wenn Xander mir Blumen schicken würde, könnte ich den Strauß über seinem fetten Kopf zerschmettern. Aber schöne, perfekt gearbeitete Schwerter?

Ich vergrabe meinen Kopf in der Decke. Das ist hinterhältig.

Hinterhältiger, hinterlistiger, dummer Engel.

Ich mag dieses Gefühl nicht. Es ist mir unangenehm.

Hast du Hunger?

Vor den Eindringlingen und Xanders Geschenk hatte ich einen Bärenhunger, aber jetzt nicht mehr so sehr. *Ich könnte essen*, jammere ich. Bei Kleric bedeutet Essen nicht gleich normales Essen.

Der stechende Geruch von Schwefel erfüllt den Raum. Ich hebe meinen Oberkörper vom Bett, als dunkler Dampf aus dem Äther aufsteigt, und mit einem Schimmer taucht ein Glasröhrchen aus dem rauchigen Dunst auf – Dämonensnack. Ich greife nach dem Fläschchen.

Die zähe Flüssigkeit darin ist dunkelgrün.

Klerics Blut.

Mein Dämon kann jede Station durchdringen, wenn ich mich darin befinde. Der Kuss auf meiner Hand ist der Schlüssel dazu. Selbst in einer anderen Welt lässt mich der Dämon nicht verhungern. Meine Vampirseele war noch nie so gut genährt – obwohl ich ihn am liebsten umarmen, mein Gesicht in seinem Nacken vergraben und seine warme, salzige Haut an meinen Lippen spüren würde, während ich zubeiße.

Glas statt Kleric.

Ich schätze seine Freundlichkeit. *Danke, du bist sehr freundlich.*

Gern geschehen. Das ist das Mindeste, was ich tun kann. Das Knurren in seiner Stimme durchbricht meine Melancholie und lässt mich lächeln. Mein Dämon ist wütend. Er ist genauso wütend wie ich. Er kann es nur besser verbergen.

Ich habe noch etwas für dich.

Noch mehr dunkler Rauch füllt den Raum, und als er sich verzogen hat, steht ein Teller mit Pizza vor mir. Sie riecht himmlisch. Ich starre auf den leckeren Käsebelag. *Hm. Dämonenpizza? Ist die ungefährlich? Mit Dämonenkäse und Dämonentomaten?* Mein Magen knurrt.

Es ist eine Pizza. Wir haben auch normale Pizza, weißt du. Kleric lacht leise. *Nun, wir haben die Zutaten. Ich habe sie für dich gemacht, nach deinem Kampf mit dem Kraken.*

Du hast für mich gekocht? Vielen Dank. Ich grinse. Kann dieser Mann noch besser werden, noch fürsorglicher?

Ich höre dein Magenknurren bis in eine andere Welt. Bitte iss, bevor die Bestie in dir ausbricht und Amok läuft. Während du isst, erzähle mir von deinem Abend. Erzähl mir von dem außerirdischen Kraken und der Bratpfanne.

Ich schnaube, lehne mich in die Kissen zurück und erzähle ihm von meinem Abend.

Kapitel Neun

Das nervtötende Klingeln reißt mich aus meinen Träumen. Groggy schlage ich mit der Hand auf den Nachttisch, greife nach der Kante des Telefons, das sich meinen suchenden Fingern entzieht und auf den Boden klatscht. Das ungeschickte, verschlafene Klopfen und Fallenlassen des Telefons muss den Anruf angenommen haben, denn es hat aufgehört, zu klingeln, und ich höre eine blecherne Stimme unter dem Bett.

»Verdammt,« stöhne ich.

»Tru? Tru!«

»Ja, eine Sekunde«, brumme ich, dann sage ich lauter zu dem mysteriösen Anrufer: »Ich habe das Telefon fallen lassen.« Mit einem weiteren Stöhnen krieche ich wie ein Fisch unter der warmen Bettdecke hervor und lande unbeholfen auf Händen und Knien.

Mit halb geöffneten Augen rutsche ich über den Teppich und suche das verdammte Telefon. Wenigstens bin ich jetzt hellwach, um den Anruf entgegenzunehmen. *Wie in aller Welt ist es nur so weit unter das Bett gerutscht?* Mann, ich brauche längere Arme. Schließlich stecke ich mein Bein darunter und benutze meine Zehen.

»Tru?«, flüstert es eindringlich, als das Handy endlich mein Ohr erreicht. »Sie brechen in mein Haus ein. Die Station wird nicht lange halten.«

»Was? Wer?« Wer zum Teufel ruft mich – ich schaue auf das Display – um drei Uhr morgens an? Geisterstunde, wenn die Magie am stärksten ist. Verdammt. Ich reibe mir energisch übers Gesicht, in der Hoffnung, dass es mein Gehirn stimuliert. Dann klickt es. Die flüsternde Stimme – Caitlyn.

O nein.

»Die Hexen ...«

Es gibt einen Knall und ich muss das Handy von dem Ohr nehmen. Sonst verliere ich mein Trommelfell.

»Hallo, Caitlyn?« Ich schaue auf das Display und sehe, dass die Verbindung unterbrochen ist. Ich rufe sie zurück, aber der magische Knall muss ihr Telefon lahmgelegt haben. »Verdammt.«

Mit ein paar Fingertipps gebe ich mein Arbeitspasswort ein und sende einen stadtweiten Notruf für Caitlyns Adresse. Na ja, einen stadtweiten Alarm für alle außer Story.

Ich hätte sie vielleicht so einstellen sollen, dass sie am Morgen benachrichtigt wird. Die Elfe braucht ihren Schlaf. Es ist ja nicht so, als würde mir jemand sofort helfen, aber so läuft das nun mal.

Gut gemacht, Tru. Ich wusste, dass es Vergeltung geben würde, aber nicht so schnell. Ich kann nicht in die Zukunft sehen und habe auch keine Kristallkugel im Hintern. Aber ich hätte auf meine Intuition hören sollen. Ich hätte darauf bestehen sollen, sie an einem sicheren Ort zu verstecken.

Schnell ziehe ich mir magieresistente Arbeitskleidung an, eile in den Waffenkeller und beginne mit dem Beladen. Da ich es mit Hexen zu tun habe, werde ich viele Zaubertränke brauchen. So viele Tränke. Ich fülle meine Hosentaschen.

Das ist nicht ideal, denn wenn es handgreiflich wird, könnte ich ein Fläschchen zerbrechen.

Fast wie von selbst finden meine Augen den harmlos aussehenden Seidenbeutel, den ich aus dem Weg auf das oberste Regalbrett gelegt habe. Ich hatte nie vor, ihn zu benutzen. Meine Finger trommeln auf einem der unteren Regalbretter.

Ich werde es bereuen.

Er ist schon mit meinem Blut getränkt, ich kann ihn nicht zurückgeben oder umtauschen. *Ich bin eine schwache Frau.* Ich greife nach dem Beutel und fange an, die Zaubersprüche hineinzupacken. Ich werfe alles Nützliche hinein, was mir einfällt, alle meine Waffen, Kleider zum Wechseln, ich rolle sogar ein paar weiche Decken zusammen. Die Tasche nimmt alles auf.

Wenn ich schon einen Teil seines Geschenkes benutze, warum dann nicht alles? Wenn man gegen Magieanwender wie Hexen kämpft, braucht man magische Schwerter. Oder nicht? Ich schüttle den Kopf. *Das werde ich noch bereuen.* Ich ziehe die unterste Schublade heraus und reiße die noch verpackten Schwerter heraus.

Kaum sind sie aus den Schachteln, schiebe ich beide Klingen in die doppelten Quertaschen, damit sie sich leicht ziehen lassen. Ich muss nicht einmal den Riemen anpassen, sie passen perfekt. Fremde Magie kribbelt in meinen Armen, und es ist wie …

Au. Autsch.

Die blinkenden Engelsschwerter beißen mich. Ich versuche, sie fallen zu lassen, aber keine der Klingen lässt los. *Das gefällt mir nicht.* Es fühlt sich fast so an, als würden die Schwerter mein Blut trinken, was lächerlich ist, aber ich bin zum Teil ein Vampir; ich verstehe, was es bedeutet, Blut zu trinken. Ich verstehe auch die Magie, die im Blut steckt.

Man kann sich darauf verlassen, dass ein Engel blutrünstige Schwerter kauft.

Das unangenehme Gefühl verschwindet und ein Regenbogenschimmer überzieht beide Klingen. Ich neige den Kopf und bewege das rechte Schwert ein wenig hin und her. Magie strömt über den Griff und in Sekundenschnelle ist die ganze Klinge schwarz.

Hm, ein Tarnmodus. Cool.

Ein weiterer Wink, und das Schwert verändert sich wieder. *Was die wohl noch alles können?* Ich habe keine Zeit. *Komm, Tru, beeil dich!* Caitlyn hat gesagt, dass es mehrere Hexen sind, und der temporäre Schutzzauber, den ich ihr gegeben habe, wird nicht lang halten, wenn der ganze Hexenzirkel angreift.

Ich schiebe jede Engelsklinge in ihre Ausgangsposition zurück, falte sie zu einem winzigen Quadrat und stecke sie in meine Tasche. Magie kann so toll sein.

Kapitel Zehn

Dexter merkt nicht, dass ich das Haus verlasse, da ich wie eine Diebin hinausgeschlichen bin. Ich schließe die Tür mit den Fingerspitzen, sodass kaum ein Klicken zu hören ist. Normalerweise würde ich ihn mitnehmen. Aber da die Wahrscheinlichkeit einer bösen Konfrontation hoch ist und Zaubersprüche wahllos geworfen werden, möchte ich nicht riskieren, dass er ins Kreuzfeuer gerät, denn der Beithíoch hasst das Fliegen.

Ich renne an der Station vorbei, um das Haus herum und greife nach der obersten Latte des Holzzauns. Ich springe hinüber. Der gefrorene Boden knirscht unter meinen Stiefeln, als ich abspringe und mich in ein Einhorn verwandle.

Ohne mich zu strecken – jede Sekunde zählt –, drehe ich

mich um und galoppiere über das Feld. Der gefrorene Boden, der in meiner menschlichen Gestalt unnachgiebig wäre, gibt unter meinen Hufen nach, Stücke der Grasnarbe fliegen an meinen Bauch und schlagen hinter mir auf den Boden.

Der Winterwind peitscht durch meine Mähne und zerzaust die Federn meiner Flügel, die ich nun sorgfältig an meine Flanken gelegt habe.

Achtung!

Ich beschleunige.

Meine Hinterhand brennt, als ich mehr Kraft in meine Hinterbeine lege, meine Hufe graben sich in den Boden, meine Schritte werden länger, mein ganzer Körper spannt sich an.

Jetzt.

Ich breite meine Flügel aus, um die eisige Luft einzufangen und sie nach unten abzulenken. Meine Vorderhufe heben sich. Ich springe, stoße mich mit meinen kräftigen Hinterbeinen ab und meine Flügel schlagen. Der Boden verschwindet und jeder Flügelschlag trägt mich höher und weiter in den Nachthimmel.

Wenn ich über das Fliegen nachdenke, stelle ich mir vor, wie ich majestätisch durch den Himmel galoppiere. Wie cool wäre das? Aber nein. Wenn ich nicht aufpasse, sind meine Beine im Weg und ich muss sie unter mir einklemmen, um keinen Widerstand zu erzeugen.

Ich fliege über den Wald hinter dem Haus und richte meine Nase aufs Meer. Wenigstens weiß ich, wohin ich fliege. Die Brücke neben Caitlyns Haus ist ein guter Anhaltspunkt. Die dunklen Häuser und hellen Straßenlaternen ziehen unter mir vorbei, während ich meine Flughöhe vergrößere, um die Windgeschwindigkeit optimal auszunutzen. Der kräftige Rückenwind gibt mir Auftrieb.

Je näher ich komme, desto mehr muss ich auf meinen Landeanflug achten. Ich will nicht, dass die Hexen mich kommen sehen und das Spiel verraten oder schlimmer noch mich vom Himmel holen. Die Nacht ist hell, fast Vollmond, und ich falle auf wie ein bunter Hund. Hier oben zu sein, macht mich verwundbar – zur Zielscheibe. Ich liebe das Fliegen, aber es macht mich auch nervös. Es braucht nur einen Idioten mit einem Zauberspruch oder einer Armbrust, um mich vom Himmel zu schießen.

Und mit meiner regenbogenfarbenen Mähne, meinem Schweif und meinem strahlend weißen Fell bin ich auch nicht gerade unauffällig. Die blauen Flügel lassen mich etwas besser verschwinden als das reine Weiß, aber mein Fell und meine schillernden Hufe kann ich nicht verbergen.

Ich bin wie ein Leuchtturm.

Unauffällig bin ich nicht.

Story hat gescherzt, dass sie mir einen Ganzkörper-Fliegerüberzug besorgen würde, damit ich nachts fliegen könnte – sie hat gesehen, wie diese Überzüge benutzt werden, um Turnierpferde über Nacht sauber zu halten –, aber der Gedanke, dass mich jemand von Kopf bis Fuß in einem Spandex-Überzug sehen könnte, ist demütigend.

Ich muss mich damit abfinden und hoffen, dass niemand nach oben schaut. Beim Fliegen habe ich keine Zeit für Spielchen. Ich brauche nur ein paar Minuten, um anzukommen, und ich brauche jede Sekunde. Mein fliegendes Einhorn ist vielleicht nicht geheimnisvoll, aber schnell.

Nachdem ich ein paar Mal gesehen wurde, nannte man

mich Alicorn. Ich schnaufe. Das bin ich nicht. Ich bin nur ein Einhorn mit Engelsflügeln.

Danke. Mich ein Alicorn zu nennen und dieses Liedchen in meinen Lebenslauf zu schreiben, treibt mich auf die Spitze. Es treibt mich über den Rand. Ich bleibe bei Einhorn-Vampir-Hybrid, das ist für jeden seltsam genug.

Die Luft ist eiskalt hier oben. Selbst mein dicker Pelz und die Körpertemperaturmagie von Kleric können mich nicht vor dem eisigen Wind schützen. Ich bin froh, wenn ich wieder unten bin. Fliegen im Winter ist schrecklich, aber viel besser als im Sommer. Eine Fliege im Auge oder in der Nase ist unangenehm, und ich habe schon einige verschluckt.

Ich tauche zur Seite ab und ziele auf den Parkplatz des Kinos, den besten Landeplatz. Der Parkplatz kommt schnell näher – es ist unglaublich, wie schnell man vorankommt, wenn man geradeaus in den Sturzflug taucht. Hinter dem Kino lande ich. Das riesige, moderne Gebäude bietet mir guten Schutz. Sobald meine Hufe den Asphalt berühren, verwandle ich mich in einen Menschen und sprinte über den Parkplatz.

Die eisige Nacht scheint die Spannung zu halten, Magie liegt in der Luft und die Atmosphäre brodelt wie ein herannahendes Gewitter. Ich spüre, wie der Zauber direkt vor mir zerplatzt und zischt. Es ist wie in einem Kriegsgebiet. Ich schmecke die Magie auf der Zunge und bete zu den Mächten, dass die Hexen noch draußen sind und der Schutz funktioniert hat.

Die Geschäftshäuser um mich herum sind zu dieser frühen Stunde still, und die Häuser sind aus einem anderen Grund ruhig, denn die verängstigten Menschen verstecken sich, aus Angst, dass ihr Haus als Nächstes dran ist.

Mein Körper zuckt zusammen, als ich eine Explosion höre. Verdammt, wenn die Hexen nicht aufpassen, werden sie mehr als nur Caitlyns Viertel zerstören. Was denken die sich nur?

Sie sind nicht vorsichtig.

Ich kann nicht glauben, dass die Jägergilde noch nicht hier ist. Die müssen so viele Anrufe bekommen haben. Feiglinge. Und der Hexenrat sollte sich wirklich beeilen und dieses Chaos in den Griff bekommen, denn die ganze Situation sieht nicht gut für sie aus. Und dann ist da noch die Menschenpolizei, die nicht eingreift, selbst wenn die Gegend voller Menschenfamilien ist. Sie können es nicht. Sie haben nicht die Mittel.

Normalerweise tauchen sie erst auf, wenn sich der Staub gelegt hat.

Ein kleiner Teil von mir wünscht sich professionelle Hilfe. Oh, ich weiß, ich schaffe das. Ich war schon in ähnlichen Situationen und bin zuversichtlich, dass ich es auch diesmal schaffe. Wenn es darauf ankommt, bin ich einfach ein Einzelgänger und arbeite lieber allein. Ich wünschte nur, ich hätte eine Möglichkeit, zu kommunizieren. Ich habe mich gewandelt, also konnte ich keine Technik mitnehmen. Keine Mikrokamera, kein Datapad, kein Handy. Ich fühle mich fast nackt.

Ich ärgere mich auch, dass ich nicht die Idee hatte, ein paar Kameras vor Caitlyns Haus aufzustellen. Aufgezeichnete Beweise für die Untaten der Hexen hätten den Fall besser untermauert.

Ich springe über eine niedrige Hecke und lande auf dem Bürgersteig. Die Brücke neben Caitlyns Haus liegt direkt vor mir. Weder das Portal noch der Kreidekreis sind zu sehen.

Als ich die Brücke erreiche, steige ich auf.

Diesmal kann ich meine Flügel nicht benutzen. Sonst könnte ich genauso gut ein Banner schwenken und rufen: »Juhu, hier bin ich!«

Die Architektur der Brücke kommt mir entgegen. Der Beton wurde in großen Blöcken verarbeitet, die an den Verbindungsstellen mit Rillen versehen sind, die als bequeme Griffe dienen. Auch die Seiten sind schräg, und mit genügend Schwung sollte ich es ... bis ganz nach oben schaffen.

Ich hebe die Arme hoch und springe.

Ich klettere und hangele mich nach oben, alles andere als elegant, aber schließlich berühren meine Finger die Unterseite des Geländers, und ich mache einen beeindruckenden statischen Klimmzug. Ich bin froh, dass ich über eine gute Oberkörperkraft verfüge. Mit einem leichten Déjà-vu-Erlebnis werfe ich mein Bein darüber. Was ist nur mit mir los, dass ich über Geländer klettere?

Ich bin froh, dass die Überführung menschenleer ist und ich keine ahnungslosen Autofahrer zu Tode erschrecke. Ich lande auf der Straße, hocke mich hin und schleiche über die beiden Fahrspuren auf die andere Seite.

Ich schaue durch die Maschen der Leitplanke. Weil ich so hoch bin, habe ich einen freien Blick auf die Straße, die Häuserzeile und die Hexen.

Mein Gott, die Hexen sind verrückt geworden.

Ich atme erleichtert auf – ich habe es gerade noch rechtzeitig geschafft. Noch haben sie die Schutzzauber nicht gebrochen, obwohl sie immer noch Sprüche und Beschwörungen aufsagen.

Diese temporären Schutzzauber habe ich bei Jodie, meiner Hexenfreundin, gekauft. Ich muss zu ihrem Laden gehen, ihr eine Dankesumarmung geben und noch eine Ladung kaufen. Außerdem muss ich herausfinden, ob die Hexe, die die Schutzzauber gemacht hat, auch unsere dauerhaften Schutzzauber machen kann, denn ich muss sie reparieren lassen.

Ich beobachte die Hexen. Oh, Überraschung, Überraschung. Die einzige Hexe, die ich erkenne, ist Rose. Die Hexe, die den Schutzzauber über das Haus und das Gebäude gelegt hat. Derselbe Schutzzauber, der einen Zombie ins Haus gelassen hat. Ich lache leise und klopfe gegen das vereiste Metall des Geländers. Ja, das ist ein großer, fetter Zufall und ein riesiges Warnsignal. Es sieht so aus, als würden Rose und ich unser kleines Gespräch früher führen als geplant. Es sei denn, sie macht etwas Dummes und ich muss sie töten.

Ich beende die Zählung, und wie ich vermutet habe, ist es ein ganzer Hexenzirkel von dreizehn Frauen. Das ist typisch für Hexen, denn männliche Hexer sind äußerst selten. Für sie ist es eine Schande, auch nur einen männlichen Zauberer zu verlieren. Ich kann ihre Wut verstehen. Ihre Trauer.

Aber eigentlich versuchen sie, die falsche Person zu verletzen. Hätte ich gestern aufgepasst und ihn aufgehalten, bevor die Bratpfanne zum Einsatz kam, wäre das nicht passiert. Wenn Ethel nicht den Portalschließungszauber auf mich geworfen hätte, hätte ich überhaupt nicht erst einen so kolossalen Fehler gemacht. Ich schiebe diese Gedanken beiseite, denn die Was-wäre-wenn-Gedanken machen mich wahnsinnig.

Marcus war selbst schuld. Er wäre noch am Leben, wenn er nicht herumgelaufen wäre, Portale geöffnet und mich angegriffen hätte.

Meine ganze Aufmerksamkeit gilt wieder den Hexen. Ich bin erleichtert, dass ich nur eine der dreizehn Hexen erkenne. Sie sind für das kalte Wetter in verschiedene helle Farben gekleidet und ihre Taschen und Beutel sind prall gefüllt mit Zaubersprüchen. Es macht mich nervös, wie sie sich bewegen und ihre Magie vergeuden. Ich sehe, wie Zaubersprüche ihr Ziel verfehlen, und eine dunkelhaarige Frau in einem roten Mantel fällt mir besonders negativ auf. Bei jedem Zauberspruch schließt sie die Augen.

Diese Frauen sind keine geübten Kämpferinnen.

Ich muss sehr aufpassen, dass ich sie nicht töte.

Wenigstens haben sie keine Kinder bei sich. Die Älteste ist schätzungsweise hundertfünfzig Jahre alt, und einige sehen ungefähr so alt aus wie ich. Hexen altern viel langsamer als Menschen und werden regelmäßig über dreihundert Jahre alt.

Mir gehen verschiedene Szenarien durch den Kopf, was passieren würde, wenn ich sie jetzt auf der Straße angreifen würde, anstatt zu warten, bis sie ins Haus gehen.

Keine der Optionen ist gut, aber die Chancen stehen besser, dass ich die Auswirkungen im Haus eindämmen kann.

Ich habe mich entschieden, jetzt warte ich. Der beste Zeitpunkt, um nach unten zu gehen, ist, wenn sie hereinkommen, denn dann sind sie abgelenkt.

Mit einem Klebezauber befestige ich den Sack an meinem linken Oberschenkel. Ich übe ein paar Mal, meine Hände hineinzustecken, und präge mir die Bewegung ein. Als ich zufrieden bin, greife ich in den Seidenbeutel und ein seltsam geformter Gegenstand landet in meiner Handfläche.

Ich halte den Talisman ins Mondlicht und spüre seine glatte, kühle Oberfläche auf meiner Haut. Er ist schwarz und hat die Form einer Katze mit spiegelnden Augen, die auf seine Magie hinweisen. Ich reibe meinen Daumen über den Kopf der Katze und spreche leise die Beschwörungsformel, um ihre einzigartige Magie zu aktivieren.

Der Katzenzauber reflektiert Magie auf den Anwender zurück. Er wurde von Gary Chappell entwickelt, einem berühmten Hexenmeister. Ich mache keine Witze, wenn ich sage, dass man Organe verkaufen müsste, um einen zu bekommen. Sie sind unglaublich teuer und nur für die extrem Reichen oder die Polizei erhältlich.

Wenn sich die Hexen benehmen, ist das kein Problem. Aber wenn sie mich mit irgendeinem bösen Zauber belegen ... sagen wir mal so: Ich werde nicht diejenige sein, die sich vor Schmerzen krümmt. Vor ein paar Tagen habe ich eine Trollfrau vor einer Gruppe wütender Elfen gerettet, und sie hat ihn mir gegeben. Ich hatte noch keine Gelegenheit, ihn zu benutzen. Es wird interessant sein, zu sehen, wie er sich macht und ob er hält, was er verspricht. Ich weiß, dass er sich selbst auflädt, aber ich muss herausfinden, wie viele magische Schüsse er aushält, bevor er nicht mehr funktioniert. Hoffentlich muss ich das nicht herausfinden.

Ich rolle die Schultern und stecke den Katzenanhänger in meinen Sport-BH, damit er nicht verrutscht und Kontakt mit meiner Haut hat.

Dann ziehe ich eine Handvoll andere Zauber heraus. Ich behalte die Hexen im Auge. Hoffentlich kann ich sie ausschalten, ohne sie zu töten. Ich möchte nicht einen ganzen Hexenzirkel verletzen, das ist eine ausgezeichnete Möglichkeit, um selbst zu sterben.

Die Hexen jubeln, als der Schutzwall mit einem Funken in purpurrotem Licht aufflammt und mit einem Knall wieder erlischt.

Eine kräftige Hexe marschiert zur Eingangstür und spricht einen Zauberspruch. Es gibt einen Schlag. Die Tür fällt aus den Angeln und alle stürzen hinein. Ich zucke zusammen. Meine Güte, die sind so schlecht organisiert, dass es nicht so aussieht, als hätten sie jemanden draußen stehen lassen, um Wache zu halten oder die Tür zu bewachen.

Es ist ein Hexenkessel.

Mir dreht sich der Magen um. Ich schiebe meine Sorgen um Caitlyn tief in mein Inneres, wohin sie gehören. Sich Sorgen zu machen, macht mich leichtsinnig, und Ungeduld bringt mich irgendwann um. Ich bevorzuge den langsamen, schleichenden Ansatz. Ich muss es leise tun.

Ich begebe mich an diesen kalten, stillen Ort in mir, um die Aufgabe zu erledigen, wo Geschöpfe zu Objekten werden und keine Personen mehr sind.

Ich springe über die Leitplanke und benutze die Betonseite der Brücke, um meinen Fall abzubremsen. Meine Füße schmerzen, als ich auf dem Bürgersteig aufkomme, der Schmerz macht alles schärfer, dann renne ich zur kaputten Haustür. Ich lehne mich mit dem Rücken an die Außenwand und warte ein paar Sekunden. Keiner wirft einen Zauberspruch auf mich, also bewege ich mich und

betrete das Haus.

Kapitel Elf

DIE ERSTEN VIER HEXEN, denen ich begegne, stehen mit dem Rücken zur Tür und tänzeln nervös um den Eingang herum, während alle anderen sich im Inneren des winzigen Hauses aufzuhalten scheinen. Mein Blick wandert nach oben. Von dort dringen allerlei Schreie und dumpfe Schläge der immer wütender werdenden Hexen heraus.

Es klingt, als hätte sich Caitlyn in einem Schutzraum eingeschlossen – so etwas gibt es heutzutage in vielen Häusern. Die meisten sind gerade groß genug für zwei Personen. Sie sind so gut wie nutzlos, mit schlechtem, massenproduziertem Zauber – vielleicht hat sie noch fünf Minuten. Wie eine verschlossene Haustür, die sich mit einem einfachen Zauberspruch öffnen lässt – Menschen brauchen ihre bequemen Lügen. Was auch immer ihnen hilft, nachts zu schlafen, denke ich.

Ich komme, Caitlyn. Halte noch ein paar Minuten durch, bis ich unten alles geklärt habe.

Ich konzentriere mich auf die ersten vier Hexen. Die verängstigten, zusammengekauerten Frauen würden mein Mitleid erregen, hätten sie nicht diese fiesen Zaubersprüche in der Hand, die einem das Gesicht wegschmelzen lassen. Offensichtlich sind sie nicht zum Stricken hier, und das ist mir Beweis genug.

Ich rolle meine eigenen Zaubersprüche in der Handfläche, so groß wie Kugeln. Auf den Fußballen schleiche ich hinter ihnen her. Adrenalin schießt durch meinen Körper und ich muss grinsen. Ich liebe es, mich anzuschleichen.

Das ganze Leben der Hexen dreht sich um die Magie, deshalb sind sie selten – nicht unmöglich, aber selten – Kämpfer. Alles, was sie von ihrer Zauberkunst ablenkt, ist strengstens verboten. Aber ihre engstirnige Konzentration auf die Magie bedeutet, dass sie im Kampf praktisch nutzlos sind, wenn sie keine Zaubersprüche sprechen, Runen zeichnen oder Sprüche rezitieren können.

Die Regeln für den Umgang mit ihnen sind daher einfach: Greift sie an den Armen, hindert sie am Sprechen und schon sind sie so gut wie aus dem Spiel.

Blitzschnell, wie ein flacher Stein, der über einen See gleitet, werfe ich die Zaubersprüche. Einer nach dem anderen prallt auf den ungeschützten Rücken einer Hexe und der Zauber lähmt sie. Sie erstarren alle an Ort und Stelle und geben keinen Laut von sich, während sich der Zauber um sie schlängelt und sie fest umschließt.

Ich reiße ihnen die bösen Zauber aus den reglosen Händen und durchsuche ihre Taschen, um alles sicher in einem Beweisbeutel zu verstauen. Ich bin gerade noch

rechtzeitig fertig, als sich jede Ranke zu einer bienenkorb-
förmigen Ganzkörperfessel verhärtet.

Jetzt sehen sie aus wie seltsame, riesige Ornamente – ich
neige den Kopf – oder wie Alienbabys.

Ich schiebe den ersten Hexenkokon zur Seite. Er gleitet
leicht über den dünnen grauen Teppich, ich schiebe ihn an
dem blauen Zweisitzer vorbei und stelle ihn neben den
alten Fernseher, der auf einem wackeligen Schrank steht.

Das Chaos oben dämpft die Geräusche wunderbar.
Schnell schiebe ich die anderen drei Hexen an die schlichte
Magnolienwand, die nach einem Farbtupfer schreit. Ich
platziere sie so, dass alle vier in der hinteren Ecke stehen,
damit sie weder von der Küche noch vom Obergeschoss aus
zu sehen sind.

Ich schnappe mir einen provisorischen Schutz und
werfe ihn in die Lücke, die die heruntergefallene
Eingangstür hinterlassen hat. Ich kann es mir nicht leisten,
dass sich jemand von hinten anschleicht. Ich habe keine
Lust, einer dieser Damen zu folgen.

Während die magischen Siegel die Vorderseite des
Hauses verschließen, schwillt der Zauber in der Luft an und
entfaltet sich mit einem Knall.

Oje. Ich zucke zusammen. *Hat das jemand gespürt?*
Jemand, der sensibel ist – sagen wir ein Haus voller
wütender Hexen? Na ja, wenn es schon losgeht, dann
beschränke ich die Zauberei lieber auf das Innere des
Hauses. Ich bin erstaunt, dass die Häuser in der Umgebung
nicht in Trümmern liegen. Die Hexen benehmen sich wild.
Trauer macht das. Es tut mir leid, dass sie einen geliebten
Menschen verloren haben, auch wenn er versucht hat, mich
zu töten.

Ich schleiche mich zu den raschelnden Geräuschen im hinteren Teil des Hauses. Zwei weitere Hexen durchsuchen die Küche.

»Hast du schon was gefunden?«, fragt die linke. Ihr braun-weißer Pullover hat ein niedliches Welpenmuster.

»Nein, es muss oben sein.«

»Hier ist es besser. Wir haben schon überall gesucht.« Wie es das Schicksal so will, dreht sich die Hexe mit dem braunen Pullover um und durchsucht den Schrank hinter sich. Ihre braunen Augen werden groß und sie keucht. »Was ...?«

Ich schnippe mit dem Handgelenk und schicke einen Stoppzauber. Er lähmt sie und hüllt sie ein, kurz bevor die andere Hexe bei mir ist. Sie spricht den Zauber nicht aus. Stattdessen greift sie mich an wie ein Rugbyspieler. Ihre Arme schlingen sich um meine Taille und ihre Schulter knallt gegen meinen Bauch. Uff. Ich fühle mich wie überfahren, als sie mich mit der Wucht eines Doppeldeckerbusses trifft. Die Hexe hat's drauf.

Der Zauber in meiner Hand fliegt nutzlos gegen einen Küchenschrank.

Ich wehre ihren Angriff ab, bleibe auf den Beinen und trete ihr die Beine weg. Als sie fällt, stoßen mich ihre um sich schlagenden Arme. Ich stolpere aus der Küche ins Wohnzimmer.

Sie schlägt krachend auf dem Fliesenboden auf, reißt auf Händen und Knien den Kopf hoch und schreit: »Eindringling!«

Alle Geräusche von oben verstummen.

Na toll.

Der Überraschungseffekt ist dahin, also kann ich mich gleich zu erkennen geben.

»Ich bin die Henkerin!«, rufe ich in die schockierte Stille. Ich gehe sogar so weit, meine leeren Hände zu heben. »Ich bin nicht hier, um euch wehzutun, aber ich werde es tun, wenn ihr nicht still seid.« Als niemand etwas sagt, fahre ich vorsichtig fort. »Diese Selbstjustiz ist vorbei, niemand muss verletzt werden.«

Die Dielen im Obergeschoss knarren, als sich jemand bewegt.

Alles in Ordnung?

Aus den Augenwinkeln sehe ich einen gelben Streifen und höre einen dumpfen Aufprall direkt unter meinem Schlüsselbein. Ein Zauber hat mich getroffen. Ekelerregende gelbe Flüssigkeit spritzt mir unter das Kinn und läuft in krümeligen Rinnsalen über meine Brust.

»Verdammt«, brumme ich.

Der Katzenzauber brennt auf meiner Brust, ich spüre, wie die Magie mich nur leicht berührt und dann auf die Hexe zurückprallt, die den Zauber ausgesprochen hat.

Ein Schrei ertönt von oben, ein dumpfer Aufprall, und eine Hexe stürzt dramatisch die Treppe hinunter. Ich zucke zusammen, als sie fällt. Sie schlägt ungeschickt mit dem Kopf gegen das Geländer und die Wand, bevor sie stöhnend zu Boden fällt.

Autsch. Das muss wehgetan haben.

Ihr Schmerzensschrei ist ohrenbetäubend und ich fühle mich schuldig. Ich trete näher und sehe, wie sich auf ihrer Haut kleine Beulen bilden, die sich zu Nesseln entwickeln. Das ist nicht so schlimm. Die Nesseln blühen zu unheimlich aussehenden violetten Beulen auf.

Oh.

Die Haut schwillt an, platzt auf und gelber, puddingartiger Eiter läuft heraus.

Igitt.

Ich trete einen Schritt zurück. Der Zauber war gegen mich gerichtet. *Danke, Gary.* Ich tätschle den Katzenschmuck als Zeichen meiner Dankbarkeit.

Keine der Hexen sagt etwas, aber ich spüre, wie böse Blicke zwischen mir und der immer noch stöhnenden Frau hin und her wandern. Ich schätze, ich kann ihnen eine Erklärung geben, falls sie es noch nicht herausgefunden haben. »Ich habe einen Gary-Chappell-Anhänger«, rufe ich. Es würde helfen, wenn sie wüssten, dass ein solcher verflucht ist. Ich muss versuchen, sie davon zu überzeugen, diesen Wahnsinn aufzugeben und mein Bestes zu tun, um das Problem friedlich zu lösen.

»Der Gary-Zauber hält nicht ewig«, murmelt jemand.

Bis dahin sollten sie ihre Zauber mit Bedacht einsetzen. »Wenn du jetzt aufgibst, sorge ich dafür, dass die Gilden dich verschonen. Du hast bisher nur wenige Verbrechen begangen. Einbruch und übermäßiger Gebrauch von gefährlicher Magie. Wenn du mich tötest, erwartet euch alle die Todesstrafe.« Ich lasse das auf sich wirken.

Ich würde gern mehr sagen, aber das wäre ein Fehler. Ich bin eine Meisterin darin, in Fettnäpfchen zu treten, und das ist das Letzte, was ich will.

Vier Jahre. Jäger und menschliche Polizisten werden vier Jahre lang ausgebildet, um ihren Job zu machen. Ich habe ein Handbuch. Ein beschissenes Handbuch. Wenn das nicht danach schreit, dass sie nicht erwarten, dass ich lange in meiner

Rolle als Henker lebe, dann weiß ich es auch nicht. Ich bin das Training nicht wert. Und das macht mich zu einer Idiotin, weil ich den Job angenommen habe. Ich hätte die Dämonensache mit Xander lassen sollen und die Welt abbrennen lassen. Dann könnte ich wenigstens im Bett schlafen.

»Ich will euch sehen. Bitte kommt mit erhobenen Händen heraus und haltet zu eurer eigenen Sicherheit den Mund.« Ich überlege kurz und glaube fast selbst, dass sie sich ergeben werden.

Dann bricht die Hölle los.

Verdammt noch mal!

Der ganze vordere Raum ist erfüllt von Zaubersprüchen, die in alle Richtungen geschleudert werden. Ich beuge mich gerade so weit vor, dass einer an meinem Gesicht vorbeipfeift, und springe hinter die Küchenwand.

Oh, hallo. Die Rugby-Hexe aus der Küche nutzt die Gelegenheit, um mich erneut anzugreifen. Sie packt mich am Kopf und ihre Fingernägel graben sich in meine Kopfhaut und mein Haar.

Autsch.

Ich schlage ihr mit der Faust auf den Ellenbogen und sie lässt los. Ich ducke mich und entkomme ihren greifenden, an meinem Haar ziehenden, kratzenden Händen. Sie stößt ein seltsames Brüllen aus, senkt den Kopf und versucht erneut, mich anzugreifen. Ich weiche zur Seite aus, sie läuft an mir vorbei, prallt von der Wand ab, dreht sich um und greift wieder an.

Ich seufze. Es ist seltsam, gegen jemanden zu kämpfen, der nicht trainiert ist. Die Bewegungen ergeben keinen Sinn. Das Herumfuchteln mit den Gliedmaßen ... die seltsamen Schreie ... alles ist so unberechenbar. Das Kratzen und Beißen ...

»Nein«, knurre ich und schlage ihr auf die Nase, bevor ihre Zähne zuschnappen können. »Böse Hexe.«

Seit kürzlich ein Zombie in mein Haus eingedrungen ist, habe ich eine starke Abneigung gegen das Beißen. Kann man sich das vorstellen?

Das einzig Gute daran ist, dass sie schnell müde wird, ihr Brustkorb sich hebt und sie die Hände sinken lässt, sodass ich gerade noch Zeit habe, einen weiteren Zauber aus dem Seidenbeutel zu holen und ... da. Sie ist schön eingewickelt und ihre Tränke wandern in den Beweisbeutel.

Ich schaue aus der Küche.

Die Zaubersprüche regnen immer noch von oben herab. Sie versuchen nicht einmal, zu zielen. »Was für eine beschissene Show«, murmle ich und verdrehe die Augen. »Diese Hexen haben Geld wie Heu und keinen Funken Verstand.«

Sieben Hexen erledigt, noch sechs vor mir. Ich reibe mir das Gesicht. Die Hälfte ist geschafft. Nicht schlecht.

Die Frau am Fuß der Treppe schweigt. Oje. Kein gutes Zeichen. Ich hoffe, sie wurde nicht von einem der bösartigen Zaubersprüche getroffen.

Vorsichtig beuge ich mich vor und werfe ihr einen Heiltrank zu. Ich treffe nicht. »Scheiße.« Ich muss noch lernen, wie man Dinge um die Ecke wirft. Ich muss sie von dort wegbringen. Wenn sie dortbleibt, stirbt sie entweder an dem Zauber, der sie zum innerlichen Puddingkochen zwingt, oder sie wird von etwas Schrecklichem getroffen. Und tot ist tot, auch wenn es Hexen sind. Niemand wird glauben, dass ich nicht schuld bin.

Aber ich kann es mir nicht leisten, getroffen zu werden. Wenn noch ein böser Zauber den Spiegelzauber trifft, könnte er die nächste Hexe töten.

Ich ziehe die neuen Engelsklingen. Nicht um die Hexen zu verletzen, sondern um alle bösen Zauber zu zerstören. Die meisten Zauber erfordern eine Art Körperkontakt. Wenn sie mich nicht berühren können, können sie auch nicht viel Schaden anrichten – es sei denn, sie wollen mich in die Luft jagen, aber das ist ein ganz anderes Problem.

Und ja, ich sollte diese schicken Engelsschwerter nicht als Keulen benutzen, aber was soll ich tun? Man muss nehmen, was man hat. Außerdem könnte es die Hexen abschrecken, mich mit Schwertern zu sehen, also lassen sie es für heute gut sein.

Ich drehe ein Schwert im Uhrzeigersinn dicht an meinem Körper, das andere in die entgegengesetzte Richtung. Jede Klinge dreht sich weiter, um sicherzugehen, dass ich geschützt bin, wenn ich mit dem Rücken an der Wand stehe. Es ist nicht genug Platz, um mich und die Schwerter zu bewegen.

Ich gehe aus der Küche, während sich die Schwerter weiterdrehen. Sie liegen perfekt in meinen Händen, bis ... beide Schwerter zu surren beginnen. Ich runzle die Stirn, als die Hitze von meiner Brust über die Klingen nach unten kriecht und sie in meinen Handflächen vibrieren.

Es ist seltsam. Hoffentlich beißen sie mich nicht noch einmal.

Die Luft um die beiden Schwerter flimmert, ein Gemisch aus Regenbogenfarben geht von ihnen aus. Vor Schreck wäre ich gestolpert, wäre ich nicht so leichtfüßig.

Die Magie der Klingen erzeugt eine Art Blase, einen Schild?

Instinktiv fühlt es sich nicht so stark an wie ein Schild, aber diese Blase ist irgendwie besser und flexibler.

Wow, das ist so seltsam.

Ich lasse die Klingen weiterwirbeln, und der durchsichtige, flexible Schild bleibt an Ort und Stelle, während ich durch das Wohnzimmer krieche. Es sind nur ein paar Schritte. Ein einzelner Zauber prallt vom Schild ab. Dicht gefolgt von einem Hagel davon.

Ich grinse.

Als ich bei der Hexe ankomme, ist sie in einem üblen Zustand. Mir dreht sich der Magen um, wenn ich sie ansehe. Ich muss sie wegbringen. Aber ich habe nicht drei Hände. Ich kann nicht beide Schwerter drehen, während ich sie aus der Gefahrenzone ziehe.

»Lasst mich ihr helfen!«, flehe ich. »Sie hat solche Schmerzen. Können wir nicht einen Waffenstillstand vereinbaren, bis ich sie in Sicherheit gebracht habe?«

Die Hexen hören nicht auf, ihre Zaubersprüche zu sprechen. Ich spüre, wie ihre Angst die Luft fast so stark durchdringt wie ihre Magie.

Scheiß drauf!

Ich beiße die Zähne zusammen, beuge mich nach unten, nehme mein linkes Schwert und greife nach ihrem Knöchel. Mit einem kräftigen Ruck ziehe ich die Hexe mit dem Furunkel von der Treppe. Ich schwinge die einzelne Klinge über meinem Kopf und schlage die ungebrochenen Zauber aus dem Weg.

Zum Glück ist der Teppich so dünn, dass es leichter geht, und der Blasenschild, wenn auch kleiner, bleibt an seinem Platz. Hm. Vielleicht funktioniert die Magie des Schwertes mit Absicht. Eine verrückte Idee. Ich grinse. Vielleicht haben sie sich geweigert, den Zauber zu spielen?

Dann fällt es mir ein. *O nein, dann muss ich wohl dem Engel danken.* Was für ein schrecklicher Gedanke.

Es sind nur noch wenige Meter, aber sie kommen mir wie Meilen vor. Endlich ziehe ich die Hexe auf die Küchenfliesen. Ich stecke das Schwert weg und bespritze sie sofort mit einem Heiltrank. Es dauert ein paar Sekunden, aber sie atmet nicht mehr so schwer. Ich verwende einen medizinischen Schlafzauber und dann noch einen Heiltrank.

Ich hole ein sauberes Handtuch aus einem Wäschekorb und fülle einen Becher aus einem Regal mit Wasser. Ich benutze das Handtuch, um ihre Atemwege und Augen zu schützen, und spüle ihre freiliegende Haut, um Eiter und Spritzer des Zaubers zu entfernen. Mehr kann ich nicht tun. Ich drehe sie auf die Seite, um sie zu stabilisieren, und schiebe sie so hin, dass sie nicht in die Pfütze mit dem ekligen Wasser schaut.

Langsam wird es eng in der Küche.

»Geh nach Hause!«, tönt eine dünne Stimme von oben. Die anderen Hexen da oben winken ihr zu, aber sie redet weiter. »Das ist Hexensache, Henkerin. Das hat nichts mit dir zu tun.«

»Da liegst du falsch. Caitlyn ist Zeugin eines Verbrechens und steht unter meinem Schutz. Ich werde nicht zulassen, dass du ihr etwas antust. Sie ist ein unschuldiger Mensch ...«

Eine andere Hexe lacht laut auf. »Hat sie das gesagt? Ein Mensch? Wir wissen doch alle, dass ihr zusammenhaltet.«

Ihr?

»Sie schuldet uns was. Verschwinde einfach, und wir tun so, als wäre das nie passiert.«

»Das kann ich nicht.«

Ich starre die Treppe hinauf. Ihr Größenvorteil muss ausgeglichen werden. Es ist, als würde man Fische in einer Tonne fangen, und ich bin ein Fisch. Ich muss auf die gleiche Höhe kommen, ohne jemanden zu töten. Der Schwertschild wird nicht funktionieren – der Raum ist viel zu eng, um sich darin zu bewegen –, aber eine temporäre Barriere oben auf der Treppe sollte mir genug Deckung geben, um durchzubrechen. Oder ich könnte ...

Ich renne ins Wohnzimmer, weiche zwei Zaubern aus, und ein weiterer, ein blauer, trifft meinen Arm. Der Spiegelzauber erhitzt sich, der blaue Zauber kommt wie ein Bumerang zurück, und von oben ertönt ein entsprechender Knall.

Noch fünf Hexen. *Komm schon, Gary, lass mich nicht im Stich!*, murmle ich innerlich, während ich die Treppe hinaufrenne.

Kapitel Zwölf

Der hellgraue Teppich fühlt sich dünn unter meinen Stiefeln an, als ich im Laufschritt die Treppe hinaufrenne. Ich glaube, mein plötzliches Auftauchen schockiert sie genauso wie mich. *Was machst du da?*, schreie ich innerlich.

Niemand greift mich an.

Mein Herz schlägt wie verrückt, als ich den schmalen Treppenabsatz erreiche, das Schwert in der Hand, bereit zum Schwingen. Der Raum ist sehr eng und ich laufe Gefahr, gegen die Wände zu stoßen.

Ich will sie nicht verletzen, vor allem nicht die dunkelhaarige Dame, die noch immer in ihren roten Mantel gehüllt durch die Schlafzimmertür späht. Sie schließt die Augen und wagt es, mich mit einem mausartigen Quieken zu verzaubern.

Ich weiche zur Seite und der Zauber fliegt über das Geländer.

Mausi öffnet ein Auge, dann das andere. Sie starrt mich an, als wolle ich ihr Gesicht fressen. Die andere Hexe neben ihr lässt sich sofort auf den Teppich fallen, um ihre Zaubersprüche offen zu legen. Mausi tut es ihr gleich und beide halten ihre zitternden, leeren Hände über den Kopf.

»Ist das alles?«, knurre ich.

Sie nicken.

»Okay. Geht nach unten und wartet dort! Haltet die Hände hoch und seid still!« Ich stelle mich ins Bad, damit sie an mir vorbeikommen.

Während sie die Treppe hinunter stürmen, halte ich den Mund, obwohl ich ihnen sagen möchte, dass sie vorsichtig sein und sich vor den schrecklichen magischen Trümmern im Wohnzimmer in Acht nehmen sollen. Aber es sind Hexen – sie sollten es besser wissen, als dort unten herumzustochern.

Es sind noch drei Hexen übrig und die eine, die bewusstlos ist – von dem blauen Zauber, der mir über die Schulter tropft. Ihre Füße ragen aus dem Schlafzimmer.

»Wenn wir uns nicht ergeben, wirst du uns dann in Stücke schneiden?«, fragt die korpulente Frau mit besorgter Miene. Sie mustert mich aufmerksam, ihre Augen verengen sich auf die Engelsklinge in meiner Hand.

Ich erinnere mich, dass sie als Erste das Haus betreten hat. Auch ihre Stimme kommt mir bekannt vor. Sie ist diejenige, die mich ausgelacht hat.

Natürlich nicht, möchte ich spotten, aber stattdessen starre ich sie böse an und steigere die Bosheit noch. Ich brauche diese Damen, damit sie ihren Zauber ablegen und nach unten gehen.

Sie seufzt und hebt dramatisch die Hände.

»Okay, seid still, legt eure Zauber vorsichtig auf den Boden und geht mit erhobenen Händen nach unten.«

Die beiden anderen Hexen schauen die Redselige fragend an und sie nickt. Langsam legen sie ihre Zaubersprüche auf den Boden und leeren ihre Taschen.

Ich stehe wieder an der Wand, gehe über den Flur ins Schlafzimmer und sehe zu, wie sie ihre Taschen leeren. Dabei untersuche ich die bewusstlose Hexe. Sie scheint friedlich zu schlafen. Ihr Atem klingt wie ein leises Schnarchen. Ich bin froh, dass ich mir nicht noch mehr Eiterbeulen ansehen muss. Zur Sicherheit träufle ich ihr etwas Heiltrank in den Hals und spreche einen weiteren Schlafzauber. Sie ist bewusstlos und wie bei der Furunkelhexe will ich keinen Fesselzauber riskieren.

»Alles in Ordnung, Caitlyn?« Ich blicke durch die Tür ins Schlafzimmer. Das Bett ist ein einziges Durcheinander hastig heruntergezogener Decken.

»Ja«, kommt eine ängstliche Stimme aus dem winzigen Unterschlupf in der Ecke. Es scheint etwas größer zu sein als ein normaler Kleiderschrank.

Erschöpft lasse ich mich auf die Knie fallen und schließe für einen kurzen Moment erleichtert die Augen. »Brauchst du einen Heiltrank?«

»Ich bin nicht verletzt. Ich habe nicht einen Kratzer. Kann ich rauskommen?«

Die geschwätzige Hexe bewegt ihre Füße.

Ich kneife die Augen zusammen und richte mein linkes Schwert auf ihr Herz. »Nein.« Das Wort richtet sich sowohl an die Redselige als auch an Caitlyn. »Bitte bleib noch ein paar Minuten, wo du bist.« Und mit gedämpfter Stimme knurre ich die Hexen an. »Geht! Nach unten! Sofort!«

Sie tun es.

Rose, die meine Schutzbefohlene war, ist eine von ihnen. Sie wirft mir im Vorbeigehen einen bösen Blick zu.

»Rose«, begrüße ich sie.

»Nein«, knurrt sie und hebt die Hand. »Ruf mich nicht noch einmal an! Du stehst auf der schwarzen Liste.«

Ich schließe den Mund und nicke. »Gut zu wissen.« Ich glaube nicht, dass Rose in nächster Zeit jemanden anrufen wird. Sie braucht eine Lizenz als Wächterin, und Kriminelle bekommen keine. Und wenn sich der Hexenrat erst einmal mit ihr beschäftigt hat, wird der Entzug der Lizenz das geringste ihrer Probleme sein.

Meine ausbleibende Reaktion ärgert sie. Ihr ganzes Gesicht verzieht sich und sie sieht mich an, als wolle sie mich anzünden.

»Ach, Rose, wo ich gerade deine Aufmerksamkeit habe. Weißt du zufällig etwas über die beiden Kreaturen, die letzte Nacht in mein Haus eingebrochen sind, während die Station – deine Station – aktiv war? Die eine war ein Zombie.« Ich schnippe ein Stück Glas von meinem Kopf. *Hast du sie hereingelassen?*

Sie stolpert über die zweite Stufe und hält sich am Geländer fest. »Das ist unmöglich.« Ihre Knöchel werden weiß.

»Es ist passiert.«

Ihr sommersprossiges Gesicht läuft vor Wut rot an. »Keine Erstattung.«

»Schon gut.« Ich winke sie weg. »Ich werde das der offiziellen Beschwerde hinzufügen. Ich bin mir sicher, dass derjenige, der den Fall untersucht, deine gesamte Arbeit überprüfen wird. Oh, und ich habe unwiderlegbare Beweise, dass du sie in mein Haus gelassen hast. Du wirst von der Hexengemeinschaft geächtet und bekommst mindestens zehn Jahre Gefängnis.«

»Das würdest du nicht wagen!«, faucht sie.

»Und ob ich das würde.« Ich starre sie an. »Wer war es, Rose?«

Ihre Fingernägel graben sich ins Holz. »Andere Hexen von außerhalb«, flüstert sie. »Eine ist eine Torhexe, und mein Hexenzirkel schuldete ihr einen Gefallen. Sie sagte, sie wollten Zugang, um etwas zu holen. Mir wurde gesagt, man würde nie erfahren, dass sie da waren.«

»Namen?«

»Ich habe keine Namen. Ich habe nicht mit ihnen geredet. Ich habe nur getan, was mir gesagt wurde.«

Mehr bekomme ich nicht aus ihr heraus, ich habe im Moment zu viel um die Ohren. Ich lächle, salutiere mit meiner Klinge und drehe ihr den Rücken zu, bevor ich etwas Dummes und Bedeutungsloses tue, wie sie die Treppe hinunterzustoßen.

Mit einem Handtuch aus dem Bad wasche ich mir das Gesicht und entferne den gröbsten Zauberbrei von Brust und Armen.

Dann hebe ich die bewusstlose, immer noch schnarchende Hexe vom Schlafzimmerboden auf und hieve sie mir mit dem klassischen Feuerwehrtragegriff über die Schulter. Auf dem Weg nach unten werfe ich einen Blick ins Wohnzimmer.

Oh, das sieht schlimm aus.

Es ist ein Kriegsgebiet.

Einige der magischen Tränke sind unversehrt, während andere von den Wänden und der Decke tropfen und den Teppich fleckig, an einigen Stellen knusprig und an anderen verbrannt machen. Das Sofa ist ein einziges Chaos. Aus der hinteren Ecke wächst etwas Violettes, Seltsames und Flauschiges, und der Fernseher ... Ich schüttle den Kopf. Er sieht perfekt aus. Wie konnten sie das übersehen?

Rose stößt an einen Hexenkokon, und die anderen vier Hexen stehen verlegen herum, während das Glas unter ihren Füßen knirscht. Hoffentlich schämen sie sich. Bei richtiger Anwendung sollte das Glas verdampfen, wenn die Magie eines Zauberspruchs aktiviert wird.

Ich blase meine Wangen auf. So lange kann ich die Hexen nicht festhalten, während ich auf Verstärkung warte. Falls Verstärkung kommt. Ich bin für diesen Mist nicht ausgebildet, und ich traue ihnen nicht zu, sich zu benehmen. Das Chaos ist zu viel für eine Person.

Ich eile die letzten Stufen hinunter, und während die Hexe über meiner Schulter baumelt, greife ich in meine Tasche und werfe die Stoppzauber. Ich halte sie alle zurück. Rose dreht sich um, macht den Mund auf und ein Zauber trifft sie mitten auf die Stirn. Es sieht aus, als hätte ich perfekt getroffen, aber ich habe auf ihren Mund gezielt.

»Wir unterhalten uns später im Gefängnis«, sage ich lächelnd. Ihre Augen werden starr und der Kokon verschlingt sie vollständig.

Elf Hexenkokons und zwei Schlafkokons.

Nicht schlecht.

Ich trage die Hexe über meiner Schulter in die Küche,

und nach einigem Hin und Her – es ist wie Tetris mit Lebewesen, weil die Küche so klein ist – plumpsen wir neben ihre Freundin, die jetzt nicht mehr kocht.

Dann gehe ich zu Caitlyn nach oben. Vorsichtig umgehe ich die Stapel unbenutzter Zaubersprüche. Ich könnte sie eintüten, aber das überlasse ich den Profis. Ich will nicht noch mehr Zaubersprüche durcheinanderbringen.

»Okay, du kannst jetzt rauskommen. Langsam. Pass auf deine Füße auf!« Es klickt und eine voll bekleidete Caitlyn stürzt aus dem sicheren Raum und wirft sich mir in die Arme. »Oh, ähm, okay.« Ich verziehe entsetzt das Gesicht, als sie einen Spinnenaffen imitiert. Ich klopfe ihr hart auf den Rücken.

Das ist seltsam. Ich bin mir sicher, andere Leute mögen das, aber ich bin nicht wirklich ein Umarmer. Ich lasse sie weiter umarmen und tröste sie, denn ich bin ja keine Vollidiotin.

»Tru, danke! Danke, dass du gekommen bist!« Sie reibt ihre Nase an meinem Hals. *Oh, Scheiße, ist das Rotz?* »Sind die alle tot?«

»Tot? Nein!« Für wen hält sie mich? Mein Ruf muss im Arsch sein, wenn sie glaubt, dass ich einfach so Leute umbringen kann.

Sie zieht sich zurück und duckt sich, um ihre Enttäuschung zu verbergen.

Menschen sagen und tun Dinge, die sie nicht meinen, wenn sie schockiert sind. Nicht jeder hat Spaß daran, sich zu streiten. Caitlyn muss große Angst haben. Ich beeile mich, sie zu beruhigen. »Die sind alle eingewickelt ...« Sie sehen aus wie Alien-Eier oder die Kokons von Gremlins, das sollte ich besser nicht sagen. »… und werden dir nichts tun. Ich verspreche dir, dass du jetzt vollkommen sicher bist.« Ich streichle ihren Arm. Das arme Mädchen ist traumatisiert. »Dein Wohnzimmer und die Treppe sind etwas unordentlich. Pass auf, wohin du gehst. Das Haus ist nicht sicher.«

Sie runzelt die Stirn.

Aber ich mache weiter. Jetzt ist der richtige Zeitpunkt, um über das kleine Königreich außerhalb der Welt zu sprechen. Ich kann mir keinen besseren Ort vorstellen. Es ist der perfekte Ort für sie. »Das Sanctuary …«

»Nein.«

»Es ist nur für ein paar Tage. Caitlyn, du kannst hier nicht bleiben.«

»Du willst, dass ich ins Königreich gehe? Nein. Auf keinen Fall.« Sie schüttelt den Kopf.

Ich folge ihr die Treppe hinunter und sie bleibt stehen, um die Hexenkokons und das magisch verwüstete Wohnzimmer zu betrachten.

»Ja, es ist schlimm«, murmle ich.

Der lila Flaum in der Ecke kriecht auf Kokon-Rose zu. Ich verdrehe die Augen und schiebe Rose ruckartig zur Seite, um ihm aus dem Weg zu gehen. Der Fernseher wackelt. Ich greife in meine superpraktische Tasche und hole eine Tüte Salz heraus. Dann ziehe ich einen dicken Strich um den Flaum. Magie mag kein Salz. Ich trete einen Schritt zurück, um zu sehen, ob ich eine Stelle übersehen habe. Ich schließe die Augen.

»Entschuldigung«, sage ich mit schmerzverzerrtem Gesicht. Hoffentlich kommt bald der Hexenrat mit seinen magischen Reinigungskräften.

»Schon gut.« Caitlyn bahnt sich ihren Weg zur Eingangstür und wirft mir einen verärgerten Blick zu, als die Station sie aufhält. »Ich will raus.«

Ich schnaufe und folge ihr.

Ich strecke meine Hand aus und sie greift danach. Fast rennend zieht sie uns beide durch die Tür. Draußen lässt sie meine Hand los. »Danke für die Hilfe. Mein Handy ist kaputt, ich melde mich, wenn ich ein Ersatzgerät habe.« Caitlyn winkt wahllos die Straße entlang, oder ich denke, dass es wahllos ist, bis ich das Geräusch eines Starts und die Scheinwerfer eines Autos höre.

Ein grüner Ford Focus hält am Straßenrand, und nachdem sie mich kurz umarmt hat, während ich versuche, nicht aus der Haut zu fahren, weil ich mich schon wieder in meiner Privatsphäre gestört fühle, öffnet sie die Beifahrertür und steigt ein.

Was?

»Caitlyn, ich glaube wirklich, dass ...«

Sie knallt mir die Tür vor der Nase zu.

»... du warten solltest.« Ich kratze mich am Kopf und sehe zu, wie die Rücklichter des Autos unter der Brücke und aus meinem Blickfeld verschwinden. Ich drehe mich um und werfe einen traurigen Blick zurück auf das verwüstete Haus. Ich schüttle den Kopf über das Chaos und die unheimlichen Kokons. Wenn ich meine Zauber erneuere, werde ich um eine andere Art von Zurückhaltung bitten.

»Ist das gerade wirklich passiert?«, murmle ich. Ich kann nicht glauben, dass sie einfach gegangen ist. Ich hätte sie aufhalten müssen. *Mist, das kann ich nicht gut.*

Mein Atem bildet kleine Wölkchen in der Luft. Es ist noch kälter hier draußen, nachdem die Wärme des Hauses verschwunden ist, aber wenigstens kann ich atmen. Die Magie drinnen ist überwältigend. Ich schlendere die Straße entlang, trete an den Rand des Bürgersteigs, schiebe die Schwerter und Messer aus dem Weg und lasse mich auf den Bürgersteig fallen. Ich ziehe die Knie an die Brust und bereite mich mental darauf vor, auf die Kavallerie zu warten.

Ich hasse es, zu warten.

Ich atme tief durch. Es ist, als ob die ganze Welt schläft und nur ich wach bin. Ich bin erschöpft. Ich reibe mein Gesicht und kuschle mich ein. Klerics Temperaturmagie reguliert mich, also friere ich nicht wirklich. Ich fühle mich nur nicht ganz wohl.

Ich will mich bewegen, meine neuen Schwerter schwingen und ihre Geheimnisse entdecken. Zu gern würde ich sehen, was sie wirklich können. Ich wälze mich hin und her, blicke die Straße auf und ab. Diese Straße hat für einen frühen Morgen schon genug Aufregung erlebt, und es ist vielleicht nicht die beste Idee, die doppelten Engelsklingen herauszuholen und sie in ihrer ganzen Pracht herumwirbeln zu lassen.

Missmutig sitze ich da und warte.

Kapitel Dreizehn

Ich gehe den schmalen grauen Gang entlang. Am Samstagmorgen sind diese Büros normalerweise wie ausgestorben. Die meisten Mitarbeiter kommen erst am Montag zurück. Leider habe ich nicht den Luxus, am Wochenende freizuhaben. Jenny, eine Kollegin, die auch am Wochenende arbeitet, sieht mich kommen. Sie schaut in mein Gesicht, dreht sich auf dem Absatz um und springt zur Seite.

Ich bin ... *ahh*. Ich kann gar nicht denken, so wütend bin ich.

»Was ist los mit dir?«, fragt Story.

Ich schreie verlegen auf, als sie aus dem Nichts auftaucht. Ihr saphirblauer Körper rast auf mein Gesicht zu, nur Millimeter von meiner Nase entfernt. Ich bin mir sicher, dass ich schiele, als ich versuche, sie zu fokussieren. Ich bin so verdammt müde. Wenn ich in eine verrückte

Verschwörung von Hexen und Geisterbeschwörern verwickelt bin, machen sie einen guten Job dabei, mich durch Schlafentzug umzubringen.

»Caitlyn hat mich in den frühen Morgenstunden angerufen«, murmle ich.

»Ich weiß. Ich habe heute Morgen deinen Weckruf bekommen. Ziemlich spät. Wir werden gleich darüber reden, warum du mich nicht gebeten hast, mitzukommen. Also, was ist passiert? Die Hexen?«

»Ja.«

»Ich habe gehört, dass es ein Chaos war.«

»Du hast richtig gehört.«

»Das Mädchen, Caitlyn, ist sie okay?«

Ich nicke und gehe weiter in mein Büro.

Story fliegt neben mir her. »Mutter Natur, Tru, das ist wie Zähne ziehen. Komm schon, sag mir, warum du so wütend bist.«

»Der Hexenrat hat meine Gefangenen mitgenommen«, knurre ich durch die Zähne.

»Seit wann hast du Gefangene?«

»Seit ich sie in Hexenkokons verwandelt habe, nachdem sie mir Zaubersprüche an den Kopf geworfen haben. Da waren diese Pudding produzierenden Eiterbeulen und dieser violette magische Flaum, der aus den Wänden wuchs und ...«

»Eine Hexe, was? Ein Kokon? Das ergibt keinen Sinn. Tru, hast du dir den Kopf gestoßen?«

Ich stöhne. Na ja, es ist eher halb Stöhnen, halb Knurren.

Endlich erreichen wir das mir zugewiesene Büro. Ich reiße die Tür auf, sie knallt gegen die Wand, als ich hinter dem Schreibtisch auf dem billigen Stuhl lande. Mit der Kraft meines Körpers rollt er zurück und dreht sich. Um nicht auf die langweiligen grauen Wände zu schauen, lege ich den Kopf in den Nacken und starre an die langweilige graue Decke.

Ich bitte das Universum um Geduld.

Story fliegt über meinen Kopf hinweg und dreht sich mit mir. »Und? Was ist passiert?« Ihr hübsches Gesicht verzerrt sich vor Verzweiflung.

Ich lege die Engelsschwerter auf den Schreibtisch und erzähle ihr alles, vom Einbruch mit dem Zombie, den Schwertern auf der Treppe, dem Geschenk der Engelsschwerter, dem Anruf um drei Uhr morgens und dem Hexenkrieg. Ich beende meine Erzählung damit, dass ich drei verdammte Stunden auf Verstärkung gewartet habe. *Drei Stunden!*

»Dann kam der Hexenrat und übernahm die Szene. Das ist doch gut, oder?« Sie stupst das Einhorn auf dem Knauf einer der Klingen an.

»Nein«, jammere ich. »Sie waren meine Gefangenen. Meine. Ich wollte mit ihnen reden. Ich wollte noch einmal mit Rose sprechen.«

Story stolziert über den Tisch. »Tru, du bist keine Ermittlerin und du arbeitest schon zu viel. Ich sollte dir das nicht sagen müssen, aber du weißt es. Du weißt, dass Hexen sich um Hexen kümmern. So ist das nun mal. Was hast du denn gedacht, was sie tun würden?«

Meine Stirn schlägt auf das Holz neben ihren Füßen. »Ich wollte eine Chance, das zu klären.« Das Gesicht an den Schreibtisch gedrückt, kommen meine Worte gedämpft heraus.

»Warum?«

Ich hebe den Kopf ein wenig an. »Sie haben ein Portal unter dem Auto geöffnet. Sie hätten dich und die Kinder verletzen können. Und dann sind sie in mein Haus eingebrochen. Wenn Dexter nicht auf der Jagd gewesen wäre, hätten sie ihn verletzen können. Ihn töten können. Ein Nekromant hat seinen Zombie in mein Haus gebracht. Sie haben meine Sachen durchwühlt und einen blutigen Zombiefinger auf meiner Treppe hinterlassen.«

»Du hast keine Beweise, dass es diese Hexen waren.«

Ich zucke mit den Schultern. »Ich weiß.« Meine Stirn schlägt auf das Holz und Story streicht mir übers Haar.

»Uns geht es gut. Wir sind in Sicherheit. Caitlyn geht es auch gut, dank dir. Du hast den Tag gerettet. Juhu. Tru, den Rest musst du den Profis überlassen.«

»Ich bin ein Profi«, brumme ich in das Holz.

»Du bist eine professionelle Nervensäge. Tu nicht so, als wüsstest du nicht, was ich meine. Solange die Hexen nicht offiziell wollen, dass du etwas tötest, kannst du dich nicht einmischen.«

»Es ist persönlich«, sage ich zu ihr. Ich zucke zusammen, als Story an meinem Haar zieht. »Au.«

»Du großes Baby.«

»Ich weiß. Okay. Ich weiß. Mir wurde gesagt, wenn ich den Kopf unten und den Mund geschlossen halte, bekomme ich mit etwas Glück Zugang zu den Akten, wenn sie fertig sind.« Ich habe nicht einmal ein verdammtes Dankeschön dafür bekommen, dass ich den Hexenzirkel davon abgehalten habe, die halbe Stadt in die Luft zu jagen. *Verdammte Hexen.*

Ich bin kein Ermittler. Das hat man mir klargemacht.

Den Hexen ist es egal, dass ich auf dem Papier über ihnen stehe. Wenn ich es forciert hätte, hätten sie mich nur vertröstet und ich hätte nichts bekommen. Ich muss auf die Informationen warten, die sie mir geben wollen.

»Man kann nicht immer nur herumschnüffeln und hoffen, dass irgendein Bösewicht versucht, einen umzubringen. Nicht so. So funktioniert das Leben nicht.«

Aha. Das ist eine gute Idee.

Unter meinem Kinn hat sich etwas Speichel angesammelt. Das ist eklig. Ich bin eklig. »Okay, du hast recht.« Ich hebe den Kopf und wische mir heimlich mit dem Ärmel den Mund und den Schreibtisch ab.

»Natürlich habe ich recht.«

Das Telefon auf meinem Schreibtisch klingelt. Ich drehe den Kopf und tue so, als hätte ich es nicht gehört. Ich bin nicht in der Stimmung.

»Willst du nicht rangehen?«

»Nein. Muss ich?«

Story verdreht die Augen, stemmt die Hände in die Hüften und starrt abwechselnd mich und das Telefon an. Sie wippt mit dem Fuß und setzt ein Muttergesicht auf, das sie perfektioniert hat, um ihre Kinder zu erziehen.

Verdammt.

»Hallo.«

»Henkerin.« Richard ist am anderen Ende. »Der Engelsbote ist ...« Ein Stimmengemurmel und das Telefon knistert. »Entschuldigung, der Engel Xander möchte Sie sprechen.«

Nein.

Nein. Nein. Nein!

Am liebsten würde ich meinen Kopf wieder gegen den Schreibtisch schlagen.

»Natürlich, Richard«, sage ich durch den riesigen Kloß in meinem Hals hindurch. Er ist so groß, dass ich kaum Luft bekomme. Meine Lungen brennen vor Sauerstoffmangel.

»Perfekt. Danke, Henkerin. Ich schicke jemanden, der ihn begleitet.«

»D-danke«, stottere ich und lege leise den Hörer auf.

»Was ist los?«, fragt Story.

»Xander kommt.«

»Was? Hier? Jetzt?«, quietscht sie.

»Ja.«

Wir sehen uns entsetzt an, und Storys rosé-goldene Flügel brechen aus ihrem Rücken hervor. Sie stürzt sich in die Luft.

»Wohin zum Teufel willst du?«, rufe ich.

»Ich schreibe deine Berichte. Ich mache den ersten Entwurf und du kannst ihn auf Stimmigkeit prüfen, bevor ich ihn abschicke. Ich denke, ich habe alle Informationen.« Sie tippt sich an die Schläfe und stürmt zur Tür hinaus.

Unglaublich.

Ich habe ihn seit über drei Monaten nicht mehr gesehen, und ich würde ihn gern mein Leben lang nicht mehr sehen. Der Drang, mich mit Kleric in Verbindung zu setzen, um moralische Unterstützung zu bekommen, ist in meinem Gehirn lebendig. Ich wünschte, er wäre hier.

Gott, ich vermisse ihn.

In meinem Herzen ist Xander für mich gestorben, als er mich in dieses Gefängnis gesperrt hat. Ich habe mir in den letzten Monaten gewünscht, ich könnte ihn hassen. Aber ich habe es nicht in mir. Ich kann ihn nicht hassen, aber das heißt nicht, dass ich mit ihm reden will.

Gut gemacht, Tru! Er hat dir ein tolles Geschenk gemacht, und jetzt musst du dafür bezahlen.

Ich spiele mit den Schwertern auf meinem Schreibtisch, während ich auf das Unvermeidliche warte. »Es ist eure Schuld.« Ich sehe sie finster an.

Sind sie es wirklich wert, Xanders Gesellschaft zu ertragen?

Kapitel Vierzehn

Meine Tür steht offen, aber es klopft trotzdem jemand leise an den hölzernen Türrahmen. Ein nervöses Zittern durchfährt mich. Ich puste meine Wangen auf und mache mich bereit.

Es geht los.

»Hier drin, Sir. Entschuldigen Sie den langen Weg. Die Henkerin.« Dina, die Empfangsdame, begrüßt mich mit einem Nicken. »Story hat darum gebeten, dass Ihr Wagen abgeholt wird. Er steht an Ihrem gewohnten Platz und sie hat darum gebeten, dass diese Sachen nach oben geschickt werden.« Sie übergibt mir die Schlüssel für den Land Rover, das Handy und das Datapad.

»Vielen Dank. Das ist sehr nett.« Ich konzentriere mich nur auf sie und ignoriere den Engel, der in den Raum schleicht.

»Gern geschehen. Ach, und der Beithíoch – Dexter – ist auch in dem Auto gekommen. Er ist in der Lobby, weil wir eine Jugendgruppenführung haben.« Dinas Lippen zucken und ich lächle zurück. Die Katze wird in ihrem Element sein und Streicheleinheiten von allen Kindern bekommen. Dina winkt mir zu und schließt die Tür.

Das fast lautlose Klicken klingt in meinen Ohren wie ein Schuss. Plötzlich ist das Büro viel kleiner. Es ist stickig. Ich huste, um meinen Hals zu befreien, und nehme mir eine Sekunde Zeit, um meine angespannten Nerven zu beruhigen.

Als ich nicht von meinem beschissenen Bürostuhl aufstehe, um ihn zu begrüßen, nickt Xander, um die Geringschätzung zu bestätigen. Ich bin nicht mehr seine Marionette, mit der er spielen kann. Ich sehe ihn, wie er ist, ohne die rosarote Brille.

Unhöflich schaue ich auf mein Handy. *Oh, schau dir all die Nachrichten an.* Vielleicht hat Caitlyn angerufen. Ich mache mir immer noch Sorgen um sie. Nichts. Nur ein Haufen langweiliger Arbeitsnachrichten.

»Du benutzt die Taschen-Dimension?« Xanders Stimme ist rau.

Der Seidenbeutel, der immer noch an meinem Bein hängt, fühlt sich plötzlich tonnenschwer an. Ich nicke, den Blick weiter auf mein Handy gerichtet. Zustimmend murmle ich vor mich hin.

Worauf will er hinaus?

»Du kannst deine Technik in die Tasche stecken, wenn du dich wandelst. Deine Wandlungsmagie hat keinen Einfluss auf die Dimension, sodass alles, was du in die Tasche packst, vor äußeren Einflüssen geschützt ist.«

»Oh«, sage ich eloquent. Jetzt, nachdem er es gesagt hat, ergibt es Sinn, und ich komme mir ein bisschen dumm vor, dass ich nicht selbst darauf gekommen bin. Andererseits war ich um drei Uhr morgens auch nicht ganz auf der Höhe.

»Danke.« Ich presse die Worte durch meine zusammengebissenen Zähne und beiße mir auf die Zunge, während mein Herz sich anfühlt, als würde es aus meiner Brust springen – beweglich und auf der Flucht – und um meinen Körper herumrasen. *Bringen wir es hinter uns, damit er gehen kann.* Das Mindeste, was ich tun kann, ist, höflich zu sein. »Danke für die Geschenke. Ich habe sie gestern Abend bekommen.« Ich lege das Handy weg und schaue auf.

Ich blinzle.

Er sieht anders aus, abgekämpft.

Xanders gesamtes Erscheinungsbild ist beunruhigend. Er ist ein unsterblicher Engel, aber er sieht aus, als wäre er gealtert. Er ist brutaler geworden, wenn das überhaupt möglich ist. Seine goldenen Augen haben ihren Glanz verloren, sein Teint ist fahl und sein dunkles Haar muss dringend geschnitten werden. Außerdem hat er abgenommen und mehr Muskeln bekommen.

Und dann ist da noch seine Kleidung.

Als ich siebzehn war, war er mein Vormund und ich habe bei ihm gewohnt. Ich habe ihn also zu Hause in Freizeitkleidung gesehen, aber nicht in der Öffentlichkeit.

So, wie er jetzt aussieht, in Jeans, die schon bessere Zeiten erlebt hatte. Das enge Oberteil schmiegt sich an seine breiten Schultern und betont seine Taille. Seine muskulösen Oberschenkel lehnen am Schreibtisch.

Trauer. Der Verlust seiner Schwester Robin hat ihn schwer getroffen.

Ich bemitleide ihn, aber ich unterdrücke dieses Mitgefühl, bevor es sich auf meinem Gesicht zeigt. Ich werde ihm nichts geben, nicht einmal Mitgefühl. Dieses Recht hat er verwirkt. Xanders Verhalten mir gegenüber hat ein Stück meiner Seele abgetötet. Er hat mir irreparablen Schaden zugefügt, und ich muss mich daran erinnern, dass er der Feind und eine Bedrohung ist. Als Erinnerung lasse ich einen winzigen Splitter der Vergangenheit aus den dunklen, fauligen Tiefen meines Unterbewusstseins aufsteigen. Mein Herz schlägt schneller, aber ich mache weiter und lasse die Erinnerung in den Vordergrund meines Geistes treten.

Ich erinnere mich ...

Ich erinnere mich an die weiße Zelle. Das Summen des weißen Rauschens erfüllt meine Ohren und mein Atem stockt. Ich sehe funkelnde goldene Augen, und die Stimme des Engels mischt sich in das Summen des Weiß, das immer wieder in meinem Kopf widerhallt und mich eine Psychopathin nennt. Das Weiß versucht, mich zu überwältigen, und die Ohnmacht, die mich befällt, ist überwältigend.

Meine Sicht verschwimmt und alles, was ich sehe, ist weiß.

Der Kuss auf meiner Hand brennt und zieht mich vom Abgrund zurück, und ich atme tief durch. Der Geschmack von Schwefel steigt mir in die Kehle, und ich spüre, wie mich eine vertraute Wärme umhüllt. Und dann ... dann ist da ein Dämon in meinem Kopf.

Kleric.

Es ist, als würde er meine Seele wiegen und vor Schaden bewahren, und seine warme, feste, ruhige Gegenwart macht es mir leichter, die Erinnerungen zu verdrängen. Während sie dorthin zurückkehren, wo sie hingehören, wird jeder Atemzug weniger zur Last. Ich bin nicht mehr dort, eingesperrt in dieser weißen Zelle. Ich bin in Sicherheit.

Geht es dir gut?, fragt er.

Es geht mir gut. Ich bin okay. Danke.

Gut gemacht, Tru! Das war eine verdammt gute Erinnerung.

Kleric nimmt sich einen Moment Zeit, um durch meine Augen zu sehen, und brummt tief in seiner Kehle. Das Geräusch hallt durch mein Inneres. *Was macht er da?*, knurrt er.

Es ist, als stünde er neben mir und nicht nur in meinem Kopf. *Ich weiß es nicht. Wir werden es irgendwann vielleicht herausfinden, nicht wahr?*

Xander beobachtet mich mit seinen goldenen, schmalen Augen. »Tru, du siehst gut aus. Du hast das Gewicht, das du abgenommen hast, wieder zugenommen. Das freut mich.«

Er meint, ich bin froh, dass ich nicht mehr wie eine ausgehungerte und gefolterte Gefangene aussehe, schimpfe ich zu Kleric. Was für ein Schleimer. Ein Kompliment von Xander – das macht mich noch verrückter, als wenn er einfach so im Büro auftaucht. Ich blinzle. *Was will er?* Wenn ich es mir recht überlege, ist sein Besuch wahrscheinlich gar nicht so zufällig.

Ja, irgendwie kommt es mir verdächtig vor. Wie war das mit dem Zufall? Fraglich. Es scheint alles ein bisschen zu gut zu passen, dass er heute auftaucht. Oh, perfektes Timing, um nach einem aufmerksamen Kollegen zu suchen, der gestern Abend sein Geschenk abgegeben hat.

Entweder hat er die Geschenkbox verzaubert, damit er weiß, wann sie geöffnet wird, oder er hat die ganze Situation inszeniert.

Ahh. Ich kann ihn nicht ausstehen. Ich sehe gut aus. Ha. Nach den verrückten vierundzwanzig Stunden, die hinter mir liegen, sehe ich nicht gut aus. Ich sehe scheiße aus. Ich bin ein riesiges Chaos und immer noch voller Zauberrückstände. Der Engel ist voller Scheiße.

Ich lasse mich auf den Stuhl fallen und kratze mich am Hinterkopf. *Okay, ich spiele mit.* Ich biete ihm keinen Platz an. »Botschafter, was willst du?« Ich versuche, seinen Unsinn zu durchschauen und zum Kern seines Besuchs vorzudringen – zum Kern des Problems.

»Das ist nicht mehr mein Titel«, sagt Xander sanft.

Ich neige den Kopf.

»Ich bin nicht mehr der Botschafter der Engel.«

»Was? Seit wann?« Ich rutsche fast vom Stuhl, als ich seinen spöttischen Gesichtsausdruck sehe.

Ich weiß nicht, was ich antworten soll. Was soll ich sagen?

Ich spüre Klerics kühle Ruhe, während er die Situation abwägt. Der Dämon schweigt weise. Also folge ich seinem Beispiel.

Ich habe nichts von Xanders Problemen gehört. Um ehrlich zu sein, habe ich mich bewusst abgeschottet und meine metaphysischen Finger in die Ohren gesteckt, wenn es um ihn und die Engel ging.

Ich weiß, ich weiß, ich sollte ihn wie ein Falke beobachten, nur um zu wissen, ob er wieder versucht, mich zu manipulieren. Schließlich ist er mein Feind. Aber ich gehe lieber das Risiko ein, nichts über ihn zu wissen. Dieser Mann ist Gift für meine psychische Gesundheit.

Xanders Gesichtsausdruck verzieht sich, als würde er gleich Worte sagen, die mich körperlich verletzen.

Ich mache mich bereit.

»Es verfolgt mich, Tru. Es verfolgt mich für das, was ich dir angetan habe. Ich habe so viele Fehler begangen. Viele, viele Fehler. Ich habe ...« Er schluckt und blickt auf seine Hände. »Ich habe meine Schwester in diesem Lagerhaus verrotten lassen, habe sie Fremden überlassen, die sich um ihren Körper kümmern sollten.«

Ich bin wie erstarrt. Ich weiß nicht, worauf er hinaus will. Wenn ihm die Tränen über die Wangen laufen, bin ich weg. Dann bin ich weg wie der Roadrunner. *Meep-meep.*

»An jenem Tag im Lagerhaus. Im Lagerraum sah ich die Leichen.« Seine ganze Brust bewegt sich, als er tief und schaudernd einatmet. »Und ich beschloss, dass das das Problem von jemand anderem war.« Xander reibt sich den Mund und schüttelt den Kopf, als hätte er einen Floh im Ohr oder würde eine Erinnerung abschütteln, die nicht verschwinden will.

Ich habe es selbst herausgefunden. Er war viel zu schnell im Lager, um mehr als einen kurzen Blick zu erhaschen. Damals war ich froh darüber. Das ganze Gebäude war instabil, nachdem ein Drache daran genagt hatte, und es hätte jeden Moment einstürzen können.

Und wenn er an diesem Tag die ermordeten Engel gefunden hätte, hätte Xander mich getötet – vor allem mich, der alten Xander, der keinen Finger gerührt hätte, um ihn aufzuhalten. Ich war zu sehr in ihn verliebt, um mich zu schützen.

»Es war leicht, mich davon zu überzeugen, dass ein Engel unmöglich in diesem Chaos sein konnte. In diesem

Haufen Leichen.« Er hebt das Kinn, seine honigfarbenen Augen bluten vor Schmerz und Trauer. »Weißt du, wie schwer es ist, einen Engel zu töten?« Xander lacht. Es ist ein schreckliches Geräusch. »Wir sind fast unzerstörbar, unmöglich zu töten ...«

Tja, ich weiß nicht.

»... und meine Schwester war so ... so stark.« Sein Gesicht und seine Augen sind voller Trauer.

Er holt wirklich alles aus der Sache heraus. *Es lohnt sich nicht, ihm zuzuhören,* sage ich zu Kleric. Ich schaue zur Bürotür. *Ich frage mich, ob Xander es bemerken würde, wenn ich gehe.* Der Mann ist so in sich versunken, dass er es bestimmt erst nach zehn Minuten merken würde.

Du brauchst nichts zu sagen. Hör ihm einfach zu!, sagt Kleric.

Okay ... okay, ich kann nett sein und zuhören. Ich kaue an meinem Daumennagel.

»Sie war die Beste von uns. Stark, mutig, eine Nervensäge.« Er prustet wieder dieses schrille Lachen. Mir wird ganz unbehaglich. Ich rutsche auf meinem Stuhl hin und her. »Ich hätte nie gedacht, dass sie ein Opfer sein könnte, dass sie ein Opfer und tot sein könnte. Vermisst zu werden, damit konnte ich umgehen. Ich war es gewohnt, mit Robins Chaos umzugehen. Ich habe die Leichen nicht untersucht, das war das Problem der Jägergilde. Ich hätte nie gedacht, dass drei meiner Engel, für die ich verantwortlich war, dort tot abgeladen wurden.«

Seine Augen treffen die meinen. »Ich habe nach etwas gesucht, das ich dir anhängen kann.«

Und da ist es.

Er sollte besser nicht wieder mit Anschuldigungen um sich werfen. Es war nicht meine Schuld.

»Ich habe gesehen, was ich erwartet habe, und ich habe dir die Schuld gegeben.«

Mir dreht sich der Magen um. Das ist alles gut und schön, aber Xander hat noch nicht erklärt, warum er eines Morgens plötzlich beschloss, neun Jahre Freundschaft wegzuwerfen. Liebe? Liebe, zumindest von meiner Seite aus. Was für eine Idiotin ich doch war. Der Bürostuhl quietscht, als ich mich vorbeuge. Er mag ein paar Fragen beantworten, während er wütend und verletzlich ist und um seine Schwester weint.

Aber ... ist das wichtig genug für mich? Ich traue ihm nicht über den Weg, und wenn ich mir seinen durchtrainierten Körper ansehe, dann ist das auch richtig so.

Ich schüttle den Kopf. Weißt du was? Es spielt keine Rolle. Ich habe diesem Mann alles gesagt, was ich ihm sagen wollte. Er kann mir nichts Neues sagen und ich werde mich nicht wiederholen. Eine zerbrochene Beziehung, eine verletzte Seele, das reicht für jeden.

Ich werde diese Wunde nicht wieder aufreißen.

Ich glaube auch, dass er versucht, mich zu manipulieren, was mir zeigt, dass er mich überhaupt nicht kennt. Xander hat seine Fehler gemacht, und ich bin viel zu schwarz-weiß, um auf seinen Scheiß reinzufallen. Was auch immer diese kleine Rede bezwecken soll, ich werde ihm nicht helfen. Wenn mich das zu einem schlechten Menschen macht, ist mir das egal.

Es ist mir egal.

Genauso wenig wie es ihn interessiert hat, als er mich ins Gefängnis geschickt hat, um dort zu verrotten.

»Es verfolgt mich«, fährt Xander fort. Ja, dieses Wort gefällt ihm wirklich. »Meine Schwester verfolgt mich, und die anderen Engel, die gestorben sind, verfolgen mich in meinem Kopf. Meine Arroganz. Meine Unfähigkeit ...« Er schließt die Augen und beißt sich auf die Lippe. »Ich habe meinen Posten als Botschafter verloren. Man hat mich gebeten zurückzutreten. Ich bin im Urlaub, um zu trauern. Ich habe Schande über mich und den Namen meiner Familie gebracht. Die Engel, die unter meinem Kommando standen, können mich nicht einmal ansehen. Ich habe Glück, dass sie mich nicht für ihren Tod verantwortlich machen. Ich habe es verdient.«

Karma, nicht wahr?

Wieder rutsche ich auf dem Stuhl hin und her. Ich muss mein Mitleid unterdrücken. Das Büro ist erfüllt von seinem Schmerz. Er umgibt uns wie ein Ozean und macht meinen Mund so trocken, dass ich nicht schlucken kann. Ich weiß nicht, was ich sagen soll. Ich verstehe nicht, warum er mir das alles erzählt.

Worauf will er hinaus? Vielleicht will er mich bestechen und mir teure Geschenke machen, um mich milde zu stimmen und seine Schuldgefühle zu lindern. Ich bin nicht so billig und viel zu stur, um zu vergessen, was er getan hat.

Ich sollte mich über diese Zurschaustellung von Schmerz freuen, aber das tue ich nicht. Es macht mich nur traurig. Ich kann ihm nicht helfen. Ich kann sein Chaos nicht in Ordnung bringen. Wir sind keine Freunde.

»Ich kann nicht zurück in meine Welt. Mein Ruf ist völlig ruiniert.«

Was zum Teufel will er von mir?

Er hebt eine Hand, um mich am Sprechen zu hindern. »Bitte entschuldige dich nicht.«

Das hatte ich auch nicht vor, denke ich innerlich. Will er mich auf den Arm nehmen? Und er hat es gewagt, mich verrückt zu nennen. Der Engel arbeitet auf einen echt peinlichen Auftritt hin.

»Ich verdiene das nicht. Ich wollte dir nur sagen, dass ich für dich da bin. Ich weiß zu schätzen, was du getan hast und wie du für und gegen mich gekämpft hast.«

Ich zucke zusammen.

Oh, ich habe mit ihm gekämpft. Aber nicht wirklich. Es war mehr so, als würde er mich aufmuntern, als hätten wir einen richtigen Streit. Er hat mein Schwert mit einem einzigen feurigen Hieb seiner Engelsklinge zerstört.

Arschloch.

Auch wenn ich mit Klerics superstarkem Dämonenblut vollgepumpt bin, kann ich dem Engel nicht das Wasser reichen.

Ich reibe mir die Stelle zwischen meinen Augen. Meine Augäpfel schmerzen, weil ich sie so oft gerollt habe. Ich muss das Chaos aufräumen und ihn aus meinem Büro schaffen. Pronto. *Glauben normale Menschen diesen Mist?*

»Xander«, sage ich sachlich. Ich lehne mich zurück und stütze die Arme auf den Schreibtisch. »Deine Entscheidungen haben nichts mit mir zu tun, und bitte, ich will keine ausgefallenen Geschenke oder halbherzigen Erklärungen mehr. Lass mich das klarstellen! Hörst du zu?« Ich halte mir die Hand vors Ohr.

Seine goldenen Augen blitzen.

Oh, das gefällt ihm nicht. Ich kann mir ein Lächeln

kaum verkneifen. »Kleric und ich sind zu dir gegangen, um die Dämonen zu bekämpfen, aus purer Rache. Ich habe es nicht für dich getan. Wenn du so nett wärst, könntest du jetzt bitte zur Sache kommen. Ich habe zu tun. Was willst du?«

Ich habe seine Spielchen satt.

»Wie geht es deinem Dämon?«

Ich starre ihn an. Mir dreht sich der Kopf. Oh, okay. Was für ein Themenwechsel.

»Wie läuft die Fernbeziehung? Muss schwer sein, wenn er nicht da ist.«

Was zum Teufel? Diese Woche ist einfach unglaublich und wird immer besser. Ich kann nicht anders. Ich muss lachen.

Xander runzelt die Stirn.

Kleric knurrt.

Mein Lachen erstirbt und ich seufze dramatisch. »Xander, meine Beziehung zu Kleric geht dich nichts an. Ich wusste nicht, dass du das hören musst, aber wir ...« Ich wedle mit einer schlaffen Hand zwischen uns, während ich ihn ansehe. »Wir sind keine Freunde.«

Jetzt ist der Engel an der Reihe, seine Hände auf den Tisch zu legen. Er steht etwas zu nah an den Schwertern, damit ich mich noch wohl fühle. Statt sie zu packen und ihm den Kopf abzuschlagen, lehne ich mich zurück, verschränke die Arme vor der Brust und werfe ihm meinen besten Todesblick zu.

Wie läuft die Fernbeziehung? Seine Worte wirbeln in meinem Kopf herum und jetzt beunruhigt mich der Gedanke, dass der Engel, obwohl er keinen Botschafterstatus hat, Kleric und mich irgendwie voneinander fernhält und die ohnehin schon schwierige Dämonensituation noch verschlimmert.

»Du hältst Kleric und mich auseinander?«

Der Engel grinst.

Es ist nur ein geisterhaftes Zucken seiner Lippen, bevor seine Maske wieder aufgesetzt wird, aber ich kann es nicht vergessen. Und als wäre ein atmosphärischer, emotionaler Schalter umgelegt worden, verschwinden Traurigkeit und Schmerz, die von ihm ausgehen, wie von Zauberhand.

Dieser manipulative Bastard.

Seine goldenen Augen funkeln wie Feuer, als er mich von oben herab ansieht. »Du hast mich gefragt, was ich will?«

Ich hebe eine Hand, um ihn aufzuhalten. »Nein.« Ich deute mit dem Finger auf sein Gesicht.

Natürlich ignoriert er mich völlig. »Ich verbiete es«, knurrt er.

»Wie bitte?« Ich zucke zusammen. *Kleric, hörst du bitte auf zu knurren? Ich kann ihn kaum verstehen.*

»Ich. Verbiete. Es.« Xander spricht jedes Wort langsam aus. »Eure Beziehung. Du bist zu unschuldig, um dich mit diesem Dämon einzulassen. Wenn du mit jemandem zusammen sein willst, dann mit mir.«

Oh, verdammt!

Kapitel Fünfzehn

Es ist unglaublich, wie schnell man jemanden aus seinem Büro bekommt, wenn man einen wütenden Dämon im Kopf hat. Einen Moment lang hatte ich Angst, dass Kleric seine rauchige Magie benutzen würde, um aus seiner Welt zu kommen und Xander zu blutigem Brei zu schlagen. Meine Lippen zucken. Das würde ich wirklich gern sehen. Nicht, dass ich den Engel nicht selbst zu Brei schlagen könnte.

Oder zumindest mein Bestes geben.

Wieder habe ich Klerics Gedanken blockiert. Bei seinem Gebrüll kann ich nicht klar denken. Ich schüttle den Kopf. Xander will mich. Ich kichere, während ich mich durch die grauen Gänge schleiche, um Dexter an der Vorderseite des Gebäudes abzuholen. Das ist ein Witz epischen Ausmaßes.

Was ist nur los mit mir und meinem Glück? Der Engel

hat sich nie für mich interessiert, obwohl ich ihn neun Jahre lang verfolgt habe. Neun Jahre lang! Er hat es nicht einmal bemerkt. Bei der ersten Gelegenheit hat er mich in ein Gefängnis außerhalb der Welt gesperrt, nur um mich loszuwerden.

Aber sobald ich aufhöre, sobald ich ihn abgrundtief hasse, sagt er: »Ich will mich um dich kümmern. Du bist mir wichtig.« Ich sage die Worte mit leiser Stimme, die eindeutig wie eine schlechte Imitation von Arnold Schwarzenegger klingen.

Es war naiv von mir, zu glauben, dass es mit Xander vorbei wäre. Ich hätte mich besser vorbereiten sollen, nach dem, was er an jenem Abend in seinem Haus gesagt hat. Was war das noch mal? Ich bleibe stehen, lege den Kopf in den Nacken und lasse die Erinnerungen Revue passieren. So schnell werde ich sie nicht vergessen. Wir gingen auf seine Haustür zu. Der Dämon Cynthia lag bewusstlos und schwer auf meiner Schulter, und ich erinnere mich an den Regen ...

»Du bist wirklich eine schöne und starke Frau geworden, Tru«, sagt Xander, als er uns aus der Orangerie in den Flur folgt.

Ich knirsche mit den Zähnen. Seine Worte kann er sich in den Arsch schieben. Der Engel ist sieben Wochen und einen Gefängnisaufenthalt zu spät dran. Ich beschleunige meine Schritte zur Eingangstür.

»Endlich sind wir verbunden.«

Ich stolpere, drehe mich so schnell um, dass Cynthias Kopf gegen die Wand prallt, und starre den entschlossenen Engel verzweifelt an.

Wunderschöne honigfarbene Augen mit goldenen Spren-

keln, umrahmt von dichten schwarzen Wimpern, blicken mich an, als würde er in meiner Seele lesen. Er lächelt mich an und wirkt im Licht der Flurbeleuchtung hinter ihm wie ein goldener Gott.

Mein Blick fällt auf den massiven blauen Dämon, der mich mit seinen sanften, freundlichen Augen beobachtet. Kleric nickt, öffnet die Tür und tritt hinaus in den Regen.

Dexter rennt hinter ihm her.

Der Kuss des Dämons pulsiert auf meiner Hand.

Ich schnappe nach Luft, drehe mich um, gehe weiter den Gang entlang und sage mit einer Handbewegung: »Tut mir leid, Xander. Ich bin viel zu beschäftigt. Ich muss eine Gefangene verhören und ein Portal schließen. Und Dämonen jagen.« Ich schnippe mit den Fingern. »Ach, und vergiss diese alberne Teenager-Bindung. Kleric ist mein Partner.« Ich grinse und trete in den Regen.

Xanders honigfarbene Augen verengen sich vor lauter Verwirrung, als die Tür vor ihm zuschlägt.

Oh-oh.

Ich verstehe. Ich habe ihn abgewiesen und ihn herausgefordert. Drei Monate lang hat Xander mich in Ruhe gelassen, damit ich mein kleines Problem mit dem Gefängnis überwinden kann, während er mit den Folgen von Robins Tod zu kämpfen hatte. Jetzt denkt er, er kann einfach reinspazieren, den weißen Ritter spielen, und ich falle ihm in die Arme.

Ich gehe weiter, meine Stiefel stampfen bei jedem Schritt. Der Engel hat sein Ziel verloren und klammert sich an Strohhalme. Ich bin die Biegsame in seinem Griff. Jetzt ist er der meistgehasste Engel in seinem Kreis – er denkt, er kann sich mit mir anlegen. Und genau das wird er tun: sich mit mir abgeben.

Ich bin nicht dumm. Ich reibe den stechenden Schmerz in meiner Brust. Ich sehe es in seinen Augen. Er sieht mich an, als wäre ich ein seltsamer Käfer, den er unter seinem Stiefel zerquetscht hat. Nein, es ist schlimmer. Ich bin der Käfer, der entkommen ist, und er hat beschlossen, dass er auf mich treten muss. *Ich bin kein verdammter Käfer.*

Der Gedanke, dass er mich überzeugen will, dass wir zusammengehören, während er Kleric und mich auseinanderreißt, ist schrecklich. Und ich kann ihn nicht ignorieren. Xander verletzt nicht nur Kleric – auch andere Wesen sind in diesen Schlamassel verwickelt. Wir könnten einen Krieg gegen die Dämonen führen, eine Welt, in der selbst ein niederes Monster wie Cynthia das totale Chaos anrichten kann. Ein Gemetzel. Sie können aussehen wie jeder andere. Wir können diesen Krieg nicht gewinnen. Sie würden uns vernichten.

Xander kann nicht so dumm sein.

Man sagt, ich neige dazu, in meinen Gedanken zu weit zu gehen, und man sagt, ich gehe ohne Beweise auf eine wilde Tangente. James Bonding nennt man das, weil sie glauben, dass ich mir in meinem Kopf Motive für Bösewichte ausdenke. Das tue ich nicht ... Ich verdrehe die Augen und puste mir das lose Haar aus dem Gesicht. Okay, das tue ich, aber in diesem Fall aus gutem Grund. Der Engel ist eine Bedrohung.

Als ich endlich in der Lobby ankomme, verwandelt sich der Boden unter meinen Füßen in edlen Marmor. Sofort erblicke ich Dexter in seiner massiven Monsterkatzengestalt. Er liegt mit gespreizten Beinen auf dem Rücken und ein halbes Dutzend Schulkinder kichern um ihn herum.

»Er ist so weich.«

»Fass ihn noch mal an.«

Ich lache leise.

Sein tiefes Schnurren höre ich bis hierher. Ich liebe diese Katze.

Eine Frau, die ich kenne, eine Stammkundin aus dem Café, in dem ich früher gearbeitet habe, fällt mir auf. Sie winkt mir kurz zu und kommt auf mich zu. Ihr Haar ist eine Mischung aus grau und braun und sie bewegt sich, als ob ihre Gelenke schmerzen. Stirnrunzelnd gehe ich auf sie zu.

Ich beneide die Menschen nicht, es muss eine Herausforderung sein, alt zu werden, sich innerlich jung zu fühlen, aber im Spiegel ein Fremder zu sein. Das muss traurig sein.

Als Wandlerin bewege ich mich auf zellulärer Ebene, sodass alles, was mit den Zellen nicht stimmt, sofort ersetzt wird. Unsere Zellen altern nicht. Wir bleiben in unserer körperlichen Blüte, bis etwas Schreckliches passiert und wir sterben. Wir sind weniger für ein unsterbliches Leben als für einen schrecklichen Tod bestimmt. Schöne Zeiten. Ich glaube, jede Rasse hat ihre Eigenheiten.

Ich leide am Gegenteil des Menschseins. Innerlich fühle ich mich uralt. All die Seelen, die ich auf die Reise geschickt habe, lasten auf mir, wenn ich innehalte und darüber nachdenke.

Als wir fast auf gleicher Höhe sind, hält mir die Frau ihr Handy unter die Nase. Ich blinzle und versuche, mich auf das Display zu konzentrieren.

»Sie sagten, du würdest mir nicht helfen, aber ich bin

trotzdem gekommen. Ich habe den ganzen Vormittag gewartet. Ich hätte ewig gewartet. Das ist meine Enkelin Petra. Sie ist verschwunden. Die Vampire haben sie geholt.«

Das Mädchen auf dem Foto hat hellbraunes Haar und kornblumenblaue Augen. Es sitzt auf einem Sofa, die dünnen Arme um eine flauschige schwarz-weiße Katze geschlungen. Sie lächelt in die Kamera und kann höchstens neun Jahre alt sein.

»Sie ist acht«, sagt die Frau.

Ich zücke mein Handy, drücke ein paar Knöpfe und mache ein Foto vom Bildschirm. »Wann? Wo? Gib mir alle Informationen, die du hast.« Ich führe die Dame von der belebten Durchgangsstraße der Kreaturen, die das Gebäude betreten, in eine ruhige Ecke.

Ihre Hände zittern, ihr Herz schlägt wie wild. Sie ist wie versteinert, hat Angst vor mir. Das tut mir in der Seele weh. Das ist verständlich. Es ist schlimm, seit die Leute von meinem Hybridblut erfahren haben, aber die gefürchtete Henkerin zu sein, ist hundertmal schlimmer. Doch ihre Stimme bleibt ruhig. Sie ist entschlossen, mir alle Informationen zu geben, die sie hat.

Ihr Name ist Mrs. Hardy und sie erzählt mir in allen Einzelheiten, was in der Gegend von South Shore passiert ist.

Die Vampire seien auf der Jagd, sagt Mrs. Hardy, und sie glaube, dass sich ihr Nest in der Nähe ihres Hauses befinde.

»Ich werde mich darum kümmern.«

Ich sollte das nicht tun. Es ist nicht meine Aufgabe, aber sie hat mich um Hilfe gebeten, und das will etwas heißen.

Ich überlege, was zu tun ist, und beginne mit einem freundlichen Gespräch mit Atticus, dem Anführer der Vampire. Ich brauche eine Art offizielle Erlaubnis. Vielleicht weiß er, was los ist, und dass seine Vampire kleine Mädchen von der Straße entführen, muss er wissen, wenn er es nicht schon weiß.

Vielleicht weiß er auch, ob Xander etwas im Schilde führt und kennt weitere Details über den abtrünnigen Zirkel. Vielleicht ist er eher bereit, mir Informationen zu geben, wenn ich ein Vampirproblem löse.

»Heute?«, unterbricht Mrs. Hardy meine Überlegungen. Ihre Stimme klingt verzweifelt und ihre Augen flehen mich an, etwas zu tun. Egal was. »Sie ist alles, was ich noch habe. Bitte versuche es, Petra nach Hause zu holen.«

Ich wippe von einem Fuß auf den anderen. »Ich werde dich nicht anlügen und dir falsche Versprechungen machen. Wenn es Vampire sind und sie deine Enkelin länger als vierundzwanzig Stunden haben, sinken ihre Überlebenschancen erheblich.« Ich weiß nicht, ob sie noch lebt. Es ist eine schreckliche Welt, in der wir leben.

»Wirst du es versuchen?«

Ich glaube nicht, dass sie gehört hat, was ich über Petras Überlebenschancen gesagt habe. Ich schlucke und nicke. »Ich werde es versuchen.«

»Danke.« Mrs. Hardy greift nach meiner Hand. Innerlich zucke ich zusammen, als sie mich so fest drückt, dass sich das Handy in meine Knochen bohrt. Doch ich ignoriere das leichte Unbehagen. »Bitte versuche, unsere Petra nach Hause zu bringen.«

Vorsichtig ziehe ich mich zurück. Ich habe Mrs. Hardys

Kontaktdaten und alles, was ich brauche. »Ich melde mich.«

Sie nickt, und plötzlich scheint der Kampf aus ihr gewichen zu sein. Sie schwankt. Ich greife nach ihrem Ellbogen, um sie zu stützen. *O nein, bitte nicht in Ohnmacht fallen.*

Ohne dass wir darum bitten müssen, kommt Dina, die Sicherheitskraft, mit einem Stuhl auf uns zu. Mrs. Hardy setzt sich. »Ich hole der Dame etwas Wasser«, sagt sie freundlich.

»Dina, wäre es möglich, dass jemand Mrs. Hardy nach Hause bringt?« Sie sieht nicht gut aus.

»Natürlich, Henkerin. Ich kümmere mich um sie.«

»Danke.«

Kapitel Sechzehn

Wir steigen in den Defender und ich verlasse das Gebäude des Rates der Kreaturen. Ich wollte mich heute mit meinen Gargoyle-Freunden treffen, um die Engelsklingen auszuprobieren. Frank ist ein Schwertspezialist und Stanley und Jonathan sind meine Kampfgefährten. Ich spiele gern mit ihnen, weil ich sie nach Herzenslust verprügeln kann. Es ist erfrischend, alles zu geben, und sie mögen es, weil ich ein kleinerer Gegner und hinterhältig bin. Unsere improvisierten Trainingseinheiten sind ein Gewinn für uns alle vier.

Ich schüttle den Kopf, stütze den Ellbogen am Fenster ab und halte das Lenkrad locker. Das kleine Mädchen hat Vorrang, heute Nachmittag werde ich stattdessen richtig kämpfen.

Das Bild von Petra und ihrer Katze – ihr süßes,

unschuldiges, lächelndes Gesicht – geht mir nicht aus dem Kopf. Ich fahre mir mit den Fingern durch mein Haar und stöhne. Das Schwierigste, was man lernen kann, ist Geduld. Ich dachte, ich hätte sie als Kind im Schlaf gelernt, aber ich habe mich geirrt. Es ist schwierig, gegen die emotionale Stimme anzukämpfen, die einen quält. Die einen auffordert, alles zu tun, um sie zu retten. Sie zu ignorieren, muss die größte Herausforderung sein.

»Wie wär's mit einer Vampirjagd?«, frage ich Dexter, der neben mir auf dem Beifahrersitz sitzt.

»Reow«, antwortet er, was ich als volle Zustimmung werte.

Ich fahre so weit von der Arbeit weg, dass wir nicht gestört werden, und halte an, um den Anruf zu tätigen. Mir dreht sich der Magen um, als ich Atticus' Handynummer wähle und auf Lautsprecher stelle.

Es klingelt dreimal, bevor er abnimmt. Atticus' kultivierte Stimme erfüllt das Auto. »Ich habe gehört, was mit den Hexen in der Rigby Road passiert ist.«

Ah. Ich lehne mich zurück. Er meint es ernst. Heute scheint er nicht einmal ein Hallo für mich übrig zu haben. Es passt nicht zu ihm, dem berühmten Vampirführer, unhöflich zu sein und die üblichen Höflichkeitsfloskeln zu vergessen.

Mit einem Schulterzucken bereite ich mich vor. »Guten Tag, Sir. Wie geht es dir an diesem schönen Tag?«

Atticus ignoriert natürlich meinen kaum verhohlenen Sarkasmus.

»Du neigst dazu, alle Probleme mit extremer Gewalt zu lösen.« *Dem kann ich nicht widersprechen.* »Aber nicht in diesem Fall. Nach allem, was man hört, hast du dich gut geschlagen. Keine Toten. Ich kenne niemanden, dem das gelungen wäre. Ein Kampf gegen ein Dutzend Hexen, ein ganzer Hexenzirkel mit dreizehn Mitgliedern?« Er summt anerkennend. »Man sollte dich für deine hervorragende Arbeit loben. Sie haben das Haus verflucht, wusstest du das? Mir wurde gesagt, dass eine magische Gefahrgut-Einsatztruppe alles säubern und das ganze Reihenhausviertel abreißen muss. Der Hexenrat ist furchtbar beschämt.«

Ich würde viel Geld dafür geben, das Gesicht von Carol Larson zu sehen, wenn sie die Rechnung bekommt.

»Ja, es war ein Chaos.« Ich halte den Mund, um ihm nicht von den krabbelnden lila Fusseln zu erzählen. Ich muss bei der Sache bleiben. »Also, ich rufe an, weil ...«

»Sehr gut. Ich brauche einen Gefallen. Ich habe ein Vampirnest, das geräumt werden muss, und zwar noch heute.«

Was für ein Zufall! Zwei Vampirnester. Das klingt nach einem öffentlichen Samstagseinsatz.

»Okay.« Ich greife nach dem Datapad, den ich in den Fußraum geworfen habe, und meine Finger schweben tippbereit über der Notiz-App. Ich habe festgestellt, dass ich mir beim Mitschreiben nicht so leicht den Mund verbrenne. »Wo, wie viele Vampire und was haben sie getan?«

»Bond Street.«

Hm. Und da sind wir. Heute ist mein Glückstag.

Das Lächeln brennt auf meinen Wangen. Gebissene Vampire sind territorial, keine Chance, dass es in der Nähe ein weiteres Nest gibt, schon gar nicht in derselben Straße, in der Petra entführt wurde und wo sie vermutlich immer noch festgehalten wird.

Es gibt nur eine Bond Street in der Stadt und zu allem Überfluss bittet mich Atticus auch noch um einen Gefallen. Eine Win-Win-Situation. Ich lächle immer noch, lasse das Datapad in meinen Schoß fallen und trommle eine fröhliche Melodie auf das Lenkrad.

»Du bist in Bezug auf die Einwilligung etwas zweideutig geworden«, fährt Atticus fort. »Wusstest du, dass die Nachfrage nach menschlichem Blut wieder gestiegen ist?«

Das wusste ich nicht. Ich murmle eine Art Bestätigung. Ich wollte nicht direkt lügen oder Atticus glauben lassen, ich sei schlecht informiert. Story überwacht das, und eine E-Mail wird zweifellos auf Nimmerwiedersehen in meinem Posteingang verschwinden.

Die Kreaturen sind überall und ich habe keine Zeit, alles zu wissen – und wie Story mir immer wieder sagt, ist das auch nicht meine Aufgabe.

Ich bekomme Blut von Kleric, und der Dämon hat sich fest vorgenommen, dafür zu sorgen, dass ich gut und ausreichend ernährt werde. Mein Lächeln wird albern. Ich werde verwöhnt. Mit meiner verrückten Einhorn-DNA kann mein Körper kein Menschenblut verdauen. Wenn es nach mir ginge und es eine Garantie gäbe, dass ich nicht wild werde, würde ich ganz auf Blut verzichten.

Das billige künstliche Zeug vertrage ich etwas, aber wenn ich nur das trinke, bekomme ich Durchfall und werde krank. Als ich jünger war, habe ich dank eines gewissen Engels herausgefunden, dass das beste Blut für mich magisches Blut ist.

Zum Glück haben andere Vampire, ob reinblütig oder gebissen, nicht dieselben Ernährungsbedürfnisse wie ich und kommen mit dem künstlichen Zeug gut aus. Ihr Überleben hängt nicht von Menschen- oder Tierblut ab. Einige schwarze Schafe wollen das nicht wahrhaben und können ein Nein nur schwer akzeptieren.

»Du hast die Blutringe etwas zu gründlich gereinigt – nicht, dass ich mich beschweren wollte«, fügt er schnell hinzu. »Was du in drei Monaten erreicht hast, ist bemerkenswert. Die Zahl der Bluttaten ist so niedrig wie noch nie. Leider ist ein Nest etwas zu wild geworden, was die Bewegung für echtes Blut angeht. Du musst sie sofort wieder auf Kurs bringen.«

Ein bisschen wild. Ja, genau.

»Was genau wird erwartet?« Ich packe das Lenkrad. *Bitte sag tot.*

»Töte sie! Töte sie alle! Ich schicke dir alles, was ich über sie habe.« Das Datapad auf meinem Schoß piept. »Ich möchte eine Botschaft senden, und wie diese Botschaft auch aussehen mag, das überlasse ich ganz dir. Es gibt etwa acht bis zehn Mitglieder, alle gebissen und frisch tot, mit einem älteren Meister, der eine Herausforderung sein könnte – aber nicht für dich, wette ich.« Atticus lacht. »Meinen Quellen zufolge treffen sie sich heute Nachmittag um vierzehn Uhr.«

Anderthalb Stunden, um alles vorzubereiten. Das wird knapp.

»Werde ich Unterstützung bekommen?«

»Nein.«

Ich starre aus dem Fenster, wo sich zwei Möwen um einen Donut streiten. Story würde diesen Einsatz ernsthaft missbilligen. Ich grinse und reibe mir die Hände. Ich arbeite sowieso lieber mit Dexter, und das ist genau das, was ich brauche: einen Job, bei dem ich mich als Engel austoben kann.

Man könnte meinen, als Henkerin wäre das nicht so und ich hätte viel zu tun. Nein. Als Henkerin geht es nicht nur ums Töten, Töten, Töten. Stechen, stechen, stechen. Nein, es geht um Politik und darum, mächtige Wesen zu verärgern. Ich zucke mit den Schultern. Ich bin ein Profi darin, Leute zu verärgern, das gehört dazu.

Was meine eigentliche Arbeit betrifft, so kommt die Gerechtigkeit hier nur langsam voran, und meine Art von Gerechtigkeit wird weniger geschätzt, als man denken könnte.

Ich habe viel zu lange geschwiegen und Atticus räuspert sich. »Wenn du das für mich tust, Tru, besorge ich dir Informationen über die Situation in der Rigby Road.«

Sieh an, gleich zur Sache. Er hat es gehört. Jeder hat gehört, dass ich herumschnüffle und die Hexen mir alles verheimlichen. Ich rutsche auf dem Stuhl hin und her, das alte Leder unter mir knarrt. Ich muss auch wissen, was Xander vorhat.

Beides ist wichtig, also muss ich es richtig machen.

»Ich weiß nicht, Sir, ich hatte eine anstrengende Nacht.« Ich mache eine Pause und täusche ein Gähnen vor. »Ich bin immer noch voller Zaubersprüche. Wenn ich alles stehen und liegen lasse, um dein Vampirproblem zu lösen ... brauche ich etwas anderes von dir.«

»Rede weiter!«

»Informationen. Der Ex-Botschafter der Engel,

Xander: Verursacht er Probleme bei der Lösung des Dämonenkonflikts?«

Atticus saugt die Luft zwischen seinen Fängen ein und machte eine kurze Pause, bevor er mit einem leisen »Ähm« und »Ah« fortfährt: »Das ist eine schwerwiegende Anschuldigung. Ich weiß, dass ihr beide eine gemeinsame Vergangenheit habt« Das ist noch milde ausgedrückt. »Wegen seiner Verbindung mit den Dämonen und dem bedauerlichen Tod seiner Engel wurde er von allen Verhandlungen ausgeschlossen. Ich kann sagen, wenn er überhaupt Einfluss hat, dann nicht direkt.« Er macht eine kurze Pause. »Ich werde mich darum kümmern.«

»Okay, super.« Ich bleibe ruhig. Ich will nicht, dass er weiß, wie wichtig seine Bemühungen sein werden. Für Kleric. Für mich. »Ich sehe mir mal an, was du mir geschickt hast.«

Ich blättere die Dateien auf dem Datenpad durch. Die Leute von Atticus waren sehr gründlich. Es gibt Grundrisse, Details über die Vampire und alle relevanten Dokumente, inklusive der Haftbefehle. Ich unterschreibe alles und schicke es mit einem Knopfdruck zurück.

Ein fast lautloses »Ping« signalisiert, dass er die Dokumente erhalten hat. »Ausgezeichnet. Ruf mich an, wenn du etwas brauchen solltest. Das übliche Vampir-Aufräumkommando steht bereit. Gute Jagd, Henkerin.«

Bevor ich antworten kann, legt er auf.

»Okay, tschüss.« Ich zucke mit den Schultern, als ich den Startbildschirm des Handys sehe, und drehe mich zu Dexter um.

Streifen der Wintersonne scheinen durchs Fenster, und er hat sich ungünstig gedreht, um die optimale Sonnenposition zu erreichen. Sein rot-weiß gefleckter Bauch glänzt im Licht. Oh, der kleine Kerl ist erschöpft. Ich beuge mich zu ihm hinunter und kraule seinen Bauch – das statische Kribbeln in seinem Fell prickelt auf meiner Haut.

»Es muss schwer sein, eine Katze zu sein.«

Ein Auge öffnet sich. »Miau«, faucht er, während seine Vorderpfoten nach meiner Hand greifen und sie dorthin führen, wo er gestreichelt werden möchte.

Ich schaue auf das Datapad und sende alles mit einer Hand an Story. Mein Handy auf lautlos gestellt studiere ich die Informationen des Vampirführers, analysiere jedes Wort mit der Akribie eines Killers.

Die Stunde vergeht wie im Flug. Zufrieden drücke ich den Zündschlüssel, blicke über die Schulter, lenke den Defender wieder auf die Straße und fahre Richtung Meer.

Direkt an der Promenade liegt die Bond Street.

Das Eindringen in das hiesige Vampirnest wird den Adrenalinspiegel garantiert in die Höhe treiben. Das wird anders als die Rettungsmission von letzter Nacht. Das ist eher mein Ding. Es ist viel schwieriger, nicht töten zu können, als betrunkene Verrückte zu bändigen. Und da sie das in ihrem eigenen Revier tun, werden sie nicht in höchster Alarmbereitschaft sein. Entspannte große Fische in einem kleinen Blutteich.

So einfach ist das.

Was kann da schon schiefgehen?

KAPITEL SIEBZEHN

DAS VAMPIRNEST LIEGT an der Ecke Bond und Rawcliffe Street und ist ein baufälliges, keilförmiges Geschäftshaus. Der verzierte Datumsstein oben auf dem Gebäude zeigt das Baujahr 1889. Ich wette, es war damals sehr schön.

Der Land Rover sollte in dieser belebten Gegend nicht auffallen, also riskiere ich es und fahre vorbei.

Als ich näher komme, habe ich noch mehr Glück. Ein paar Autos vor mir beginnen den gruseligen Tanz des Parallelparkens. Der Defender kommt neben der Eingangstür zum Stehen. Mit schlecht verhohlener Ungeduld schaue ich mich um, fuchtele mit den Händen und klopfe auf das Lenkrad – hier ist nichts zu sehen.

Auf den Schildern steht *South Shore Printing*, die Website und die Telefonnummer. Laut Informationspaket verkaufen die Vampire Tinte und alle möglichen Druckgeräte. Ich vermute, dass sie online ein Riesengeschäft machen, denn der Laden selbst ist denkbar unwirtlich.

Die rostigen blauen Fensterläden sind alle heruntergelassen und mit Vorhängeschlössern gesichert. Die Eingangstür ist noch offen, aber ein handgeschriebenes Schild weist darauf hin, dass sie wegen Inventur geschlossen ist.

Alle Geschäfte entlang der Straße sind in einem etwas schlechteren Zustand. Alles Metall ist verrostet, und die Farben der bemalten Fassaden blättern ab. Die Pubs sind in einem besseren Zustand und verwenden mehr natürliche Materialien wie Stein.

Ich vermute, dass es nicht hilft, so nah am Meer zu sein. Das Salz und der Sand in der Luft nagen an den Gebäuden und lassen sie verfallen. Ich wette, allein die Instandhaltungskosten sind enorm.

Die Magie, die sie vielleicht benutzen, um eine Schutzschicht zu erzeugen, ist teuer und verfällt auch schnell. Außerdem mag sie keine salzige Luft. Magier, die an der Küste leben, haben es schwer oder, wie ich vermute, ein garantiertes Einkommen aus Wiederholungsgeschäften, denn Zaubersprüche müssen häufiger erneuert werden als im Landesinneren.

Wir parken in einer Seitenstraße. Ich beiße in den sauren Apfel und rufe Story an.

»Brauchst du Hilfe?«, murmelt sie. Ich weiß, dass sie genau wie ich alle Informationen, die ich ihr geschickt habe, schon gelesen hat.

»Ja, bitte.«

Story gibt ein leises Knurren von sich.

Normalerweise hätten wir jetzt einen Kommunikationszauber, aber damit der funktioniert, müssen wir beide in der Nähe sein. Also müssen wir auf die gute alte Schule zurückgreifen. Ich hole einen Kopfhörer aus dem Handschuhfach, verbinde ihn mit dem Handy und stecke mir das winzige Gerät ins Ohr. Dann nehme ich eine Handvoll Mikrokameras, damit wir alles filmen können.

»Du weißt, dass das eine dumme Idee ist, besonders nach dem, was mit den Hexen passiert ist. Warum hilfst du Atticus?«

Ich habe keine Zeit, um auf Xander einzugehen, und ich werde ihr ganz sicher nicht erzählen, dass ich mehr über den Hexenfall erfahren möchte.

»Geht es um den Besuch dieses Arschlochs? Was hat Xander getan?«, knurrt sie.

Ich stöhne. Seit Story Mutter geworden ist, bin ich mir sicher, dass sie eine Art mütterliche Superkraft der Voraussicht entwickelt hat.

»Sie haben ein kleines Mädchen entführt.« Ich mache eine Pause, damit sie meine Worte verarbeiten kann. »Ihre Großmutter hat mich in der Lobby angesprochen. Das Mädchen ist acht Jahre alt und heißt Petra.«

»Oh, Mutter Natur«, flüstert Story. Dann brüllt sie mir mit lauter Stimme ins Ohr: »Worauf wartest du noch? Geh! Mach schon! Mach sie fertig und hol sie zurück, Tru.«

Dexter und ich umrunden die Straße und laufen die Gasse hinter dem Gebäude entlang. Der Laden dahinter ist eine Autowerkstatt. Das Radio spielt, und unter einem schwarzen Vauxhall Corsa ragen Beine in Overalls hervor. Der linke Stiefel des Mechanikers wippt im Rhythmus des Liedes.

Mit wackelndem Hintern und wedelndem Schwanz klettert Dexter über die ein Meter achtzig hohe Backsteinmauer. Ich verdrehe die Augen, als ich mich dem Holztor nähere. Ich klettere nur, wenn es nicht anders geht. Ich wackle an dem Griff des Tores, löse den rostigen Riegel mit einer Drehung des Handgelenks und schlüpfe in den kleinen Betonhof.

Ein gut platzierter roter Ziegelstein, der vermutlich dazu dient, das Tor offen zu halten, eignet sich hervorragend als Türstopper. Ich klemme ihn unter das Holz. Er sollte das kaputte Tor geschlossen halten, es sei denn, der Wind nimmt zu.

Ich lausche ein paar Sekunden auf Alarmsignale, aber als nichts zu hören ist, schleiche ich über den Platz und spähe durch die Glasscheibe der Hintertür.

Leer.

Mit einem Zauberspruch knacke ich das Schloss und schleiche mich hinein.

Als ich das Vampirnest betrete, fällt mir als Erstes der Geruch von ungewaschenen Körpern, Vampirfäule und Blut auf. Meine Zähne brennen vor Wut und ich habe Mühe, meine Fangzähne an Ort und Stelle zu halten, denn es riecht schrecklich und stark nach Kupfer. So viel Blut verheißt nichts Gutes.

Der leere Raum ist eine alte Küche, die schon lange nicht mehr als solche benutzt wird. Auf allen Oberflächen liegt dicker, unberührter Staub, der Kühlschrank steht offen und ist nicht an die Stromversorgung angeschlossen.

Ich gehe zur Tür, die in einen Flur führt, und öffne sie einen Spalt. Dexter versucht, sich hindurchzudrängen, und starrt mich wütend an, als ich ihn nicht lasse.

Warte!, forme ich mit den Lippen.

Ich stehe wieder auf und lausche, während die Kameras und Story ihre Arbeit verrichten. Als sich der Gang dahinter als leer erweist, geben wir Entwarnung. Ich öffne die Tür weiter. Dexter stolziert hindurch, wirft mir einen Blick über die Schulter und sagt: »Ich hab's ja gesagt.«

Mit dem Messer in der Hand schleichen wir beide leise durch das Gebäude. Ich überlasse Dexter die Führung, damit er nicht so leicht entdeckt werden kann. Sein Schwanz zuckt von einer Seite zur anderen und seine Augen sind riesig, während er nach den Vampiren sucht.

»Der Lagerbereich ist sauber«, sagt Story leise über das Headset.

Die Ausrüstung in der Nähe erregt meine Aufmerksamkeit. Ohne lange nachzudenken, schnappe ich mir eine schwarze Tintenpatrone vom Stapel im Regal und grabe meinen Daumennagel in den Plastikbehälter, um den Deckel zu entfernen. Ein vertrauter Geruch steigt mir in die Nase und ich starre ihn an wie eine lebende Schlange. Irgendein Zauber muss den Geruch blockiert und den Inhalt frisch gehalten haben – es ist keine Tinte.

Nein, es ist menschliches Blut.

Ich blähe meine Wangen auf, während mir ein Schauer des absoluten Ekels über den Rücken läuft. »Menschliches Blut in den Tintenpatronen«, flüstere ich zu Story.

Sieht aus, als würden Vampire Blut in allem Möglichen aufbewahren.

Ich beiße die Zähne zusammen und klammere mich an die Totenstille in mir, die ich wie Schild und Waffe um mich herum wirbele. Ich lasse den Schrecken der Blutpatrone verblassen und konzentriere mich auf das Töten.

Diese Vampire müssen sterben.

Ich gehe weiter.

»Ein Ziel vor uns, erste Tür rechts«, sagt Story.

Dexter bleibt stehen. Er dreht sich zu mir um, um meine Aufmerksamkeit zu erregen, dann fixiert er dieselbe Tür.

Ich nicke. *Guter Junge.*

Die Tür ist offen und aus billigen Lautsprechern dröhnt blecherner Lärm. Ich drehe mich zur Seite und spähe hinein. Ein dunkelhaariger Vampir sitzt hinter einem großen, massiven Holzschreibtisch. Er lacht und zeigt seine Reißzähne, während er sich ein Video auf seinem Handy ansieht – die Quelle des Lärms. Da ist das verräterische Zeichen, eine Blutkruste in der Ecke seines Mundes und ein dunkler Fleck auf der Brust seines blauen Hemdes, das Markenzeichen eines schmutzigen Essers.

Und seine Mahlzeit ... die zerknitterte Gestalt eines kleinen Jungen, der in der Ecke liegt wie eine weggeworfene Essensverpackung, die nicht im Müll gelandet ist.

Ich weiß nicht, ob das Kind bewusstlos oder tot ist.

Ich schließe die Tür, und das billige Schloss rastet mit einem charakteristischen Klicken ein. Als der Vampir bei dem Geräusch den Kopf hebt, springe ich auf seinen Schreibtisch und trete auf seine Papiere. Kugelschreiber und Papier fliegen durch die Luft. Er springt auf und sticht mit einer Klinge auf mich ein. Ich lehne mich zurück und trete ihm ins Gesicht.

Als mein Stiefel ihn trifft, merke ich, dass ich nicht so viel Kraft hätte aufwenden müssen, denn sein Kopf schnellt zurück, neigt seltsam zur Seite und er sinkt wie eine Stoffpuppe zu Boden.

Verdammt. Ich habe ihm das Genick gebrochen.

Ich wollte ihn verhören. Wenn ich ihn so liegen lasse, wird er zwar heilen, aber erst in ein paar Stunden. *Eine verdammte Schande.*

Ich stecke das Messer weg, springe vom Schreibtisch auf und nehme eine der Engelsklingen aus dem Holster. Ich rolle ihn flach auf den Rücken, stelle meinen Stiefel auf seine Brust und schwinge das Schwert an seinen Hals. Die Klinge schneidet sauber und trennt den Kopf des Vampirs vom Rumpf.

Ich brauche eine Sekunde, um wieder Mut zu fassen. Ich muss tief in mich gehen, um die Kraft zu finden. Dann nehme ich Haltung an und gehe auf das Kind zu. *Bitte sei nicht tot!*

Dexter sitzt neben dem Kind und öffnet den Mund zu einem stummen Schrei.

Ich weiß, Kätzchen.

Tief einatmen, meine Gefühle unter Verschluss halten. Ich schaffe das. Ich knie mich neben das Kind. Das Rasseln seines Atems ist ein schreckliches Geräusch, aber auch das Schönste, was ich je gehört habe. Ich nehme einen Heiltrank – er soll den kleinen Wurm in Schlaf versetzen – und ziehe eine weiche, warme Decke aus der Tasche, um ihn darin einzuwickeln. Vorsichtig hebe ich ihn hoch – *er ist so leicht* – und verstecke ihn unter dem

Schreibtisch. Um ihn zu schützen, decke ich die Stelle vorübergehend ab.

»Wir kommen so schnell wie möglich zurück«, flüstere ich. *Okay. Der Nächste.* Ich nicke Dexter zu, schließe die Tür auf und wir verlassen den Raum.

»Die Mikrokameras zeigen an, dass die Tür links mit einem Hör-mich-nicht-Zauber belegt ist. Richtig, da sind Geiseln drin. Keine Vampire.«

Ich frage sie nicht, ob sie Petra gesehen hat. Ich muss absolut ruhig bleiben. Ich betrachte die Tür und gehe weiter.

»Die Treppe weiter oben im Flur führt nach oben, wo zwölf Vampire ihr Treffen vorbereiten.«

Nur acht Vampire, hat er gesagt. Verdammt, Atticus. Mit dem einen Kerl, den ich schon erledigt habe, sieht es wieder nach dreizehn Bösewichten aus.

»Acht Vampire sind in dem Raum am Ende und drei in einem Nebenraum auf der rechten Seite. Die im Nebenraum haben ein ... ein Kind.«

Und Vampir Nummer zwölf?

»Ein männlicher Vampir kommt herein.« Schwere Schritte knarren über meinem Kopf, die Stufen der Treppe zum ersten Stock knarren.

Der Vampir muss auf halbem Weg stehen geblieben sein, um zu rufen: »Phil, komm schon, Mann. Wir warten, dass es losgeht. Wir brauchen diese Snacks. Bring ein paar von den Kleinen nach oben.«

Oh, okay, wenn ihr Snacks wollt... meine Lippen zucken leicht vor Wut. Ihr könnt euch daran laben. Ich drehe das Messer in meiner Hand. Ich bewege mich, drücke meinen Rücken gegen die Wand und warte.

Seine schweren Füße poltern die Treppe hinunter, als er keine Antwort bekommt. »Phil!« Die Tür wird aufgerissen, streift meinen Oberkörper und ein kahlköpfiger, stämmiger Vampir stolpert an mir vorbei. »Phil, warum musst du so ein Arsch sein?« Er hält inne, als er Dexter entdeckt.

Dexter sitzt mitten im Flur. Sein Schwanz ist um seine Hinterbeine geschlungen, während er lässig seine linke Vorderpfote leckt.

»Seit wann haben wir eine Katze? Darf ich sie fressen?«, fragt der stämmige Vampir mit einem fröhlichen Lachen.

Ich verlagere mein Gewicht auf die Zehenspitzen, führe das Messer an seine Kehle und steche fest in die Mitte seines Halses, sodass die Luftröhre durchtrennt wird und er keinen Laut mehr von sich geben kann. Ich will nicht, dass seine Schreie das Spiel verraten.

Dexter springt zwischen unsere Beine, damit er nicht vom Blut bespritzt wird. Mit einer brutalen Drehung ziehe ich die Klinge heraus und führe sie über die weiche Stelle unter dem Kinn des Vampirs, um mit einem präzisen Schnitt die Halsschlagader und die Jugularvene zu durchtrennen. Das Blut aus den Arterien bespritzt die Wand des Korridors mit einem Regenbogen aus Rot. In meiner eisigen Wut hätte ich fast seinen Kopf abgetrennt.

Ich lege seinen Körper auf den Boden und töte ihn mit dem Schwert. Ich nehme mir die Zeit, meine rechte Hand und beide Klingen zu reinigen. Den Kopf abzuschlagen oder das Herz zu entfernen, ist die einzig sichere Methode, einen Vampir zu töten. Er kann sogar heilen, wenn seine Kehle durchtrennt ist und kein Blut mehr fließt.

Also sorge ich dafür, dass er es nicht kann.

Ich lasse ihn liegen und wir gehen nach oben.

Aus dem Zimmer am Ende des Ganges dringen laute, aufgeregte Stimmen. »Die drei Vampire, die Tür rechts«, flüstert Story.

Ich will das Kind retten. Ich will das Kind so sehr retten, aber ich treffe die unmögliche Entscheidung, mich zuerst um die größere Gruppe zu kümmern. Ich habe keine Wahl. Ich kann nicht gegen alle in diesem Gang kämpfen. Da ist kein Platz und wir wären schnell überfordert.

Wir können nur gewinnen, wenn wir zuerst die größere Gruppe überraschen.

Ich schleiche an der Tür vorbei, die Last der Entscheidung liegt schwer auf meinen Schultern, und werfe eine Wache zu Boden, um die drei Vampire im Inneren in Schach zu halten.

Dexter wandelt sich in seine größere Monsterkatzengestalt.

Ich zaubere die nötigen Zaubersprüche und mache mich mit dem Schwert bereit. Der Kampf gegen Vampire ist eine schnelle, schmutzige Angelegenheit, und aus Erfahrung weiß ich, dass man keine Zeit hat, Zauber zu wirken. Wenn man auch nur eine Sekunde innehält, hat einen schon jemand erwischt ... das ist eine schmerzhafte Lektion und man ist in Schwierigkeiten, denn die Vampire sind stark genug, um einem die Gliedmaßen abzureißen.

Um die Vampire in Panik und Verwirrung zu stürzen, ihre scharfen Sinne zu verwirren und sie an der Zusammenarbeit zu hindern, trete ich die Tür auf und schmeiße einen Rauchzauber hinein.

Wir stürmen durch die Tür und ich werfe den letzten Zauber, eine temporäre Barriere, über meine Schulter, um die Tür hinter uns zu versiegeln, sodass es kein Entkommen gibt. So habe ich die linke Hand frei, um das andere Engelsschwert zu ziehen. Beide Griffe fühlen sich warm an und liegen gut in meiner Hand.

Die acht Vampire sind vom Rauch geblendet, sie schreien und brüllen und verlieren wertvolle Sekunden. Der Rauch macht mich genauso blind für das, was in diesem Raum passieren wird, also schließe ich meine Augen, konzentriere mich und lasse meine anderen Sinne übernehmen, während das Chaos ausbricht.

Dann greifen sie an und ich tanze.

Ein wunderschöner Tanz aus Blut, Stahl und Schmerz. Ihr Schmerz. Ich drehe meine Schwerter, atme gleichmäßig und passe mich dem Moment an, dem Schwung meiner Klingen. Ich stelle mir den Fächer aus Blut vor, wie er in den Rauch fliegt und regnet.

Das Blut klebt an meinem Gesicht und meinen geschlossenen Lidern, aber alles um mich herum ist für meine Sinne kristallklar, und jeder Augenblick, jede Sekunde fühlt sich an, als würde sie ein Leben lang dauern.

In Wirklichkeit vergeht sie so schnell.

Hier bin ich am besten, wenn mich nichts berühren kann. Ich liebe und hasse diesen Teil von mir. Der Verlust von Leben schmerzt mich, auch wenn ich weiß, dass es schlechte Kreaturen sind. Ich bin nicht zu ignorant, um zuzugeben, dass ich dazu geboren wurde. Als die Vampire fallen, stürzt sich Dexter auf sie und tötet sie.

Als keiner mehr steht, löse ich mit einer Handbewegung den Rauch auf und sehe alle acht tot. Für diese Vampire gibt es kein Zurück mehr. Ich drehe mich zur Tür, endlich bereit, mich um die letzten drei Vampire zu kümmern, und ... da kracht ein riesiger Vampir durch die Innenwand.

Ein Stück der Trockenbauwand trifft mein Gesicht, ein langes Stück Holz meine rechte Schulter und reißt mir das rechte Schwert aus der Hand. Die Klinge fällt klirrend zu Boden und verschwindet unter großen Mauerstücken.

Wow, so kann man auch einen spektakulären Auftritt hinlegen, denke ich.

Das muss der Meistervampir sein. Seine Klinge streift mein Gesicht. Ich lasse ihn näher kommen und schlage ihm mit der Faust auf die Nase. Mal sehen, wie ihm das gefällt. Er schüttelt den Kopf und grinst mich an.

Ich werfe das Schwert in meine stärkere rechte Hand und mache mit der anderen Hand eine Komm-schon-Geste. Das wird ein Spaß. Mal sehen, wie dieses Monster mit jemandem umgeht, der sich wehren kann.

»Tru! Dexter, nein!«, schreit Story, gefolgt von Dexters Schmerzensschrei.

Unvorsichtigerweise riskiere ich einen Blick. Was mich erstarren lässt, ist nicht nur das Messer, das bis zum Griff in meiner Monsterkatze steckt. *Nein, nein, nein, das darf nicht sein.* Es ist der Vampir, der über seinem blutenden Körper steht.

»Justin?«, flüstere ich.

KAPITEL ACHTZEHN

ALS ICH DEXTER blutend am Boden liegen sehe und Justin drohend über ihm steht, begehe ich einen Fehler. Der Meistervampir nutzt meine Ablenkung und anstatt mich zu schlagen, wie ich es erwartet hatte, wirft er mich zu Boden.

Ich schlage mit dem Hinterkopf auf und sehe Sterne. Ich danke dem Schicksal für meine Muskelreflexe, als ich ihm mit der Handfläche auf die Brust drücke, und bin schnell genug, um den anderen Arm hochzureißen und meinen Unterarm gegen seine Kehle zu stemmen, um seine Fänge von meinem Hals fernzuhalten.

Ich habe noch nie erlebt, dass ein Wesen mein Blut getrunken hat, und ich will jetzt auch nicht damit anfangen, weil ich keine Ahnung habe, was das mit einem Vampir macht. »Hey, du Idiot, das ist wirklich würdelos.« Ich versuche, ihn abzuschütteln.

Er faucht.

Ich bekomme eine volle Ladung stinkenden, blutigen Atems ab und rümpfe die Nase.

»Minze?«, murmle ich. Ich bin nicht gern gefangen, und stinkender Atem ist schwer. Aber ich kann das die ganze Nacht machen, solange er mich nicht weiter anhaucht. »Was ist das nur mit all den Vampiren, die sich in letzter Zeit nicht mehr die Zähne putzen?«

Der Vampir mit dem üblen Mundgeruch ignoriert meine Beschwerde und konzentriert sich ganz auf die pulsierenden, saftigen Adern an meinem Hals.

Da bemerke ich aus dem Augenwinkel eine Bewegung.

Oh. Scheiße. In dieser Position kann ich mich nicht um sie kümmern.

Die zierliche Blondine schleicht über die Trümmer und kommt mit langsamen, bedächtigen Bewegungen auf uns zu. »Meister«, begrüßt sie den auf mir liegenden Vampir und blendet mich mit einem Lächeln.

»Sobald du Dexters Blutung gestoppt hast, brauche ich hier drüben deine Hilfe, Justin«, singe ich. *Du steckst ein bisschen in der Klemme, nicht wahr, Tru?*

Blondie beugt sich näher zu mir und schnuppert an mir. »Was haben wir denn hier? Einen Snack in Form eines Wandlers?« Sie schnurrt und leckt sich über die Lippen.

»An deiner Stelle würde ich nicht an mir knabbern.«

Sie greift in mein staubiges Haar und reißt meinen Kopf zur Seite, sodass meine Kehle frei liegt. Ich kann nur die Zähne zusammenbeißen und Stinky Breath festhalten, der aufmerksam zusieht und aufgeregt mit den Fängen klappert.

Das ist großartig.

»Justin.« Ich versuche es noch einmal. Ich kann ihn nicht sehen. O Gott, ich hoffe, den beiden geht es gut. Ich kann ihnen nicht helfen. Jedenfalls noch nicht.

Die Blondine spuckt mir auf den Hals.

Oh, ist das eklig. Was für eine eklige, dreckige Person, die mich anspuckt.

Dann wischt sie mit einem schneeweißen Taschentuch über meinen Hals. Sie schrubbt so heftig, dass ich mir sicher bin, sie versucht, eine Hautschicht zu entfernen.

Sie hebt den Kopf und grinst mich an. »Eine Kämpferin und du hast Blut ...« Sie rümpft die Nase und fährt mit den Fingern über mein Gesicht und meinen Hals. »Das Vampirblut wird den Geschmack ruinieren.

Du bist wirklich eine eiskalte Mörderin. Das wird mir gefallen. Ich hatte noch nie ein Einhorn.«

»Ich würde nicht ...«

Sie schlägt zu. Meine Haut platzt unter ihrer Berührung auf, und die Kuh schluckt mein Blut geräuschvoll wie einen Milchshake. Mein seltsames, mächtiges Hybridblut. Das Hybridblut mit einem Schuss Engel und einer großen Portion Dämon. Ich bin mir nicht sicher, was diese Mischung anrichten wird, und frage mich vage, ob sie sich in einen Hulk verwandeln wird.

Blondie stöhnt an meiner Kehle, als hätte sie einen Heidenspaß. Okay, das ist nicht gut. Ich muss riskieren, einen Arm fallen zu lassen, um nach dem nächsten Messer zu greifen.

»Lass mir was übrig!«, knurrt Stinky Breath.

»Ja, Meist...« Dann gurgelt sie, hustet und zieht sich

zurück. Hektisch reibt sie sich den Hals. Ihr Gesicht hat eine seltsame grüne Farbe angenommen.

Ich kneife die Augen zusammen. Nein, nicht grün ... blau. Dämonenblau. Meine Augen weiten sich. Verdammt, das kann nichts Gutes bedeuten.

»Rachel?«, fragt Stinky Breath. »Geht es dir gut?«

Die blonde Vampirin Rachel schreit so laut, dass die Fenster klirren, dann explodiert ihr Kopf.

»Was? Rachel!«, brüllt Stinky Breath.

Knochensplitter fliegen um uns herum, ihr kopfloser Körper baumelt, als würde er der Schwerkraft trotzen, während Blutfontänen aus ihrem zerschmetterten Hals spritzen.

Oh, so ist das also. Gut zu wissen. Ich nicke. Meine Bauchmuskeln spannen sich an, als ich wütend auf den geschockten Meistervampir einschlage. Stinky Breath rührt sich keinen Zentimeter, also beuge ich mich vor und schlage ihm wütend auf den Kopf.

Als sich unsere Stirnen berühren, wandelt sich ein Teil von mir.

Mein Horn.

Das scharfe Horn durchschneidet Stinky Breaths Kopf wie ein Speer eine Melone — Blut und graue, breiige Hirnmasse rinnen seinen Hals hinunter. Ich lächle, halte Blickkontakt und beobachte, wie das Licht aus seinen Augen weicht.

»Versuch, das zu heilen, du Arschloch!«

Mein Wandlungszauber durchströmt meine Zellen und das schwere Horn verschwindet. Ich hebe meine Hüften an und rolle den toten Körper des Meistervampirs von mir herunter. Er plumpst zur Seite. Dann ziehe ich meinen schmerzenden, geschundenen Kadaver auf die Beine.

Für den Bruchteil einer Sekunde schwanke ich, dann greife ich nach dem nächsten Schwert, meiner Engelsklinge. Grunzend ramme ich das Schwert mit meinen Händen und meinem Körpergewicht in seine Brust. Als ich das Herz erreiche, drehe ich die Klinge, um das Organ zu pulverisieren. Dann nehme ich mir den Kopf des Meistervampirs vor.

Außer Atem wanke ich. Ich ziehe das Schwert, greife nach einem Heilzauber und eile zu Dexter. Meine Knie knacken, als ich neben ihm zu Boden sinke und ihm die Putzreste aus dem Fell wische. »Alles ist gut, Dex, ich bin bei dir. Alles ist gut«, gurre ich.

Für einen Moment zittern meine Hände, während ich auf die Waffe starre. *O nein, das ist Eisen! Eisen ist giftig für Fae.* Was zum Teufel soll ich tun? Okay, Eisen ist für Wandler nicht so schlimm wie Silber, wenn ich es jetzt herausziehen kann.

»Es ist ein Messer aus Eisen, Dex. Ich werde es herausziehen, aber du musst still liegen bleiben.« Ich atme tief durch, greife den Griff und ziehe die Klinge vorsichtig aus seinem Körper. Ich versuche, den Dolch im gleichen Winkel zu halten, wie er ihn hineingestoßen hat.

Ich werfe das verfluchte Ding durch den Raum und ziehe aus der Taschendimension einen Zauber, der Eisen anzieht. Ich gieße es in die Wunde. Ekliges schwarzes Blut strömt heraus. Meine Hand schwebt über der Wunde, während ich auf den richtigen Moment für den Heiltrank warte.

Komm schon, komm!

Langsam, ganz langsam wird das schwarze Blut blau.

Warte noch!

Endlich wird das Blut heller und ich träufle die heilende silberne Flüssigkeit auf die Wunde. Die Blutung hört auf und die schreckliche Wunde schließt sich, das Fell ist weg und eine hässliche rote Narbe bleibt zurück. Aber sie ist geheilt. Wir haben es gerade noch rechtzeitig bemerkt. Eine Minute später und Dexter wäre tot gewesen.

Ich schließe die Augen und lege meinen Kopf neben den von Dexter. Sein rotes Fell und seine stacheligen Schnurrhaare kitzeln mein Gesicht.

Mein Monsterkater miaut leise.

»Alles wird gut. Alles wird gut, Dexter. Ich bin ja da.« Ich streichle sein blutiges Fell. Mein Herz explodiert fast vor Liebe, als seine Brust vor Schnurren vibriert. Seine Augen schließen sich und seine Magie reagiert, indem sie ihn wieder auf die Größe einer Hauskatze schrumpfen lässt. Ich betrachte seine schlafende Gestalt. »Es geht ihm gut.« Ich weiß nicht, ob ich das Story, Justin oder mir selbst sage.

Ich setze mich auf die Fersen und schaue auf. »Justin, was machst du hier?«

Der Vampir steht in der Lücke der beschädigten Wand. Er verschränkt die Hände und vermeidet Augenkontakt. Sein Blick ist auf die Leichen gerichtet und zittert.

Er steht unter Schock.

»Justin, bist du verletzt?« Ich muss ihn auf Verletzungen untersuchen. Ich stehe auf und gehe zu ihm.

»Tru«, warnt mich Story.

Kaum bin ich in seiner Nähe, schiebt Justin mit finsterer Miene meine zitternden Hände weg. Verletzt und immer noch benommen von Dexters Begegnung mit dem Tod wende ich mich von ihm ab. Justin zittert vor Wut.

Seine Augen schreien, und was ich sehe, ergibt keinen Sinn. Es dauert ein paar Sekunden, dann macht es bei mir Klick. Mein Instinkt hatte die ganze Zeit recht. Ich habe nur nicht darauf gehört.

Justin ist kein Gefangener. Er ist ... nein. Mir fehlen die Worte.

»Komm schon!«, knurrt Justin und streckt seine zitternden Hände von seinem Körper weg. »Willst du mich nicht auch umbringen? Das ist es doch, was du tust, nicht wahr, Henkerin? Du tötest Vampire.« Ja, das dachte ich mir.

Dexter wurde nicht von einem Feind gestochen. Er wurde von einem Freund fast erstochen.

Ich habe einen riesigen Kloß im Hals und kann nicht schlucken. Mein Herz tut weh. Justin ist meine Familie. Seit fast zehn Jahren sind wir befreundet.

Bis wir auf die Farm gezogen sind, haben wir alle in derselben winzigen Wohnung gelebt, seit ich ihn aus einer schrecklichen Situation gerettet habe. Ein Vampir hat ihn gegen seinen Willen verwandelt, und als er nicht gehorcht hat, hat er ihn verkauft. Er hat ihn an eine Hexe verkauft, die ihn aushungern ließ, um ihn besser kontrollieren zu können, und dann hat die Hexe Justin als Zutat für ihre Zaubersprüche benutzt.

Sein Blut, sein Haar, seine Haut, seine Knochen.

Der Horror, den er erlebt hat, macht ihm Angst. Ich habe gedacht, wir hätten ihm die Hilfe gegeben, die er braucht. Mit den Jahren ist mir klargeworden, dass das, was ihm widerfahren ist, ihm eine tiefe Empathie gegeben hat – eine wunderbare Güte.

Wie konnte ich mich irren? Sind nicht alle, die ich liebe,

so, wie ich sie mir vorstelle? Was ist los mit mir, dass ich ihre Lügen nicht durchschaue? Und es passiert immer wieder – ich bin so verdammt naiv.

Es geht nicht um dich. Sei nicht so verdammt egoistisch! Guter Punkt. Er hat Dexter erstochen. Aber es muss doch einen Grund geben, oder?

»Warum?«, krächze ich. Ich bereite mich auf Justins Schurkenrede vor.

»Das wirst du nie verstehen«, höhnt er.

Genau wie die anderen Vampire hat Justin üblen Mundgeruch. Ist er krank?

»Du bist keine echte Vampirin«, fährt er fort, »und du bist keine echte Wandlerin. Du bist ein Freak, und ich habe deine arrogante Art satt.«

Meine Zunge streift über meine Fänge.

Ein Teil von mir wünscht sich, er wäre ein verkleideter Dämon. Ich blinzle. Das würde Sinn ergeben. In Sekundenschnelle ziehe ich einen Blutstein hervor, der mit Klerics Blut präpariert wurde. Ich werfe ihn in Justins Richtung und warte.

Bitte grün werden, bitte grün werden!

Er verändert seine Farbe nicht, gar nicht, und lacht vor Schmerz. »Ich bin kein Dämon, Tru. Ist es so schwer zu glauben, dass ich dich nicht ausstehen kann?«

Mir wird schlecht.

»Warum das? Warum?« Ich winke in Richtung der toten Vampire.

»Ich bin eines Morgens aufgewacht und alles in mir hat sich verändert. Es hat sich richtig angefühlt. Am Anfang war es nur Fangen und Freilassen. Wir haben gejagt, jemanden ausgewählt und ihn wieder freigelassen, wenn wir fertig waren. Sie waren schwach, aber nichts, was man nicht mit etwas Orangensaft und einem Keks heilen könnte.« Justin zuckt gleichgültig mit den Achseln.

Statt ihn zu ohrfeigen, nicke ich und verziehe keine Miene. Ich muss alles wissen.

»Ich habe keinen Schaden gesehen. Der Meister ...« Er deutet auf den kopflosen Körper zu unseren Füßen. »Er hatte eine ausgezeichnete Besessenheit. Die Menschen, sie erinnern sich an nichts.«

Aber das erklärt nicht die Kinder oder die Menschen, die unten gefangen gehalten werden.

»Wie lange?«

»Drei Monate.« Das war, als ich aus dem Gefängnis gekommen bin und den Job als Henkerin angenommen habe. Als könnte er meine Gedanken lesen, fährt Justin fort: »Es ist alles deine Schuld. Die Presse, der Druck der sozialen Medien, der Druck, dein Freund zu sein. Jedes Arschloch und sein Hund haben eine Meinung über dich. Sie fingen an, vor unserem Haus zu protestieren. Wusstest du davon? Nein. Natürlich nicht. Sie haben uns auf der Straße mit Steinen beworfen. Morris hatte Schnittwunden und Prellungen im ganzen Gesicht.«

Justin beißt die Zähne zusammen und knirscht. »Ich musste fliehen. Zum ersten Mal in meinem Leben hatte ich keine Angst. Weißt du, was es für einen Mann bedeutet, sich hinter einer Kreatur wie dir zu verstecken? Ich bin kein Feigling. Ich bin kein Opfer, aber du hast mich dazu gemacht. Eines Tages bin ich aufgewacht, und das Blut hat mich getröstet. Zum ersten Mal in meinem Leben habe ich mich frei gefühlt. Ich habe mich nie gesünder, stärker oder mächtiger gefühlt.«

»Wusstest du, dass sie es auf Kinder abgesehen haben?«

»Das ist nicht meine Schuld.« Ein leises Wimmern schwingt in seiner Stimme mit.

»Wusstest du, dass sie es auf Kinder abgesehen haben?« Ich spreche jedes Wort langsam aus, um sein Selbstmitleid zu durchbrechen.

Justin nickt. Er nickt verdammt noch mal. »Die schmecken so süß.« Er reibt sich den Mund, als versuche er, die Worte wieder herauszubekommen.

Ich balle die Hände zu Fäusten und unterdrücke meine Gefühle. Wenn ich damit fertig bin, könnte ich zusammenbrechen. »Morris, wusste er es?«

Justin lacht. »Wenn er gewusst hätte, was ich mache, wäre Morris zu dir gekommen. Ich habe ihn seit zwei Monaten nicht mehr gesehen. Er hat mich verlassen.«

Keiner von beiden hat es mir gesagt. Ich hatte keine Ahnung. Ich bin eine schlechte Freundin.

»Er ist nicht das, was ich will, nicht mehr.« Justin wird unruhig und läuft auf und ab. Ich halte ihn davon ab, sich Dexter zu nähern, und er geht in die andere Richtung. »Außerdem ist er ein Mensch, ein wandelnder Blutbeutel. Ich muss unter meinesgleichen sein. Ich bin ein Vampir, Tru, auch wenn ich es mir nicht ausgesucht habe. Ich bin ein Vampir, und Menschen sind meine Beute, meine Nahrung. Ich bin besser als das, was du aus mir gemacht hast. Mit all deinen blöden Regeln. Ich bin mein eigener Herr.« Er klopft sich auf die Brust, während er schimpft.

»Ja, das bist du.« Ich schlucke. Ich ertrage diesen Fremden nicht mehr. Dieser Mann ist nicht mein Justin. Es ist, als wäre seine Seele tot. Ich zwinge mich, bei der Sache zu bleiben, und huste, um meinen Hals zu befreien. »Ich suche ein kleines Mädchen. Hast du sie gesehen? Sie heißt Petra. Sie ist acht Jahre alt, hat braunes Haar und blaue Augen ...«

Ich greife nach meinem Handy, um ihm das Foto zu zeigen, aber Justin zuckt zusammen und seine Augen wandern zum Schreibtisch hinter ihm.

Kapitel Neunzehn

»Nein, du solltest da nicht reingehen.« Justin will mich aufhalten.

Ohne nachzudenken, dränge ich mich an ihm vorbei. »Petra!«, rufe ich. Meine Stiefel quietschen, als ich über Bretter, Putz und Holzstücke klettere. »Story, siehst du sie?« Keine Antwort. Mist, ist mein Handy in der Aufregung kaputt gegangen? Ich betrete den Raum und suche mit den Augen nach dem kleinen Mädchen. »Sie müsste hier sein. Petra, Schatz, deine Oma schickt mich.«

Ich sehe den Rand eines lila Turnschuhs und mein Herz bleibt stehen. Das Kind liegt auf dem schmutzigen Teppich, eingeklemmt zwischen zwei Polsterstühlen. Ich springe durch das Zimmer und schiebe einen Stuhl zur Seite.

Sie ist es. Sie ist es!

Petra ist so blass, dass ihre Haut durchsichtig wirkt. Drei Bissspuren zieren ihren kleinen Hals – frische Bisswunden.

Der Radius der Bissspuren ist leicht unterschiedlich, was auf drei verschiedene Angreifer hindeutet. Drei Vampire. Mit den Fingern messe ich die Bisswunde an meinem Hals. Ja, sie stimmt ungefähr überein. Das ist Rachels Biss. Mit zitternden Händen ziehe ich eine weitere weiche Decke aus der Tasche und wickele das kleine Mädchen vorsichtig ein, schiebe die Decke unter ihr Kinn und streiche ihr braunes Haar hinter ihr linkes Ohr.

»Die Mikrokameras haben Proben genommen. Petra war tot, bevor du das Gebäude betreten hast. Sie war tot, bevor du ihre Großmutter getroffen hast«, sagt Story über den Kopfhörer. Ihre Stimme ist rau und monoton.

Die Kameras sehen alles, das weiß Story.

Ich beneide sie nicht um ihren Job. Schweigen ist viel schlimmer als Geduld. Viel schlimmer. Story weiß das und muss mir trotzdem helfen. Sie hat kein Wort gesagt. Sie konnte nicht, weil sie mich nicht ablenken wollte.

»Es ist nicht deine Schuld«, flüstert sie.

Ich nehme den Kopfhörer ab und stecke ihn in meine Hosentasche. Ich kann jetzt nicht. Meine schmutzigen Finger greifen nach dem Stuhl und ich kralle meine Fingernägel in das Polster, um mich hochzuziehen. Ich bekomme meine zitternden Beine unter mich und stehe auf.

Als ich mich umdrehe, steht Justin da und starrt mich an. Dexter liegt immer noch da, wo ich ihn zurückgelassen habe, umgeben von den Toten und immer noch in seinem Heilschlaf. Ich zucke zusammen. Schlagartig wird mir bewusst, was ich gerade getan habe und was hätte passieren können.

Ich habe meinen verwundbaren und bewusstlosen Freund mit dem Kerl allein gelassen, der ihn verletzt hat. Ich kann es nicht fassen – meine Dummheit.

Ich schäme mich so sehr. Ich fasse mir an den Kopf. *Es fällt mir schwer, zu begreifen, dass Justin jetzt ein Feind ist.*

»Liebes, ich bin gleich wieder da«, sage ich zu Petra.

Tränen rinnen mir übers Kinn, als ich mich schlurfend von ihr entferne. Mein Herz rast, mein Kiefer schmerzt und der Dämonenkuss auf meiner Hand brennt. Jeder Schritt auf Justin zu fühlt sich an wie eine Ewigkeit. Ich wische mir mit dem Hemdsärmel über die Wange, ohne mir Gedanken darüber zu machen, dass ich mein Gesicht noch mehr mit Vampirblut verschmiere.

Ohne groß zu überlegen, greife ich nach der Engelsklinge.

Justin muss genau sehen, wie ich mich wandle und die gefährliche Kreatur, die ich bin, zum Vorschein kommt. *Tru ist gerade nicht zu Hause.*

»Ich habe die Informationen, die du brauchst«, ruft er, stolpert zurück und streckt mir seine Hände entgegen. »Die Druckerei. Ich habe Informationen über die Firma, sie ist eine Fassade.«

Ich schleiche an ihm vorbei, schiebe das Bein eines toten Vampirs und ein paar Gipsplatten beiseite und entdecke die fehlende Klinge. *Hierfür brauche ich beide Schwerter.* Ich hebe sie auf und drehe mich auf den Zehenspitzen, um dem Vampir entgegenzutreten.

»Komm schon!«, sage ich.

Ich warte, den Kopf zur Seite geneigt, und als ich nicht

sofort auf ihn zugehe, verändert sich Justins ganze Haltung. Er richtet sich auf, wölbt die Brust und reckt das Kinn selbstgefällig vor. Überheblich.

»Die Druckerpatronen sind voller Blut. Ich habe das eingefädelt«, sagt er und schlägt sich auf die Brust. »Ich war das.«

»Du hast das arrangiert. Haben die Leute, die so großzügig gespendet haben, auch alle Orangensaft bekommen?«

Justin schüttelt den Kopf, pure Verzweiflung steht ihm ins Gesicht geschrieben. »Du verstehst das nicht. Ich bin der Kopf hinter der Firma. Ich habe alles auf die Beine gestellt. Wir werden landesweit expandieren, und dank dir gibt es so gut wie keine Konkurrenz.« Justin stößt sich erneut an die Brust, und in seinen Augen blitzt ein selbstgefälliges, fiebriges Funkeln auf. »Die Vampire müssen nie wieder hungern, und wir müssen nie wieder dieses künstliche Gebräu trinken.«

Ich korrigiere meine Haltung. »Ich weiß schon von den Blutpatronen, Justin.« Ich schwinge die Schwerter, um meine Handgelenke aufzuwärmen. In meinem Hinterkopf spüre ich, wie mein linker Unterarm schmerzt.

Justins Augen werden groß, als er merkt, dass ich das Interesse verloren habe. Er weicht zurück, seine Bewegungen wirken steif. Fast wie ein Zombie schleppt er sich zum Fenster, um zu entkommen. »Ich weiß mehr. Ich weiß, was als Nächstes passiert. Ich kann dir helfen. Wir können zusammenarbeiten. Du brauchst mich, Tru, und ich weiß, dass du mir nicht wehtun wirst. Wir sind eine Familie. Ich weiß, dass ich Fehler gemacht habe, aber ich bin bereit, daraus zu lernen. Ich bin bereit, mich zu ändern.

Ich werde zurück zum Berater gehen und mich bei Dexter entschuldigen …«

Mit drei schnellen Schritten stehe ich ihm gegenüber. Präzise verschränke ich meine Unterarme und gehe mit gekreuzten Klingen auf ihn zu. Dann reiße ich meine Arme mit aller Kraft auseinander. Die Schwerter durchschneiden den Hals des Vampirs und trennen seinen Kopf sauber vom Körper.

Wie auf Autopilot drehe ich mich weg, um nicht sehen zu müssen, wie sein Körper in sich zusammenfällt. Wie ein Roboter reinige ich methodisch beide Waffen. Als sie sauber sind, schiebe ich sie beiseite und bleibe noch einige Sekunden stehen, bis meine Beine versagen.

Ich falle zu Boden. Ich taumle hin und her und weine leise in meinen Schoß.

Ich sehe den rauchigen Dampf nicht, aber ich gehe gern, als ich in vertraute muskulöse Arme gezogen werde. Ich klettere auf seinen Schoß und schmelze dahin.

»Ich bin da. Ich bin hier«, sagt Kleric und hält mich fest. Eine riesige, blassblaue Hand fährt durch mein Haar, die andere streichelt meinen Rücken, während er leise, beruhigende Laute aus seiner Kehle dringen lässt.

Er hält mich, während ich zusammenbreche.

Kapitel Zwanzig

Es gibt Momente im Leben, die eine Person definieren.
Es sind die Momente, die einen für immer verändern.
– Tru Dennison

Kleric umarmt mich weiter und gibt mir die Kraft, die ich brauche, um mich von dem mit Leichen übersäten Boden zu erheben und mich zu bewegen. Ich habe eine Aufgabe. Nur noch ein paar Sekunden, dann stehe ich auf.

Wir sitzen zusammen inmitten des Gemetzels – der Raum ist etwas überfüllt und der Gestank der Toten macht das Atmen schwer.

Atticus hatte gesagt, er wolle Chaos. Das habe ich ihm gegeben.

Ich muss Kleric nicht erklären oder in Worte fassen, was heute hier geschehen ist. Ich lasse ihn in meine Gedanken und sie sind wie ein offenes Buch. Ich bin so dankbar für unsere Verbindung. Klerics starke Emotionen verstärken meine eigenen. Es ist, als würde er meinen Geist mit unserer Verbindung wiegen und meine rasenden Gedanken betäuben, damit ich funktionieren kann.

Ich habe einen Job zu erledigen, und unten schläft ein Junge, der zu seinen Eltern zurückgebracht werden muss. Ich muss aufstehen und das zu Ende bringen.

»Es ist gefährlich für dich, hier zu sein«, murmle ich und stehe auf.

Kleric antwortet nicht.

Wir wissen beide, dass er nicht lange bleiben kann, sonst gefährdet er die Friedensgespräche. Wenn sie Gedanken lesen können, müssen sie Kleric fragen, ob er auf der Erde war oder mich gesehen hat. Er wird die Wahrheit sagen müssen, und die Umstände werden ihnen egal sein. Es gibt keine Entschuldigung. Kleric hätte die Regeln gebrochen und seinen Ruf ruiniert.

»Danke, dass du gekommen bist.«

»Immer.« Er steht auf und überragt mich. Er beugt sich vor und küsst meine Stirn. »Ich wünschte, ich könnte bleiben«, murmelt er. Seine blauen Arme hängen schlaff an seinen Seiten. »Wenn du willst, kann ich Dexter nach Hause bringen, bevor ich in meine Welt zurückkehre. Ich kann ihn zurück zur Farm bringen, damit er sich dort auskurieren kann. Ich bin mir sicher, Story wird sich um ihn kümmern.«

»Gern.« Meine Stimme zittert. Kleric macht mir wieder ein Geschenk, eines, das mir die Sorge um Dexter abnimmt, während ich mich um die Behörden kümmere. Bald wird es hier wie im Zirkus zugehen.

Dexter liegt weich und warm in meinen Händen, als ich

ihn vom Boden aufhebe und an Kleric weitergebe. »Sag Story ...«

Sag Story was? Tut mir leid, ich habe unseren Freund getötet. Unsere Familie. Ich kann froh sein, wenn sie jemals wieder mit mir spricht.

Meine Lippen zittern. Ich presse sie aufeinander und schaue nach oben. Leider sind an der popcornartigen Decke keine Antworten zu finden. Story, Ralph, die Kinder, Morris. Was werden sie von mir denken?

Ich bin ein Monster.

Ein Monster, das einen Freund umgebracht hat.

Wie lautet das Zitat von Friedrich Nietzsche, das ich so liebe? *Man stirbt als Held oder lebt so lange, bis man selbst der Böse wird.* Nun, das bin ich. Ich bin das Klischee einer sich selbst erfüllenden Prophezeiung. Ich habe mich in meinem ganzen Leben noch nie so schurkisch gefühlt.

Als ich nichts mehr sage, nickt Kleric und streicht mir mit seinem blauen Daumen über die Wange. »Komm, schöne Chimäre. Bevor ich gehe, möchte ich, dass du diesen Raum verlässt.« Klerics blauer Schwanz legt sich um mein Handgelenk und zieht mich zur Tür.

Ich will Petra nicht verlassen, aber ich weiß, dass Kleric recht hat, also zwinge ich meine Füße, sich zu bewegen. Damit sie die Untersuchung nicht behindern, entferne ich noch die Barriere an der Tür. Kleric führt mich die Treppe hinunter in den Raum mit dem Schreibtisch.

Ich schaue nach dem Jungen, und er ist noch so, wie ich ihn verlassen habe – sicher und fest eingeschlafen.

»Ich komme wieder, sobald ich kann.« Kleric tätschelt meinen Kopf und lächelt. »Ich bin da, wenn du mich brauchst.« Er gibt mir keine leeren Phrasen oder versucht, mich aufzuheitern, was ich sehr zu schätzen weiß. Er weiß genauso gut wie ich, dass ich für Justin getan habe, was ich tun musste. Seine Augen strahlen Liebe und Verständnis aus.

Mit einem letzten Nicken verschwindet mein Dämon mit Dexter in einer Rauchwolke.

Ich stehe allein im Raum und kann mich eine Weile nur auf meine zitternden Hände konzentrieren, die nicht wissen, was sie zuerst tun sollen. Ich zücke mein Handy. Ich denke, ich muss die Vampir-Aufräumtruppe, die Atticus in Bereitschaft hat, anrufen und zusätzliche Hilfe für die Opfer anfordern. Sie werden ärztliche Hilfe brauchen.

Auf dem Display meines Handys blinkt ein eingehender Anruf. Es ist Story. Großartig. Schuldgefühle nagen an mir. Ich beiße mir auf die Unterlippe. Okay, ich muss tief in mich gehen. Es gehört Mut dazu, sich jemandem zu stellen, wenn man am liebsten weglaufen und sich verstecken würde.

Als ich abhebe, zittert das Telefon in meiner Hand.

»Ich liebe dich«, sagt Story mit belegter Stimme.

Ich schließe die Augen. »Ich liebe dich auch«, flüstere ich.

Story räuspert sich. »Die Vampire und die Menschenpolizei sind unterwegs. Mit Avas Hilfe haben wir bereits einen kompletten Lagebericht mit DNA-Beweisen und dem Filmmaterial erstellt. Ava hat sich die Freiheit genommen, einen bestimmten Dämon zu entfernen. Dexter ist in Sicherheit und schläft in deinem Bett. Ich habe mit dem Fischhändler gesprochen und er liefert einen Lachs. Du musst dich wirklich waschen, bevor du den Jungen anfasst, denn du bist voller Blut. Bitte setze deine Ohrhörer wieder auf, nachdem du dich gewaschen hast.«

»Okay.«

»Ich habe Petras Familie informiert.«

Mein ganzer Körper spannt sich an, und meine Handflächen rasen zum Schreibtisch, um mich aufzurichten, als die Kraft aus meinen Gliedern weicht.

Wow, Story hat alle Hände voll zu tun, mich zu beschützen.

»Ich habe ihr den zeitlichen Ablauf erklärt, dass du zu spät gekommen bist, um Petra zu retten, aber dass sie Gerechtigkeit erfahren haben. Ich habe Mrs. Hardy auch erzählt, dass du die anderen Menschen retten konntest, auch den Jungen unter dem Schreibtisch. Er heißt Matthew, Matthew Reeves, und ist zehn Jahre alt.«

Mein Blick fällt auf den Jungen. *Hallo, Matthew.*

»Story, es tut mir leid ...«

»Nein. Wag es ja nicht!«, knurrt sie. Leiser sagt sie: »Du musst dich für nichts entschuldigen. Wir reden darüber, wenn du so weit bist.« Ihre Stimme zittert. »Jetzt mach dich sauber, bevor die Kavallerie dich für einen Zombie hält oder Matthew aufwacht und dich sieht. Wag es ja nicht, den kleinen Jungen mit deinem Blut zu erschrecken.« Das Handy piept und sie ist weg.

Ich lege alle elektronischen Geräte griffbereit auf den Schreibtisch und schleiche in den Flur. *Wenn ich das falsch mache, wird es eng.*

Wie ich es mit meiner Hand gemacht habe – war das erst gestern? –, wandle ich in das Einhorn und sofort wieder in meine menschliche Gestalt.

Ha. Es ist ein Kinderspiel. Ich glaube, der Trick ist, es nicht zu sehr zu versuchen.

Kapitel Einundzwanzig

Während der Fahrt denke ich über alles Mögliche nach, nur nicht über die Ursache des riesigen Kloßes in meiner Brust. In meinem Innern fühle ich mich wie in einem Mixer. Alles ist gut gegangen, die Opfer sind geheilt und auf dem Weg nach Hause zu ihren Familien.

Als ich an einer Ampel stehen bleibe, lässt mich etwas nicht los. Marcus, der Bratpfannenzauberer, schießt mir durch den Kopf. Ich erinnere mich daran, wie ich seine Sachen durchwühlt habe und einen Blick auf seinen Personalausweis geworfen habe. Seine Adresse lautet ... Ich nicke. Ich richte meinen Blick auf die Hausnummer. Ja, das ist sie. Sie müsste hier oben rechts sein.

Soll ich? Meine Finger trommeln am Lenkrad.

Ich muss mich beschäftigen.

Dexter schläft noch, und die Bauarbeiter sind auf der

Farm und arbeiten. Sie bohren. Ich reibe mein Schlüsselbein. Ich habe keine Kraft, um gesellig oder freundlich und nett zu sein. »Möchtest du eine Tasse Tee?« Ja, ich würde die Tasse eher über dem Kopf eines armen Kerls zerschmettern.

Ich bin so verdammt wütend. Ich bin mir nicht sicher.

Die Ampel schaltet um, und während ich die Straße entlang fahre, fasse ich den kurzen Entschluss, auf einem geeigneten Parkplatz zu halten. Wenn ich schon mal in der Nähe bin, kann ich mich ja auch mal umsehen. *Was soll schon passieren?* Ich will ja keinen Streit anfangen. Jedenfalls nicht wirklich.

Und ich habe ja gesagt, dass es meine Standardmethode ist, an ein paar Käfigen zu rütteln und die Bösen wütend zu machen. Sie dazu zu bringen, ihre Köpfe wieder über die Brüstung zu stecken, während sie versuchen, mich zu töten. Meine Lippen zucken. Der Gedanke bringt mich fast zum Lächeln.

Aus dem praktischen Fach zwischen den Vordersitzen des Defenders greife ich nach einer Schachtel mit Mikrokameras. Bevor ich aussteige, baue ich die Mikrokameras auf und verbinde die Bilder der Dutzenden winzigen Kameras per Knopfdruck mit der App auf meinem Handy. Ich sorge dafür, dass eine Handvoll die Straße und die Tür des toten Zauberers im Auge behält.

Marcus hat in einem modernen Wohnblock gelebt. Drei Wohnungen pro Haus aus rotem Backstein, und weil seine Wohnung im Erdgeschoss liegt, hat sie einen eigenen Eingang. Eine hüfthohe Backsteinmauer umschließt einen kleinen Garten. Ich schleiche durch das Tor und den Weg entlang, der sich zwischen den kargen Flecken gefrorenen

Rasens hindurchschlängelt. Am Eingang angekommen, greife ich nach einem Paar Latexhandschuhen, ziehe sie über und öffne die blaue Eingangstür mit einem Entriegelungszauber.

Sie haben den Gebäudeschutz durch einen Tatortschutz ersetzt, der mich – ich atme tief durch – hineinlassen soll. Der Schutz knistert harmlos auf meiner Haut und mit einem Seufzer der Erleichterung betrete ich die Wohnung. Es ist praktisch, dass ich als Gesetzeshüter für solche Fälle zuständig bin. Als Henker habe ich für fast alles eine Genehmigung.

Ich schalte das Licht ein. Die Wohnung ist klein, sauber und aufgeräumt. Im vorderen Zimmer dominiert ein schwarzes Ledersofa mit roten Kissen.

Es hat die Ästhetik einer Junggesellenbude. An Geld hat es Marcus nicht gemangelt. Es ist ein ordentliches Haus und er hat schöne Sachen.

Ich weiß nicht, was ich mache oder wonach ich suche. Es ist ja nicht so, als gäbe es einen magischen Pfeil mit einem fluoreszierenden Schild, auf dem steht: »Bösewicht, schau hierher!«

Ich inspiziere die Wohnung. Auf den ersten Blick fehlen persönliche Dinge, Fotos, Lieblingsbücher. Marcus war ein Zauberer, und Bücher sind eine große Sache. Deshalb ist es seltsam, dass sie fehlen.

Die Jäger haben hier auch nicht alles durchwühlt. Ich habe schon Durchsuchungen gesehen, bei denen alles zerstört wurde. Aber diesmal kann ich sehen, wo die Jäger in der Küche und in den Schlafzimmern waren, und die leicht geöffneten Schubladen deuten auf eine halbherzige Durchsuchung hin.

Ich ignoriere vorerst die offensichtlichen Stellen und gehe in die Küche. Ich leere den Mülleimer aus – der Müll fällt auf den Küchenboden. Ich nehme eine Gabel aus dem Spülbecken und stochere darin herum – die Handschuhe schützen mich nur bedingt und in einem Hexenhaus kann man nicht vorsichtig genug sein. Ich bin froh, dass der Typ recycelt und sein Kompost nicht im Restmüll landet. Marcus mag Süßigkeiten, am liebsten Erdbeer-Starbursts.

Enttäuscht, dass ich nichts gefunden habe, schiebe ich den Mülleimer zurück und lasse meine Visitenkarte auf der Arbeitsplatte liegen.

Es ist mir egal, ob die Hexen sauer sind, wenn sie wissen, dass ich ohne Erlaubnis hier war. Ich will, dass sie sauer sind.

Warum soll ich mich an die Regeln halten, wenn es sonst keiner tut?

In der Wohnung gibt es einen winzigen Abstellraum, der Marcus' Zauberkammer sein muss. Alle Regale sind leer, ich sehe Staubflusen und saubere Stellen, als hätte sich der Staub zwischen den Flaschen abgesetzt.

Ich bin mir nicht sicher, ob die Hexen oder Jäger seine magischen Gegenstände mitgenommen haben oder ob seine Freunde – dieselben, die in mein Haus eingebrochen sind – alles mitgenommen haben, als sie herausgefunden haben, dass er tot ist. Ich mache mir eine Notiz, dass ich die Akten durchsehen werde, wenn Atticus mit den Informationen kommt.

Ich betrete das Schlafzimmer und werfe einen Blick in die Schubladen und den Schrank. Sie sind prall gefüllt. Doch die einzigen persönlichen Gegenstände sind seine Kleider. Es ist eng, als ich mich neben das Fenster auf der anderen Seite des Bettes stelle. Ich suche den Boden nach etwas ab, das heruntergefallen sein könnte ... ich sehe einen Splitter von etwas.

Ich lege den Kopf zur Seite und runzle die Stirn. »Was haben wir denn hier? Sieht aus, als hätte jemand etwas übersehen.« Ich beuge mich vor.

Ein Foto ist zwischen dem Nachttisch und dem schweren Ledersofa eingeklemmt. Es steckt ziemlich fest. Ich versuche, es herauszuziehen. Als ich es geschafft habe, sehe ich, dass es sich um einen leichten, handgefertigten Holzrahmen mit einem Foto von Marcus, wie er ein Mädchen küsst, handelt.

Leider ist es ein Schnappschuss, und während sie sich küssen, sind ihre Gesichter zusammengepresst. Sein Gesicht verdeckt ihr ganzes Profil. Alles, was ich erkennen kann, ist blasse Haut und langes, dunkles Haar.

Mensch oder Hexe, ich weiß es nicht.

»Wer bist du?«, frage ich sie und ziehe den Rahmen näher an mein Gesicht. Ich zucke mit den Schultern und mache ein Foto mit meinem Handy.

Vielleicht kann Ava etwas herausfinden. Ich stöhne. Aber nein, das wird sie nicht, weil sie sich geweigert hat, bei diesem Teil der Untersuchung zu helfen. Ich drücke meine Zunge gegen die Wange. Sie hat sich strikt geweigert, jemandem auf die Füße zu treten. Sie sagt, sie könne das nicht. Es ist frustrierend, aber ich respektiere ihre Entscheidung.

Ich halte den Bilderrahmen in der Hand und schaue mir den Raum noch einmal an. Ich glaube nicht, dass die mysteriöse Frau oft hier war, denn es scheint keinen Platz für ihre Sachen zu geben. Der Schrank und die Schubladen sind voll.

Aber das Foto ist etwas Besonderes, es liegt eingerahmt neben dem Bett. Marcus hat sich darum gekümmert, also ist es wichtig.

Ich schaue mir noch einmal das Bad an. Alles ist auf Männer ausgerichtet – keine Cremes, keine teuren Haarprodukte, kein Lippenbalsam, keine Wechselwäsche. Nichts außer dem Foto. Das mysteriöse Mädchen hat nichts zurückgelassen. Ich gehe zurück in die Küche und stelle den Bilderrahmen an einen Ehrenplatz auf die Arbeitsplatte, gleich neben meine Visitenkarte.

Fast fertig. Ich greife nach meinem Handy und drücke auf einen Knopf, um die internen Mikrokameras zu aktivieren und eine Kamera in die obere Ecke jedes Zimmers zu schicken. Um den Akku zu schonen, bleiben sie inaktiv, bis jemand den Raum betritt. Dann zeichnen sie auf und senden Warnmeldungen an mein Handy. Ich lächle zufrieden.

Ja, ich könnte hier alles gründlich durchsuchen, die Wohnung auf den Kopf stellen, die Kissen zerreißen, das Bett umwerfen – verdammt, ich habe diese ganze Albtraumwut in mir. Ein bisschen Zerstörung könnte mir helfen, damit fertigzuwerden. Wenn auch nur für eine Minute.

Aber ich hoffe, dass mein Besuch hier ausreicht, um sie zu ermutigen, es zu versuchen. Die innere Stimme, die mir Schuldgefühle macht, wird fragen: »Was wollte sie? Was hat sie gefunden?«, und sie wird sie hierherbringen, und wenn etwas versteckt ist, werden sie direkt hingehen, um zu sehen, ob es noch da ist.

Und ich werde alles auf den Kamerabildern sehen. Ich grinse. Klüger arbeiten. Ich muss klüger sein. Meine wechselnden, hybriden Gefühle können mich nicht kontrollieren.

Ich werfe einen letzten Blick ins Wohnzimmer, schalte das Licht aus und schleiche nach draußen. Ich bin froh, als sich die Tür hinter mir schließt und ich keinen weiteren Zauber anwenden muss. Auf dem Weg nach draußen zücke ich mein Handy, um die Uhrzeit zu überprüfen. Ich habe noch eine Stunde, bis die Bauarbeiter offiziell abziehen. Vielleicht sollte ich noch zu den anderen gehen und sehen, ob sie mit mir kämpfen wollen, denn ich müsste todmüde sein, um in diesem Leben noch einmal schlafen zu können. Ich seufze und mir dreht sich der Magen um.

Wie aus dem Nichts trifft mich ein Schlag mitten in die Brust. Überrascht schaue ich nach unten. *Oh, das war ein guter Schuss.* »Rot, ein roter Zauber ist böse.« Ich bereite mich auf den bösen Zauber vor, der gleich einsetzen wird. *Es hat etwas Poetisches, heute zu sterben. Irgendwie karmisch.* Story wird sauer werden, und Kleric …

Oh, Scheiße. *Mein Dämon, es tut mir so leid.*

Kapitel Zweiundzwanzig

Statt entsetzlicher Schmerzen brennt die Haut auf meiner linken Brust. *Autsch.* Ich runzle die Stirn. Dann fällt mir ein, dass ich immer noch den Gary-Chappell-Zauber in meinem Sport-BH habe. Er war die ganze Zeit dort drin.

Während die Hitze auf meiner Brust zunimmt, zwingt der Anhänger die Kraft des Zaubers zurück. Eine gewaltige Welle der Magie schlägt auf die Person zurück, die den Zauber gesprochen hat. Es dauert nicht lange, bis ein durchdringender Schrei hinter der Gartenmauer die Stille durchbricht.

Ah, da sind sie.

Eine mir unbekannte Frau mit kurzem, mausblonden Haar stolpert aus ihrem Versteck auf die Straße. Unter der Straßenlaterne beginnt die sichtbare Haut an Gesicht, Hals und Händen zu glühen. Ihr langer dunkler Mantel flattert, als sie panisch mit den Armen in der Luft herumfuchtelt. Mit einem Schmerzensschrei wirft sie den Kopf in den Nacken und schreit. Und schreit.

Oh-oh.

Mit einem hörbaren Zischen entzündet sich der Zauber und mit einem lauten Knall wird der Rauch zur Flamme. Er tanzt über ihre Haut und breitet sich zischend auf dem Mantel aus. Sie leuchtet auf und erhellt den Abend wie eine flammende Kerze.

O nein.

Ich zucke zusammen, als sie weiter schreit. Verzweifelt wirft sie sich auf den Boden und versucht, sich auf dem Pflaster zu wälzen, um die Flammen zu ersticken. Doch ihre hektischen Bewegungen nützen nichts, die magischen Flammen werden immer stärker.

Es ist mir egal, wer sie ist und was sie getan hat, als ich ihr zu Hilfe eile, aber die Flammen schlagen mich zurück. Ich komme nicht nah genug an sie heran, um sie zu retten oder ihr Leid zu beenden. Die Flammen sind zu heiß und ich kann nur zusehen. *Vielleicht könnte ich ein Wurfmesser benutzen?*

Da ist wieder dieses Zischen. Für einen Moment weiß ich nicht, was los ist, und dann begreife ich mit Schrecken. Durch die Hitze und die Magie entzünden sich alle Zauber an ihr.

Oh, verdammt.

Die Zauber reagieren negativ. Sie implodieren! Ich kann mich gerade noch hinter die Gartenmauer ducken, um der wütenden Magiewolke zu entkommen. Sie schießt in die

Luft und versengt den Boden, auf dem ich eben noch stand.

Ich ziehe die Knie an und schütze meinen Kopf mit den Armen. Der Boden bebt, die Fenster aller ungeschützten Häuser in der Straße zersplittern. Nach zehn Minuten hat sie aufgehört, zu schreien, und der Zauber hat sich so weit gelegt, dass der Boden wieder stabil ist. Ich stehe auf.

Das ganze Viertel ist in Aufruhr. Wie in einem Katastrophengebiet. Alarmanlagen heulen. In einem Haus ein paar Türen weiter höre ich ein Baby schreien, Menschen schreien und weinen vor Angst. Ich zucke zusammen. Ich weiß, ich wollte eine böse Gegenreaktion, aber das ... mein Gott.

Selbst für mich ist das extrem.

Ich tue, was ich kann, um zu helfen, schicke eine Alarmmeldung zur Unterstützung und sperre das Gebiet wie von Geisterhand ab. Ich hole meine bewährte Salztasche hervor und ziehe einen dicken Strich um die unkenntliche Holzkohlehülle der Frau. Die Magie scheint jetzt inaktiv zu sein, aber der Zauberkram, den sie bei sich hatte, war sehr mächtig, und ich will mich nicht mit ihr anlegen.

Dann warte ich auf die Vertreter des Hexenrates, die Jäger und die magische Gefahreneinheit. Ich denke nur daran, dass ich es hätte sein sollen. Meine Gedanken sind so böse, dass ich weiß, dass ich wirklich durcheinander bin.

Ich schaue mir die Live-Übertragung an und kann nicht glauben, dass die Mikrokameras draußen und in den Fenstern des Land Rovers überlebt haben. Weder an mir noch am Defender ist ein Kratzer zu sehen.

Vorsichtshalber schicke ich das Videomaterial des Angriffs mit einer kurzen Erklärung an Story, damit sie es an die zuständigen Stellen weiterleiten kann. Sie wird auch ihr Bestes tun, um herauszufinden, wer die Hexe war und für wen sie gearbeitet hat.

Die erste Verstärkung trifft ein. Das Gefahrgut-Kommando steigt aus seinen Fahrzeugen und kümmert sich mit hochprofessioneller Effizienz um den Tatort. Sekunden später steigt ein einzelner Jäger aus seinem Fahrzeug und kommt auf mich zu.

»Salz?«, ruft einer der Männer vom Gefahrengut-Team und deutet auf das, was einmal eine Frau war, und das weiße Zeug, das sie umgibt.

»Ja.«

Er nickt dankend und ich gehe weiter. Der Jäger kommt näher. Nein, kein Jäger. Dieser Typ bewegt sich anders, eher wie ein Raubtier. Jäger sehen immer so aus, als würden sie sich zu sehr anstrengen, aber dieser Typ, ein Wandler, bewegt sich wie ein Elitesoldat.

Höllenhund.

Höllenhunde sind uralte, mächtige Wandler mit Feuermagie. Als Kampftruppe sind sie außergewöhnlich. Ein Höllenhund kann das, wovon eine ganze Abteilung von Jägern nur träumen kann.

Was macht er hier?

Der massige Kerl mit dem kahlrasierten Schädel marschiert auf mich zu, als wäre ich eine Verdächtige, die er nur allzu gern erstechen würde. Das hat mir noch gefehlt. Er kommt so nah, dass sich unsere Stiefelspitzen berühren, und als er mich fixiert, funkeln seine grünen Augen vor Verachtung.

»Name«, knurrt er.

Ich reiße die Schultern zurück und hebe das Kinn. Ich

habe diesen Wandler schon einmal gesehen. Das kurze Haar, die kräftige Statur und die fiesen grünen Augen sind leicht zu erkennen. Außerdem begegnet man nicht jeden Tag einem Höllenhund, und ich kenne seine Schwester Forrest. Dieser Kerl ist ein Wolfswandler, und wenn ich mich recht erinnere, heißt er John.

»Tru Dennison. Ich bin die örtliche Henkerin. Schön, dich wiederzusehen, John.«

Seine Augen verengen sich, und nach ein paar Sekunden reckt er sein Kinn vor, als er mich erkennt. »Ah, die Hybridin ... die Einhornwandlerin mit den Reißzähnen, die sich selbst eingesperrt hat. Ja, ich erinnere mich an dich. Wir sind uns vor Gericht begegnet. Du bist eine Freundin meiner Schwester.« Wenn es gut wäre, dass ich eine Freundin seiner Schwester bin, würde der Abscheu in seiner Stimme etwas anderes sagen.

»Ja, das stimmt.« Ich gehe nicht weiter darauf ein.

John reibt sich das Kinn und für einen Moment zucken seine Lippen vor Heiterkeit. »Du hast auch eine Seelenverbindung mit Xander.«

»Nein, habe ich nicht!«, schreie ich auf und blinzle. Ich habe ganz vergessen, dass er mit dem Engel befreundet ist. »Nun, nicht mehr, nachdem er mich in dieses Gefängnis außerhalb der Welt geworfen hat. Ich habe nichts mit ihm zu tun«, füge ich mit finsterer Miene hinzu. Der Höllenhund hält sich wohl für witzig, was? Es ist mir auch egal, dass sein Gesichtsausdruck schreit, dass er mir nicht glaubt.

»Richtig, natürlich«, knurrt er. »Was ist hier los, Henkerin? Bitte kläre mich auf! Hast du einen Hinrichtungsbefehl für dieses Chaos?«

»Nein. Die Frau hat mich angegriffen, und ich habe sie weder angefasst noch mit ihr gesprochen, bevor sie mich angegriffen hat. Ich habe Aufnahmen von dem Vorfall, falls du interessiert bist.«

Ich erwarte, dass er ablehnt, aber er nickt überraschend. Er starrt mich weiter mit zusammengekniffenen Augen an, was einen normalen Menschen dazu bringen würde, sich in die Hose zu machen. Nicht so bei mir. Ich wackle mit den Zehen, sodass unsere Stiefel aneinanderreiben, kneife die Augen zusammen und starre zurück.

Nach ein paar weiteren Sekunden unseres seltsamen Kräftemessens – es wäre lustig, wenn der Höllenhund nicht so verdammt gefährlich wäre – schüttelt John den Kopf und senkt den Blick. Juhu, ich habe das Kräftemessen gewonnen.

»Schick es auf dieses Datapad!« Er zieht das Gerät aus einer großen Seitentasche an seinem Oberschenkel.

Ich schicke das Filmmaterial auf sein Datapad, er ruft die Datei auf und schaut sich das Video schweigend an. Er zuckt nicht einmal zusammen, als die Hexe schreit. Es ist, als würde er Farbe trocknen sehen. Nach zehn Minuten hält er die Aufnahme an und schaut mich an.

»Das hast du gut gemacht.«

Ich blinzle ihn an.

Er wedelt mit dem Datapad und tippt gegen seine Handfläche. »Das sind genug Beweise, um dich freizusprechen. Du kannst gehen.«

»Halt, nicht so schnell! Sie kommt mit!«, schreit eine Frau. Wir beide drehen uns um und schauen sie an. Kurzes schwarzes Haar und knallrote Lippen. Sie steigt aus einem schwarzen Auto und schiebt sich durch die

Absperrung. Die Absätze ihrer hochhackigen Schuhe klappern auf dem Asphalt, als sie die Straße überquert. »Eine Hexe wurde getötet, und diese Mörderin geht nirgendwohin.«

John knurrt leise. Das Geräusch lässt mich erschauern. »Deine Hexe hat sich umgebracht, weil sie eine Idiotin war«, knurrt er. »Die Henkerin hat sie nicht angerührt.«

»Wollen Sie das Filmmaterial sehen?«, frage ich hilfsbereit. Ich wedle mit dem Handy vor ihrem Gesicht herum und lächle falsch. *Wer zum Teufel ist das?* Ich mache heimlich ein Foto von ihr, als sie nicht antwortet, sondern weiter mit John redet.

»Ich nehme diese Bedrohung in Gewahrsam.«

»Auf keinen Fall.« John sieht sie mit seinem typischen furchteinflößenden Blick an, mit dem er mich vor ein paar Minuten fixiert hat.

»Sie wollen das Filmmaterial also nicht sehen?«, frage ich erneut.

»Nein, ich will das Material nicht sehen«, antwortet sie schließlich mit einem Naserümpfen. Sie wendet den Blick von dem Höllenhund ab und zupft imaginäre Fusseln von ihrem Kleid. »Ich habe ihn schon auf dem Weg hierher gesehen.«

Komm, Story!

»Was ich sehen will, ist die Magie, die Sie benutzt haben. Die Magie, die den Zauber widergespiegelt hat.« Sie zeigt auf meine Brust und die roten Überreste des Zaubers.

Viel Glück damit. Ich werde nicht in der Öffentlichkeit in meinem Sport-BH herumwühlen. Und einen lebensrettenden Glücksbringer gebe ich auch nicht einfach so her. Er gehört mir.

»Nein«, sage ich bestimmt und setze ein Lächeln auf. Ich habe es satt, höflich zu sein.

Oh-oh, das gefällt ihr nicht.

Der Finger, immer noch auf mich gerichtet, wandert nach oben und bohrt sich in mein Gesicht. »Hören Sie, Miss. Vielleicht sind Sie bereit, unsere Hexen zu töten, ohne mit Konsequenzen rechnen zu müssen. Und wenn Sie bereit sind, Ihren lieben Vampirfreund zu töten, eine Kreatur, die Sie als Familienmitglied bezeichnet haben, dann ist es offensichtlich, dass Sie keine Moral haben.«

Ich zucke zusammen. Mein Herz rast, und wie von selbst wandert meine Hand zu der Waffe, die mir am nächsten ist, einem Dolch, der an meinem rechten Oberschenkel befestigt ist. *Wie kann sie es wagen?! Eine Klinge im Auge wäre das perfekte Accessoire für diese Kuh.*

Es ist erst ein paar Stunden her, und natürlich benutzen sie schon Justins Tod, um mich zu treffen. Das ist der tiefste aller Tiefschläge.

Der Höllenhund stellt sich zwischen uns, hindert mich daran, näher zu kommen, und knurrt. »Hey. Hör zu, Hexe! Das ist mein Tatort, und bis wir die Rasse des Verdächtigen kennen, bleibt es auch mein Tatort. Ich habe das Sagen. Ich weiß nicht mal, wer zum Teufel du bist. Die Henkerin hat alle meine Fragen beantwortet und ich entlaste sie. Wie du gerade gesagt hast, hatte sie einen langen Tag. Und du wirst einer Kreatur, die über dir steht, Respekt zollen und deine Zunge im Zaum halten.« Sein Kopf neigt sich zur Seite, in seinen Augen lodern rote Flammen. Das Orange-rot überwiegt das Grün. Es ist beängstigend und lässt selbst mich innehalten. »Es sei denn, du hast eine große Liebe für Kindermörder?«

Meine Maske sitzt fest, aber die Hexe zuckt zusammen und wird ungesund blass.

»Nein, natürlich nicht«, stottert sie. »Ich würde niemals ...«

Ihre Worte verstummen, als John sich näher zu ihr beugt und sie mit seiner Größe in die Enge treibt. »Wenn du meine Geschichte kennst, weißt du, dass ich ein Problem mit jedem habe, der es wagt, ein Kind zu töten.« Seine Stimme ist ein kehliges Knurren.

Der ganze Körper der Hexe zittert, und es würde mich nicht wundern, wenn sie sich ein bisschen einpinkeln würde. John ist so beängstigend intensiv.

»Gut. Ich bin froh, dass die Henkerin keine Probleme mehr mit deiner falschen Meinung haben wird. Behalte das«, er macht eine schnippende Bewegung gegen seine Lippen, »für dich. Du machst dich lächerlich. Und jetzt verschwinde endlich!« Er nickt in Richtung ihres Wagens. »Los, hau ab!«

Sie öffnet und schließt ihren roten Mund, starrt mich an und geht ohne ein weiteres Wort zu ihrem Auto zurück.

Das war schön.

»Meine Freundin ist schwanger, Kinder sind ein heikles Thema«, erklärt John, während wir sie anschauen. Es ist, als würde er mit sich selbst sprechen. »Für sie versuche ich, ein besserer Mensch zu sein.«

»Glückwunsch«, murmle ich.

»Wirklich? Ich weiß nicht. Ich hatte noch nie in meinem Leben so viel Angst.« Er lacht traurig, schüttelt den Kopf und fährt sich energisch mit den Fingernägeln durch das kaum vorhandene Haar. »Du kannst gehen.«

»Danke für deine Zeit.«

Nach allem, was ich gesehen habe und was Forrest über ihren Bruder gesagt hat, ist der Wolf ein Weltklasse-Arschloch. Unsere Interaktion hat mich verwirrt, aber was immer ich getan habe, um seine Hilfe zu bekommen, werde ich als Sieg verbuchen.

Ich schleiche zurück zum Defender. Als ich einsteige, fallen mir all die Mikrokameras draußen ein.

»Das war interessant«, flüstere ich und stecke sie wieder in ihre Box. Während ich dort sitze, räumt das magische Gefahrgut-Team auf. Ein Techniker geht von Haus zu Haus, um die Trümmer mit Zaubersprüchen zu beseitigen und die zerbrochenen Fenster zu reparieren. Ein anderer verarztet alle, die es nötig haben – soweit ich sehen kann, gibt es nur ein paar blaue Flecken und Schnittwunden. Nach einer Viertelstunde sind sie fertig und brechen auf. Ihre Geschwindigkeit ist atemberaubend. John gibt ihnen ein Zeichen, die Absperrung zu entfernen und die Straße wieder freizugeben. Ja, einfach so, das Chaos ist beseitigt, alles ist wieder wie neu. Ich denke, es ist Zeit für mich, nach Hause zu gehen, bevor noch etwas schiefgeht.

Kapitel Dreiundzwanzig

Ich stelle den Defender ab und schaue auf mein Haus, während der Motor weiterläuft. Ich zögere, zu Dexter zu gehen, weil er wegen mir verletzt wurde und fast gestorben wäre. Ich will Story nicht in die Augen sehen, obwohl ich mehr hätte tun können, um unseren Freund zu retten, anstatt ihn zu töten.

Ich schäme mich so sehr.

Hätte ich mich nicht auf meine eigenen Bedürfnisse konzentriert, hätte ich vielleicht die Anzeichen gesehen, dass mit Justin etwas nicht stimmt. Und dann ist da noch dieses Schuldgefühl, nicht nur wegen seines Todes, sondern auch, weil ich so erleichtert bin, dass es in diesem Haus keine Erinnerungen an ihn gibt. Ich schüttle den Kopf. Was für eine Psychopathin denkt so? Ich bin es. Ich bin so eine Idiotin.

Als ich die Haustür öffne, summt die Station leise unter meiner Hand. Sie hat es nicht gut überstanden, dass den ganzen Tag Bauarbeiter ein- und ausgegangen sind. Ich muss sie reparieren. Vor allem jetzt, nachdem ich alle verärgert habe.

Ich habe keine andere Station diesen Kalibers. Meine letzten beiden habe ich Matthews Mutter gegeben – der Mutter des Jungen, den wir gerettet haben. Sie hatte solche Angst. Ich konnte nicht anders. Es war es wert, der Familie ein Gefühl von Sicherheit zu geben. Aber ich habe es vermasselt und muss bald, in den nächsten Tagen, eine dauerhaftere Lösung finden.

Frustriert puste ich durch die Nase, während ich durch den Flur schlendere. Es wird schwierig werden, eine Hexe aus dem Haus zu locken. Zweifellos bin ich verbannt, auf die schwarze Liste gesetzt und zur unerwünschten Person erklärt worden.

Aber egal. Ich werde einen Weg finden.

Anstatt nach oben zu eilen, um nach meinen Freunden zu sehen, schiebe ich es wie ein Feigling noch ein paar Minuten hinaus. Ich kämpfe mich nach oben und gehe in den hinteren Teil des Hauses. Mein Magen zieht sich zusammen und ich krümme mich, als die Last von oben und das, was ich zu tun habe, erdrückend werden. Meine Stiefel wirbeln Gipsstaub auf.

Die Bauarbeiter sind gut vorangekommen. Die Küche ist fertig und kann bald eingebaut werden. Alles ist verputzt und kann gestrichen werden. Sie haben gute Arbeit geleistet, obwohl ... ich halte inne. An einer versteckten Fensterkante muss die Kittfuge erneuert werden. Ich mache eine kurze Notiz und gebe sie dem Vorarbeiter.

Ich schlendere den Gang entlang. Die Treppe sieht toll aus. Der Schreiner hat das neue Geländer mit den Stützpfosten angebracht. Meine Hand zittert, als ich das Holz berühre. Es glänzt unter meinen Fingern. Das Design entspricht genau der Zeichnung, mit einem modernen Touch und doch sehr traditionell.

Ich steige die Treppe hinauf. Jeder Schritt fällt mir schwer. Die Spitzen meiner Stiefel schaben auf jeder Stufe, als würde jeder Fuß eine Tonne wiegen. In meinem Zimmer angekommen, ziehe ich leise die Stiefel aus und schleiche durch den Raum. Meine Socken versinken im Teppich.

Ich betrachte die ganze Koboldgruppe auf meinem Bett, die sich an Dexter kuschelt, der noch schläft.

Page lehnt an der Seite meiner Monsterkatze und liest in einem Buch, und Novel liegt auf dem Bauch, die Beine hinter sich ausgestreckt, einen Stift zwischen den Zähnen. Sie scheinen ihre Hausaufgaben zu machen und stützen sich dabei auf Dexters Schwanz. Jeff spielt mit Kopfhörern ein Spiel auf seinem Handy und Story sitzt zwischen Dexters Vorderpfoten, während Ralph mir freundlich zuwinkt.

Ich winke zurück und meine Aufmerksamkeit ist wieder bei Dexter. Ich schaue ihn an. Er sieht okay aus. »Geht es ihm gut?«, flüstere ich.

Story lächelt mich erleichtert an und nickt. »Er war vorhin wach und hat etwas gegessen. Das Eisen hat ihn ziemlich mitgenommen.«

Eisen. Wie um alles in der Welt ist Justin an ein Eisenmesser gekommen? Eine von vielen unbeantworteten Fragen, die mich für den Rest meines Lebens quälen werden.

»Hi, Tru.« Page strahlt mich an und wirft mir einen Kuss zu. Ich erwidere ihn. Sie kichert und schaut wieder in ihr Buch. Etwas in mir entspannt sich. Sie sind nicht schreiend weggelaufen. Ich bin bei meiner Familie und sie sind in Sicherheit.

Jeff nimmt seine Kopfhörer ab, wölbt die Brust vor und schaut mich ernst an. Sein rosiges Gesicht ist so süß und aufrichtig, als er sagt: »Tru, es tut mir leid, dass du Justin den Kopf abschneiden musstest. Wir lieben ihn immer noch, aber es tut mir leid, dass er ein Bösewicht war.«

Ich zucke zusammen, als hätte er mir eine Ohrfeige gegeben. Mir wird schwindelig. »Ähm. Was?« Entsetzt blinzle ich schnell und wende mich hilfesuchend an Story. Was zum Teufel soll ich antworten?

»Du hast sie verärgert«, sagt Novel und tritt ihren Bruder.

»Au!«, schreit Jeff.

Story zuckt mit den Achseln und steht auf. »Nicht treten«, ermahnt Novel sie. »Jeff, du musst lernen, taktvoller zu sein. Deine Bemerkung war zwar gut gemeint, aber nicht nett.« Im Vorbeigehen zupft sie an dem dunkelrosa Haar ihres Sohnes.

»Tut mir leid«, brummt Jeff.

»Ich werde sie nicht anlügen. Die Welt ist hart, für uns härter als für die meisten anderen Lebewesen. Wir haben kein leichtes Leben. Fae müssen so schnell erwachsen werden. Wir müssen. Wir sind durch unsere Größe eingeschränkt, ein falscher Schritt und wir sind so gut wie tot.«

Ich kann nicht glauben, dass sie es so unverblümt gesagt hat. Unbewusst kaue ich an meinem Daumennagel, während mein Herz rast.

»Ich bin so ehrlich, wie ich nur sein kann. Wenn ich ihnen nicht die Wahrheit sage, wer dann? Für uns ist die Wahrheit schließlich unsere Sicherheit. Wenn wir ihnen nicht die Wahrheit sagen, besteht die Möglichkeit, dass jemand sie gegen sie verwendet. Sie haben Justin sehr geliebt und tun es immer noch. Sie müssen verstehen, dass man hassen kann, was jemand getan hat, und ihn trotzdem lieben kann. Die Lektion, die man aus Verrat lernt, ist eine wichtige Lektion fürs Leben. Ich wollte dem zuvorkommen, denn irgendwann würden sie mich fragen, wo er ist oder warum du so traurig bist. Es tut mir leid, dass ich dich nicht gewarnt oder vorher mit dir gesprochen habe. Aber so sind wir nun einmal.«

Seit wann ist Story so weise? Ich habe wieder diesen verdammten Kloß im Hals. Ich nicke und krächze: »Okay.«

»Außerdem war es in den Nachrichten«, sagt Ralph.

O nein. Ich reibe mir das Gesicht.

»Große Nachrichten. Du weißt ja, wie sie sind, wenn es um dich geht«, beendet Story den Satz.

Ich weiß, und es ist meine Schuld, dass ich meine Reise damit begonnen habe, die Medien zu benutzen, um den Wandler-Rat dazu zu bringen, mich in Ruhe zu lassen. Seitdem bin ich immer eine Meldung wert.

»Morris?«, frage ich.

»Er weiß Bescheid. Ich habe ihn vor allen anderen angerufen. Er gibt dir nicht die Schuld. Er gibt sich selbst die Schuld. Er wohnt noch in unserer alten Wohnung. Er sagt, er zieht Ende des Monats aus.«

»Das muss er nicht«, murmle ich.

»Nein, das muss er nicht, aber er wird es tun, und dann

sollten wir das Haus verkaufen. Ich dachte, wenn wir die Hypothek abbezahlt haben, könnten wir den Erlös für die Opfer verwenden und in der Zwischenzeit vielleicht Petras Beerdigung bezahlen.«

Ich nicke. »Das ist eine gute Idee, danke.«

»Ich werde mich mit Ava um alles kümmern. Du musst etwas essen. Abendessen ist im Kühlschrank, aber du musst es aufwärmen. Mach nicht so ein Gesicht! Keine Widerrede! Und wir bleiben heute Nacht bei dir.«

»Übernachtung«, flüstert Page, die Nase immer noch im Buch.

»Das musst du nicht.«

Story springt in die Luft und fliegt quer durch den Raum in Richtung Badezimmer. »Hör auf, dich selbst zu bestrafen. Du musst dich ausruhen, essen und Zeit mit uns verbringen. Ich lasse dir ein Bad ein. Wir schlafen heute alle hier und Ralph hat sich freiwillig gemeldet, um auf uns aufzupassen.«

Eine Nacht mit Fae. Ich stelle meine Stiefel in die Garderobe, ziehe mich um und folge Story ins Bad. Sie hat schon den Hahn aufgedreht und lässt das Wasser laufen.

»Ich bin wütend«, sagt Story, jetzt, da sie außer Hörweite der kleinen Ohren ist. Sie lehnt ihre Stirn an eine kühle Fliese, der Dampf aus der Wanne umhüllt sie und benetzt ihre schönen Flügel. »So verdammt wütend.«

Ich verziehe das Gesicht, und sie winkt ab, was auch immer sie in meinem Gesicht sieht. »Ich bin nicht wütend auf dich. Ich bin wütend auf Justin. Er hat so viel Schmerz verursacht. Siehst du die Kinder?« Sie zeigt auf die Tür. »Ohne dich gäbe es sie nicht, sie wären nie geboren worden, wenn du mir nicht das Leben gerettet hättest. Vielleicht hätte ich diesen Tag nicht überlebt. Weißt du, wie viele Fae sterben? Nicht einmal fünf Prozent erreichen das Erwachsenenalter. Wir werden als Ungeziefer betrachtet, nicht als Lebewesen. Ich habe drei wunderschöne, gesunde Kinder.« In ihren saphirblauen Augen schimmern Tränen. »Und das alles verdanke ich dir und diesem wunderbaren Leben.«

Story hält meine Hand fest, um mich am Sprechen zu hindern. »Justin hat uns alle betrogen. Was hat er sich nur dabei gedacht? Diese albernen Vampirspiele. Anstatt darauf zu vertrauen, dass du das Richtige tust und ihm hilfst, hat er versucht, unseren Beithíoch zu töten. Ich habe gesehen, wie er aus reiner Bosheit und Hass auf unseren Dexter eingestochen hat. Ohne Grund.« Sie schüttelt den Kopf. »Manchmal rettet man Menschen und manchmal retten sie einen. Manchmal sind sie innerlich so gebrochen, dass es Wahnsinn wäre, es überhaupt zu versuchen. Er muss all die Jahre so kaputt gewesen sein.« Sie nickt, um zu sehen, was ich denke, und schüttet etwas Schaumbad ins laufende Wasser.

Ich eile ihr zu Hilfe. Die Flasche ist größer als sie selbst.

Sie kommt auf mich zu und streichelt mir über die Wange. »So, Stinker, jetzt riechst du wie eine gegrillte Hexe. Ab in die Badewanne!«

»Igitt«, kichere ich. »Das ist einfach eklig. Ich hatte Hunger, aber jetzt werde ich eine Woche lang nichts essen, wenn ich mir das vorstelle.« Ich kratze mich am Kopf, kleine Schmutzpartikel regnen auf die Fliesen. Story hat recht. »Danke, Story.«

»Immer.« Sie lächelt traurig und huscht aus dem Bad.

Ich drehe den Wasserhahn zu, entferne den Beutel von

meinem Oberschenkel. Dann nehme ich alle meine Waffen heraus und stecke sie in den Seidenbeutel. Später muss ich alles reinigen.

Wie ein Herzschlag pocht der Dämonenkuss auf meiner Hand. Seit Kleric die Druckerei verlassen hat, ist er mein ständiger Trost und erinnert mich daran, dass ich nicht allein bin. Dass mein Dämon die ganze Zeit still über mich gewacht hat.

Hast du alles gesehen? Ich lasse mein schweres regenbogenfarbenes Haar aus dem Zopf fallen.

Ja, seine Stimme ist eine sanfte, warme Rauheit in meinem Kopf. *Der Höllenhund hat recht. Du hast alles gut gemeistert. Für einen Moment dachte ich, ich hätte dich verloren.*

Es tut mir leid.

Bitte riskiere nie wieder dein Leben! Hör auf Story! Du weißt, dass sie recht hat. Die Welt ist besser, wenn du da bist. Meine Welt ist besser, ich kann dich nicht verlieren, Tru. Seine Stimme wird zu einem schmerzlichen Flüstern.

Ich habe dich verletzt. Ich war ... ich bin wirklich verwirrt.

Du musst nichts erklären. Ich verstehe dich.

Ich kenne ihn noch nicht lange, aber ich glaube ihm. Der Dämon versteht mich. Er hat viel Zeit in meinem Kopf verbracht, hat durch meine Augen gesehen und meine verrückten inneren Monologe gehört. Es muss das Band zwischen Partnern sein, das ihn zwingt, in meiner Nähe zu bleiben, denn es ist unmöglich, dass mich jemand mag, nachdem er all das gehört hat.

Können wir später reden?

Ich bin da, wenn du mich brauchst.

Ich ziehe meine schmutzige Arbeitskleidung aus. *Nicht gucken*, sage ich und er stöhnt. Ich erröte, lache und zwinge mich, die Hülle wieder um meinen Geist zu legen, um meinen Dämon vor meinen inneren Gedanken und meiner baldigen Nacktheit zu schützen. Ich hole den Gary-Chappell-Anhänger aus seinem Versteck, streichle liebevoll die schwarze Katze und stecke ihn in meine Tasche, um ihn sicher aufzubewahren. Ich lege den Seidenbeutel auf das nächste Regal und schlüpfe aus meiner Unterwäsche.

Dann gleite ich stöhnend in das heiße Bad.

Mist, wie konnte das nur so schiefgehen? Früher habe ich wenigstens auf mich und mein Urteilsvermögen vertraut, jetzt zweifle ich an allem. Ich bin kein guter Menschenkenner. Meistens hasse ich alle, also war das kein großes Problem. Ich habe mich nie jemandem genähert, und vor Story hatte ich nie Freunde. Am Anfang habe ich mich wie ein Mensch verhalten und hatte zu viel Angst, jemanden an mich heranzulassen. Ich hatte Angst, mich zu öffnen und Freunde zu finden, weil ich dachte, dass sie mich dann umbringen würden.

Als die Welt dann von meiner Herkunft erfuhr, von meiner hybriden Natur ... es ist schwierig, Freunde zu finden, wenn alle denken, man sei ein Freak. Mir fehlen die Fähigkeiten, um Freunde zu finden. Je älter ich werde, desto schwieriger und komplizierter wird es. Jetzt muss ich mich fragen: Bin ich zu vertrauensselig? Oder zu misstrauisch?

So wie die Dinge stehen, verspüre ich den starken Drang, die Fae zu schnappen und in die Dämonenwelt auszuwandern, um dort mit Kleric zu leben. Würde es mich retten, dieses Chaos hinter mir zu lassen, oder würde ich vor meinen Problemen davonlaufen? Vor mir selbst.

Nein. Ich kann Storys Truppe nicht in die Welt der Dämonen mitnehmen. Nach dem, was ich durch Klerics Kinderzimmerfenster gesehen habe – die Mauer, die er für mich im Gefängnis gemalt hat – ist das kein sicherer Ort.

Ich sinke tiefer in die Wanne, das Wasser spritzt mir übers Kinn.

»Justin«, sage ich zum Universum. »Ich liebe dich und es tut mir leid, dass ich dich nicht vor dir selbst retten konnte. Es tut mir leid, dass ich dich nicht vor mir retten konnte.«

Habe ich das Richtige getan? Wenn mir jemand die ganze Situation schildern und mich um Rat fragen würde, wäre ich die Erste, die schreien würde: »Töte ihn!« Aber vielleicht bin ich das. Ich war schon immer merkwürdig, blutrünstig. Es ist nicht einmal der Vampir, es ist das Einhorn in mir.

Ich tauche unter Wasser, mein Haar fließt um mich herum, das Badewasser sprudelt, während ich meinen Schmerz hinausschreie.

Ich könnte mein ganzes Leben damit verbringen, seine Motive zu verstehen, seine Erinnerungen zu analysieren, und am Ende würde ich immer wieder darauf zurückkommen, was Justin Petra und Dexter angetan hat.

Was er getan hat, ist auf so vielen Ebenen falsch.

Ich muss verdrängen, was passiert ist. Sonst werde ich verrückt, weil ich nicht weiß, was Justin wirklich dazu getrieben hat. Er ist nicht eines Tages aufgewacht und hat sich gesagt, er will das Blut eines Kindes. Es war ein schleichender Prozess, vielleicht hat er die falschen Leute getroffen, vielleicht war er krank.

Ich habe es nicht bemerkt. Ich habe die Anzeichen nicht gesehen, und das ist meine Schuld.

Als meine Brust vor Sauerstoffmangel brennt, tauche ich keuchend auf.

Ich liege im Wasser und denke an alles Mögliche. Ich muss essen, meine Waffen säubern und um Nachschub bitten.

Als das Bad zu kalt wird, steige ich aus und springe unter die Dusche, um mich zu waschen und mein Haar zu pflegen. Dann ziehe ich mich um und schlüpfe in meine bequemen Kleider.

Im Schlafzimmer streiten sich die Elfen darüber, welchen Film wir uns ansehen wollen. Ein lautes Miauen ertönt und für einen Moment wird es still. »Nein, Dexter«, sagt Novel vornehm. »Du hast kein Stimmrecht, weil du immer nur *Findet Nemo* sehen willst.«

Alle kichern.

Ich lächle ein wenig. Das Leben geht weiter.

Kapitel Vierundzwanzig

Riesige graue Kreaturen, über zwei Meter hoch und gebaut wie menschliche Panzer – Panzer mit Schwänzen, Flügeln, Hörnern und Krallen so lang wie meine Wurfmesser – ragen über mir auf. Sie sehen aus wie die Wasserspeier an den Häusern, nur riesengroß und mit einem Maul voller Zähne, gegen die meine Reißzähne niedlich aussehen.

Es ist fast unmöglich, sie zu bekämpfen, aber auch sie haben ihre Schwächen. Wenn man ihnen ein Messer durchs Auge, hinters Ohr und ins Gehirn rammt, funktioniert es. Auch am Hals gibt es eine empfindliche Stelle.

Alle drei grinsen mich an und zeigen mir ihre schönen Zähne.

Ich grinse zurück. »Ich habe neue Spielsachen.« Ich hole meine neuen Klingen heraus und lege sie vorsichtig auf

Franks Waffenbank. »Xander hat sie mir geschenkt. Sie sind von Engeln gemacht.«

Die drei Gargoyles bewegen sich wie eine Person und schubsen sich gegenseitig, um einen genaueren Blick darauf zu werfen.

»Die sind irgendwie rosa«, sagt Jonathan und rümpft angewidert die Nase. Mit einem krallenbewehrten Finger stößt er auf eines der blassrosa Einhörner und lässt die Klinge kreisen.

»Ja, die sind nicht gerade unauffällig«, stimmt Stanley zu.

Was wissen die schon? Am liebsten würde ich die Waffen sofort in die Hand nehmen und sie umarmen. Ich liebe die Muster auf den Schwertern.

»Warum gibt der Engel dir Schwerter mit niedlichen Vampir-Einhörnern drauf?«, fragt Jonathan.

»Er hat meine Klinge halbiert. Er schuldet mir was.«

»Es heißt, er schuldet dir mehr als nur ein Schwert«, sagt Stanley.

Ich mache eine Handbewegung, als würde ich mir den Mund zuhalten.

»So ist das also, Kleine? Wir erfahren nichts aus der Gerüchteküche der großen, bösen Henkerin. Du bist langweilig geworden, seit du deinen neuen Job hast«, neckt mich Jonathan.

»Kleine? Wen nennst du hier Kleine? Ich bin groß genug«, knurre ich.

»Bestimmt fünfzig Zentimeter kleiner als ich, du kleines Einhorn.«

»Ich kann mich wandeln und du kannst sehen, wie klein ich bin, wenn ich dir ins Gesicht trete.«

Jonathan grinst. »Daran habe ich keinen Zweifel. Wir haben dich vermisst. Ich bin so froh, dass du uns heute besuchen kommst. Sonntag ist der perfekte Tag, um mir in den Arsch zu treten.«

Frank räuspert sich und schüttelt den Kopf. »Hat Xander dir von ihrer Geschichte erzählt? So einen Stil habe ich noch nie gesehen.« Er nimmt ein Schwert in die Hand. »Sie sehen aus wie ...«

Und meine Augen werden glasig, und mein Gehirn schaltet sich aus, weil ich mich zu Tode langweile, während sie verschiedene Schwerttypen aufzählen – ein bisschen hiervon, ein bisschen davon. Ich gähne. Es erinnert mich daran, wie ich mich gefühlt habe, wenn mein Großvater von einer bestimmten Waffe schwärmte. Langweilig.

Als Auftragskillerin sollte ich mich für solche Dinge begeistern können, für die Werkzeuge meines Handwerks und all das. Aber wenn ich etwas finde, das für mich funktioniert, dann ist mir der Name egal und ich bleibe dabei. Ich mag keine Veränderungen. Es scheint mir auch einfacher zu sein, bei dem zu bleiben, was ich kenne. So entwickelt man das beste Muskelgedächtnis.

Ich habe das Schwert, das Xander in zwei Teile zerschnitten hat, nicht ersetzt, weil ich es schon seit meiner Kindheit besitze. Ich habe versucht, das übrig gebliebene Zwillingsschwert als einem Dolch zu benutzen, aber es war nicht dasselbe und meine Reichweite eingeschränkt. Ich habe Monate damit verbracht, einen Ersatz zu finden. Und dann kam natürlich Xander.

Ich hasse es, dass ich diese neuen Waffen liebe. Sie sollten sich nicht so perfekt in meinen Händen anfühlen, zumal sie ein Geschenk des Engels sind. Ich greife wieder ins Gespräch ein. Frank und Stanley streiten über das Design.

»Reden wir hier über Design oder trinken wir Tee und essen Kekse?« Ich lehne mich zwischen sie und drücke mit einem Finger auf die nächstgelegene Klinge, um einen kleinen Impuls meiner seltsamen Magie durch den Griff zu schicken. »Die Geheimnisse dieser Schwerter werden sich nicht von selbst offenbaren. Helft ihr mir, sie zu testen?« Ich lache, als die Gargoyles alle *Oh* und *Ah* rufen, als die Klinge schwarz wird.

»Das ist Stein«, sagt Stanley.

»Das ist so felsenfest.«

»Was hast du noch mal gesagt, dass meine Klingen fast unsichtbar sind? Hm?« Ich grinse ihn an.

»Die benutzen Magie.« Franks riesige graue Hände bewegen die schwarze Klinge, um das Licht einzufangen. Kein Funkeln. Das schwärzeste Schwarz, das es gibt. Als würde ein schwarzes Loch das umgebende Licht einsaugen. »Tru, warum hast du nicht einfach den Engel gefragt?«

»Pfft.« Ich schüttle den Kopf. »Der ist ein Arschloch.«

»Ja, das ist klar.« Jonathan erwidert meinen Faustschlag.

»Was hast du bisher gelernt?«, fragt Frank mit funkelnden grauen Augen.

»Ich kann einen Schild machen.«

»Zeig es mir!«

Wir kämpfen stundenlang. Die Gargoyles haben ihren Spaß, während sie abwechselnd auf mich einschlagen und auf den Blasenschild hämmern. Ich hingegen kann mich kaum verteidigen. Da der Schild in beide Richtungen funktioniert, kann ich ihn nicht durchbohren. Ich muss ihn fallen lassen, um zuschlagen zu können.

Es ist viel zu schwierig für mich, den Schild zu halten, ihn fallen zu lassen und gleichzeitig mit zwei Klingen zu kämpfen. Ich kriege das Timing nicht hin. Ich bin langsam mit den Schwertern und langsam mit dem Schild. Es ist ein Chaos.

Der Tod durch tausend Schnitte – na ja, nicht der Tod, aber ich bin so verdammt müde, dass ich sterben könnte, und ich habe überall am Körper Schnitte in unterschiedlichen Heilungsstadien. Ich trainiere in Stiefeln und Kampfanzügen. Ich bin dafür, mich so anzuziehen, wie ich es auch im echten Training tun würde, aber ich werde dieses ganze Outfit wegwerfen müssen, wenn ich heute fertig bin. Was nie passiert.

Vielleicht habe ich mich ein bisschen mehr geschlagen, als ich sollte. Ich bestrafe mich selbst. Manchmal muss ich mich äußerlich verletzen, um innerlich zu heilen. Ich weiß, es ist falsch und ungesund.

»Ich kann nicht«, jammere ich schließlich. Ich habe fünfzehn Jahre hart gearbeitet, um den Kampf mit zwei Schwertern zu perfektionieren. Ich bin beidhändig, das hilft, aber das hier ... das ist eine neue Dimension der Hölle.

Ich halte den kleinen Schild an der linken Klinge – so breit wie ein Faustschild – und schlage mit der rechten Klinge auf Jonathans Hals. Er wehrt den Schlag ab und schwingt sein Schwert, um den Schild zu treffen. Mein Griff ist völlig falsch – meine Schulter und mein Ellbogen schmerzen. Meine Fäuste, meine Füße, meine Schienbeine – verdammt, mein ganzer Körper – fühlen sich wund an und brummen vor Erschöpfung. Das blutige Schwert ist zu lang und meine Stiefel rutschen unter mir weg.

»Das geht nicht.« Hätte ich den verdammten Schild nicht benutzt, hätte ich ihm schon vor Stunden in seinen steinernen Arsch getreten. »Das Schwert ist das falsche Werkzeug für diese Aufgabe. Es war nie als blöder Schild gedacht.«

»Jonathan, hör auf sie zu schlagen! Tru, lass die Hände oben!«, schreit Frank.

Ich tue, was mir gesagt wird. Mein Gesicht ist finster, meine Arme zittern in der Stresshaltung, der Schweiß läuft mir in die Augen. Frank hält seine Nase nur Millimeter von dem Schwert in meiner linken Hand entfernt. »Die Klingen sind nur der Kanal. Du bist es, nicht die Klingen, die die Magie besitzt.« Er klopft dem Gargoyle auf die Schulter. »Okay, Jonathan, tritt zurück!«

Mit einem Stöhnen lasse ich die bleiernen Arme sinken und drehe beide Handgelenke. Meine Güte, die Gargoyles haben es in sich. »So funktioniert meine Magie nicht. Du weißt, dass ich keine Hexe bin.«

»Nicht nur Hexen haben magische Kräfte. Die Magie der Fae ist im Vergleich noch beeindruckender. Die Dinge, die Fae-Fürsten tun können, würden dich in Erstaunen versetzen, dir das Haar weiß färben, und auch wenn deine Regenbogenmagie im Vergleich dazu klein erscheinen mag, lass dich nicht entmutigen, es zu versuchen. Beschränke dich nicht selbst, indem du denkst, dass du etwas nicht tun kannst, nur weil du nicht weißt, wie es geht.«

»Du bist wie eine Hummel.« Stanley tupft sein Gesicht mit einem Handtuch ab. Wir schauen ihn alle an, und er lächelt verlegen. »Es gibt diesen Mythos, dass

Hummeln nicht fliegen können, weil sie nicht aerodynamisch sind, aber die Hummel weiß das nicht und fliegt trotzdem. Das stimmt nicht. In Wirklichkeit beruht ihre Flugfähigkeit auf der Art und Weise, wie sich ihre Flügel bewegen und winzige Wirbelstürme erzeugen, die sie nach oben tragen.«

Wirbelstürme? Das wusste ich nicht. Ich liebe Bienen, und was Stanley nicht weiß, ist, dass ich vielleicht eine Bienen-Obsession habe. Mit meiner Bienenbettwäsche und meinen Bienentassen, -tellern und -gläsern. Sein Kommentar trifft also den Nagel auf den Kopf. Das ist genau das Richtige.

»Evolution, Baby.« Jonathan nickt weise, schnappt sich ein Handtuch und reibt sich energisch den verschwitzten grauen Kopf.

Stanley verdreht die Augen. »Als Halbblut hattest du niemanden, der dir helfen oder dich führen konnte. Du musstest über den Tellerrand schauen und es versuchen. Du solltest dich nicht wandeln können, aber du kannst es. Du solltest keine Flügel haben, aber du hast sie. Warum kannst du nicht die Magie in dir nutzen, um dich zu schützen?«

»Nun«, sagte Frank, »wenn du einen Blasenschild erschaffen kannst, warum nicht etwas Kleineres, Einfacheres, wie einen Schild auf deiner Haut?«

»Wie einen Regenbogenpanzer. Unsere Magie macht unsere Haut steinhart und undurchdringlich«, sagt Jonathan und klopft sich auf seinen muskulösen Bizeps.

»Wirklich? Meine Haut schützen?« Ich starre ungläubig auf die Gargoyles.

»Ich wüsste nicht, warum nicht, wenn man genug

Magie hat und lernt, sie zu kontrollieren. Dann könntest du auf deine normale Art kämpfen.« Frank reibt sich eine hässliche, dunkel verfärbte Beule am Kinn. Ich habe ihn voll erwischt. »Mit etwas Übung und Zeit könnte man daraus sicher eine Waffe machen.«

»Ach, sag ihr das nicht! Es macht mir so viel Spaß«, sagt Stanley. »Sie ist selten so leicht zu besiegen.«

Jonathan wirft sein Handtuch beiseite. »Los geht's«, brüllt er. »Vergiss den Schild und nimm lieber eine Waffe! Du bist sowieso eher ein Offensivkämpfer. In der Verteidigung bist du eine Niete.«

»Versuch es mit einem Dolch«, schlägt Frank vor. »Genau wie mit dem Schwert, aber statt eines Schildes schärfst du die Klinge.«

Ich zucke mit den Schultern, lege die Schwerter auf die Bank und hole ein robust aussehendes Messer hervor. Ich drehe es in der Hand und denke daran, wie oft ich mein Blut an dieser Waffe abgewischt habe. Sie kann mein Blut nicht trinken wie die Engelsschwerter, aber sie ist schon das ein oder andere Mal mit meinem Blut bedeckt gewesen, das aus den Wunden an meinen Armen getropft ist, sich in meinen Handflächen gesammelt und die Klinge mit meiner Essenz klebrig gemacht hat.

Diese Waffe gehört mir.

Ich schicke einen magischen Impuls durch den Griff und die Regenbogenmagie blitzt auf. Ich denke daran, den Dolch schärfer zu machen, wie einen Laser. Ich schneide mit der Klinge in die Haut seines Unterarms. Ich erstarre, er erstarrt, und wir alle blinzeln, als wir das Blut sehen.

Ich habe einen undurchdringlichen Gargoyle zum Bluten gebracht. Niemand bewegt sich.

Keiner atmet auch nur.

»Scheiße«, sagt Stanley.

»Entschuldigung«, murmle ich.

»Wir sagen keinem ein Wort«, sagt Frank und wir nicken alle.

Ich habe schon genug Ärger am Hals. Wenn jemand herausfindet, dass ich einen Gargoyle zerlegen kann, kriegen wir alle Ärger. Ich bin froh, dass die Jungs hinter mir stehen.

»Okay, versuch's mal ohne den Dolch. Versuchen wir es noch einmal mit dem Schild. Lass die Magie durch einen Arm fließen, wie bei den Klingen.«

Ich lege das Messer weg und lasse die Magie mit einem mentalen Stoß über meine Haut fließen. Es kribbelt. Ich starre darauf. Es ist zu dünn, es fühlt sich nicht richtig an. Ich höre auf meinen Bauch und schichte den Regenbogen, mache ihn mit jedem Durchgang dicker und geschmeidiger wie eine Rüstung. Als ich zufrieden bin, drehe ich mich zu den Wasserspeiern um und nicke ihnen zu.

»Okay.«

Stanley zieht sein Schwert über meinen Bizeps, die Klinge gleitet ab. Ich bin unverletzt. Er wiederholt es noch ein paar Mal. »Weiter so!« Respekt schwingt in seiner Stimme mit. »Erinnere mich daran, dass ich eigentlich nicht gegen dich kämpfen will.«

»Was ist mit Druck?« Ich taste meinen magisch beschichteten Arm ab.

Frank nimmt meine Hand und drückt sie fest.

All die kleinen Knochen in meiner Hand knacken und brechen wie Hühnerknochen. Der Gargoyle zuckt zusammen. »Tut mir leid, Tru.«

»Ist schon gut.« *Au. Au.* »Zumindest wissen wir jetzt, dass die Rüstung nicht unfehlbar ist.« Ich lasse die Regenbogenrüstung fallen und meine Wandlermagie meinen Arm hinunter in meine gebrochene Hand fließen. Das ganze Gliedmaß löst sich auf und ist im Nu wieder wie neu. Der lähmende Schmerz ist nur noch eine ferne Erinnerung. Jonathan starrt auf meine frisch geheilte Hand. »Mädchen, du bist so stark, dass es unheimlich ist.«

»Wow, das war fantastisch«, murmelt Stanley.

Frank nimmt vorsichtig meine Hand und dreht sie um, um sie auf bleibende Schäden zu untersuchen. »Mach eine Faust! Sie ist geheilt. Sieht gut aus. Wann hast du das gelernt?«

»Gestern – nein, vorgestern. Freitagabend.« Ich reibe mir das Gesicht. »Es war eine lange Woche. Gestern habe ich meinen ganzen Körper gewandelt und bin wieder zur Menschengestalt geworden, ohne vorher das ganze Einhorn-Ding zu machen.«

Frank verengt die Augen. »Kannst du dich wandeln, während du dich bewegst?«

»Keine Ahnung.«

Nach einer weiteren Stunde stelle ich fest, dass ich mich nicht von der Stelle bewegen kann, an der ich mich gewandelt habe. Aber mit etwas Übung wird es immer leichter, die Rückwandlung zu kontrollieren, bis ich sie fast ohne nachzudenken ausführen kann. Ich denke, dass der Versuch, mich zu bewegen, eine Herausforderung für einen anderen Tag sein wird.

Ich schlurfe durch die Turnhalle, um mir etwas zu trinken zu holen. Mein Handy klingelt und ich nehme den Anruf auf meiner Privatnummer entgegen. Bei der Arbeit neige ich dazu, alles anzunehmen. »Hallo«, knurre ich. Vielleicht nehme ich ab, aber niemand hat mir gesagt, dass ich professionell sein muss, und ich bin müde.

»Tru? Hier ist Caitlyn.«

Oh, verdammt, was jetzt? Bitte sei okay.

»Hi, Caitlyn«, sage ich leise und freundlich. Ich will nicht, dass das arme Mädchen denkt, ich sei sauer, weil sie angerufen hat. »Wie geht es dir? Bist du in Sicherheit?«

»Es geht mir gut, es geht mir gut. Das Leben ist hart, aber ich bin am Leben. Ich bin bei Freunden untergekommen und habe auf dem Sofa geschlafen. Ich habe vergessen, dass ich mich melden wollte, also melde ich mich jetzt.« Sie lacht schmerzhaft und gibt dann einen selbstironischen Laut von sich. »Ich habe mich gefragt, ob du vielleicht mal Zeit für ein Gespräch hast.«

Ich werfe einen Blick auf die Gargoyles. Stanley und Jonathan bekämpfen sich mit Äxten. Ich lächle über die Kraft von Jonathans Technik. Es ist, als würde er einen Baum fällen. Ich schüttle den Kopf, als er brüllt, und Stanley lacht ihn aus. Ich winke Frank zu, deute auf das Telefon und schleiche aus dem Raum.

»Ich habe jetzt Zeit. Was willst du?«

»Können wir uns persönlich treffen?« Das Telefon knistert und sie lacht ein trauriges Lachen. »Natürlich bist du beschäftigt. Vergiss, dass ich gefragt habe.«

»Nein. Nein, das ist in Ordnung. Ich kann mir Zeit nehmen. Wann und wo wollen wir uns treffen?«

»Wäre morgen früh in Ordnung? Können wir uns auf einen Kaffee treffen, sagen wir um zehn im Lakeview Café?«

»Ja, das ist gut.«

Jetzt, nachdem der neue Putz getrocknet ist und alle Holzarbeiten erledigt sind, werde ich morgen den ganzen Tag nur streichen. Die Arbeit hat mir einen freien Tag verschafft. Ich will die Wände und die Decke der Küche fertig haben, bevor die Bodenfliesen verlegt werden, und da die Fliesen durch den ganzen hinteren Teil des Hauses gehen, muss ich alles streichen. Zweimal. Ich könnte einen Zauberstab benutzen, aber ich freue mich auf die harte Arbeit, es selbst zu tun – therapeutisches Streichen. Außerdem habe ich eine tolle Spritzpistole, die ich ausprobieren möchte.

»Toll. Danke, Tru. Wir sehen uns um zehn.« Wir verabschieden uns, ich trinke mein Wasser aus und gehe zurück in die Turnhalle.

Kapitel Fünfundzwanzig

Es ist einer dieser herrlichen Morgen, eiskalt und wolkenlos bei strahlend blauem Himmel. Ich kann es kaum erwarten, aus dem Haus zu gehen und nach Caitlyn zu sehen. Ihre Sicherheit hat mich die letzten zwei Tage nicht losgelassen. Ich fühle mich verantwortlich für das Chaos, in dem sie steckt, und hoffe, dass wir einen Plan zu ihrem Schutz entwickeln können.

Da ich eine Masochistin bin, habe ich gleich nach dem Training mit den Gargoyles angefangen, das Haus zu streichen. Ich habe bis spät in die Nacht gearbeitet und heute Morgen weiter. Glücklicherweise habe ich große Fortschritte gemacht.

Jetzt habe ich geduscht und trage eine bequeme Jeans und einen Pullover. »Willst du mitkommen?«, frage ich Dexter.

Er drückt seinen großen, harten, rothaarigen Kopf gegen mein Bein. »Reow.« Sein Ton ist voller Abscheu und Vorwurf.

»Das nehme ich als ein Nein.« Ich greife nach meinen Autoschlüsseln, kraule ihm noch einmal hinter dem Ohr und gehe den Flur entlang. »Ich liebe dich. Und Dexter, bleib von den Wänden weg! Wir müssen nicht den Lack von deinem Fell schrubben oder Haare aus dem schönen Lack zupfen.«

»Miau«, klagt er, wirft sich auf den Boden und wedelt mit den Vorderpfoten durch die Luft.

»Jaja, Katzenpfoten sind süß, und es ist mir egal, ob dir die Farbe nicht gefällt. Bleib von meinen Wänden weg!« Ich steche bei jedem Wort in die Luft. »Lass. Die. Farbe. Trocknen.«

Okay, ich bin bereit. Ich will mindestens eine Stunde vor Caitlyn da sein, um mir die Gegend anzusehen und mich zu vergewissern, dass es sicher ist. Mit ein paar Klingen in der Nähe und außer Sichtweite bin ich froh und sicher, dass meine Jeans einen Waffenplatz enthält, auf den ich mich verlassen kann, wenn die Dinge schiefgehen. Ich liebe die Taschengröße so sehr.

Ich runzle die Stirn, als die temporäre Schutzzone um das Haus wackelt, und schärfe meine Sinne. Meine Schätzung von ein paar Tagen war falsch. Wir können froh sein, wenn der Zauber noch eine Stunde anhält.

Mein Kopf schlägt gegen die Eingangstür. »Scheiße«, murmle ich. Ich kann das Haus nicht verlassen, ohne Dexter zu gefährden, und wenn dieser Schutzzauber so schnell verblasst ist, wird der Schutzzauber des Baus auch nicht mehr lange halten.

Mein Magen dreht sich um und meine Intuition meldet sich. Ich kaue auf meiner Unterlippe und denke nach. Ich habe Magie in mir, und gestern habe ich sie mit den Wasserspeiern kanalisiert, um eine Rüstung auf meiner Haut zu erschaffen. *Vielleicht kann ich das noch einmal tun und sie an die Wände kleben?* Eine Regenbogen-Schutzwand erschaffen und ... ja, das wäre toll. Eine Idee formt sich in meinem Kopf, aber ich schüttle sie schnell als Unsinn ab. *Eine Regenbogen-Schutzmauer. Ja, klar.*

Es ist ein großer Unterschied, ob ich ein Schwert oder meine Haut oder ein ganzes Haus schütze.

Und wenn ich mein Blut benutze? Ich keuche und mein Magen dreht sich um, wenn ich daran denke. Blut war schon immer ein Faktor in meiner besonderen Magie, von Engelsflügeln bis hin zu Dämonenkräften. Vielleicht muss ich dieses Haus erst zu meinem machen. *Ja, das ist eine gute Idee. Lass das Haus bluten, Tru!*

Ich kann es versuchen. Meine Lippen zucken. Mir gefällt die Vorstellung, eine Hummel zu sein und das zu umarmen, was mich einzigartig macht. Ich ziehe den gefalteten Beutel heraus und eine Lanzette zur Blutabnahme landet in meiner Handfläche. Ich öffne das Siegel, steche mir in den Zeigefinger, drücke zu und ein Tropfen Blut sprudelt heraus. Jetzt muss ich nur noch die Spezialsoße dazugeben. Ich schließe die Augen und überlasse mich dem kochenden, brodelnden Zauber in meiner Brust.

Komm schon! Mach dein Ding!

Meine Hand mit dem blutenden Finger bewegt sich, ohne dass ich es will. Ich entspanne mich weiter und ziehe mich nicht zurück, als mein Blut die Wand berührt.

Innerlich schreie ich: »Iihhh!«

Wände sind nicht so kompliziert wie das Verdauungssystem eines Vampirs. Oder doch?

Während ich mich konzentriere, spüre ich, wie eine Welle der Kraft von meiner Brust bis in meine blutigen Fingerspitzen fließt. Ich konzentriere mich auf meine Wünsche: das Haus, den Bau und das umliegende Land zu schützen und den eingeladenen Kreaturen, Tieren und Insekten zu erlauben, sich frei und ohne Schaden zu bewegen. Ein undurchdringliches Bollwerk gegen ungebetene Gäste. Ich stelle mir auch eine mächtige Verteidigung gegen alle Wesen vor, die uns schaden wollen.

Ich will, dass sie heftig reagiert.

Vor meinem inneren Auge sehe ich einen Schutzwall, der sich nach und nach um das Haus und das Gebäude zieht.

Die Magie muss tief in die Erde eindringen, wie die Wurzeln eines Baumes, und sich unter der Erde ausbreiten wie ein schützendes Netz, das sich wie Würmer schlängelt und nachwächst, wenn es zerschnitten wird – das Fundament einer Siedlung, die Generationen überdauern wird.

Mir wird schwindelig, mein Herzschlag verlangsamt sich. Der Schmerz in meiner Brust wird unerträglich, als ich alles, was ich habe, in die neue Grenze stecke. *Okay, das reicht.* Ich versuche, mich zurückzuziehen, aber der Zauber lässt mich nicht los.

Der primitive Teil von mir, mein Unterbewusstsein, schreit vor Angst. Ich lasse den Schild fallen und rufe Kleric zu Hilfe.

Blitzschnell erfasst er die Situation. *Lass los, Tru!,* fordert Kleric.

Ich kann nicht.

Doch, du kannst. Es ist deine Magie und du hast die Kontrolle. Ich werde dir helfen.

Der Geruch von Schwefel steigt mir in die Nase und Klerics Dämonenrauch windet sich um mein Handgelenk. Er kitzelt auf meiner Haut, läuft über den Kuss auf meiner Hand und schiebt sich zwischen meinen pochenden Finger und seine Verbindung zum Haus. Der Zauber bricht ab. Ein Druck lässt meine Ohren klingeln und meine Hand fällt kraftlos zur Seite.

Danke. Was hätte ich ohne ihn getan?

Ich öffne die Augen, gerade als Dexter mir eine Kralle ins Schienbein schlägt. Missbilligend sehe ich ihn an. »Au, Dexter.«

Er wirft mir einen bösen Blick zu und trottet in Richtung Küche davon.

Ich ignoriere den missglückten Rettungsversuch meiner Monsterkatze mit einem Kopfschütteln und wende mich dem Schaden zu, den ich angerichtet habe.

»Ähm.« *Wie um alles in der Welt sind die da raufgekommen?* Ich betrachte den Flur und die Blutlinien an den Wänden und der Decke. Ich weiß nicht, was das für eine magische Sprache ist. Es ist weder dämonisch noch hexisch. Nicht, dass ich mich mit Runen auskenne, aber ich habe das Gefühl, eine ganz neue Sprache erfunden zu haben.

Oh-oh.

Was ist das?, fragt Kleric.

Unser neuer Schutz. Hoffe ich. Ich zucke zusammen und kratze mich am Hals.

Es ist wunderschön.

Wunderschön? Mein linkes Auge zuckt. Sieht er nicht das Blut an den Wänden? Es tropft! Ich kneife die Augen zusammen und hole tief Luft. Dann reiße ich die Haustür auf und stolpere in die Einfahrt. Vielleicht ist der Blick nach draußen weniger beängstigend?

Der neue Schutzzaun um das Haus streichelt meine Haut. Der alte Stein knirscht unter meinen Stiefeln, als ich ein paar Schritte gehe und mich umdrehe.

Oh, wow.

Ich neige meinen Kopf in den Nacken. Was für ein Anblick.

Siehst du das?

Ja, ich weiß nicht, wie du das gemacht hast, aber du hast gute Arbeit geleistet.

Der Regenbogenzaun glitzert im Sonnenlicht und wenn ich die Augen zusammenkneife, kann ich sehen, wie er sich um die Grundstücksgrenze legt. Er schützt sogar die Bäume.

Meinst du, es ist sicher?

Wunderschöne Chimäre, das ist deine Magie. Natürlich ist es sicher.

Etwas beruhigt schaue ich in den Flur, und das Blut an den Wänden beginnt zu verblassen. Es wird aufgesaugt. In Sekundenschnelle ist es verschwunden. Ich reibe mir das Schlüsselbein. Die Magie in mir scheint sich erschöpft zu haben, und es tut weh, als hätte mir ein wütendes Einhorn in die Brust getreten.

Ich muss los. Ich bin mit Caitlyn verabredet.

Sei vorsichtig! Tru, warte! Du hast viel Kraft verbraucht. Hier! Klerics Rauchmagie kommt aus dem Nichts, und ich kann nicht anders, als nervös nach draußen zu schauen, wo Dämonenmagie eingesetzt wird. Eine Ampulle mit warmem, dunkelgrünem Blut fällt in meine Hand.

Danke.

Viel Spaß!

Spaß. Ich schütte das Blut runter – ich schwöre, sein Blut schmeckt wie Schokolade – und beeile mich, in den Defender zu steigen. Während ich die Mauer wieder zwischen uns schiebe, schicke ich Story noch schnell eine SMS, um sie über unser neues Sicherheitssystem mit Regenbogeneffekt zu informieren. Das Leben wird immer seltsamer.

Kapitel Sechsundzwanzig

Auf dem kleinen Parkplatz am See stehen nur drei Autos. Im Sommer ist es sehr voll und man findet keinen Parkplatz, aber an einem Montagmorgen im Winter ist es ruhig. Sehr ruhig.

Ich gehe in die entgegengesetzte Richtung des Cafés. Der feste Asphaltweg, auf dem ich mich befinde, führt mehrere Kilometer um den See herum. Die Gegend ist offen, das Gras auf beiden Seiten des Weges fällt ab, und in der Ferne sieht man nur ein paar kümmerliche Bäume. Caitlyn hat diesen Ort für das Treffen klug gewählt, denn der Salzwassersee wird nur minimal überwacht.

Ich setze mich auf eine Bank mit Blick auf den See, die Straße und den Parkplatz und beobachte schweigend. Es ist lange her, dass ich einfach nur dagesessen und die Welt an mir vorbeiziehen lassen habe. Ein paar Hundebesitzer und ein einsamer Jogger sind unterwegs. Seine Turnschuhe sind fast durchgelaufen. Ich sehe nichts und niemanden, der mir verdächtig vorkommt.

Ich war nicht mehr hier, seit ich ein kleines Mädchen war und mein Großvater mich mitgenommen hat, um mir ein seltenes Abenteuer zu bieten. Ich lächle. Meine Kindheit war nicht normal, aber mein Adoptivgroßvater hat sich wirklich Mühe gegeben. Heute ist das Bootshaus verschlossen. Aber in den wärmeren Monaten wimmelt es auf dem See von kleinen Ruder-, Tret- und Motorbooten, die man mieten kann. Die Motorboote sind ziemlich alt – sie müssen älter sein als ich –, und wenn sie langsam über den See tuckern, machen sie ein eigentümliches, schnaufendes Geräusch.

Mein Großvater hat mir immer erzählt, dass im See eine wunderschöne Meerjungfrau lebt. Ich war ziemlich enttäuscht, als ich herausgefunden habe, dass der See nur einen Meter tief ist, viel zu flach für eine Meerjungfrau.

Ich stehe auf und mache mich auf den Weg zum Café.

Das Lakeview Café hat eine charmante weiße Holzfassade mit einem grauen Schieferdach und großen Bogenfenstern, die einen wunderschönen Ausblick bieten. Rings um das Café stehen Picknicktische, von denen aus man wunderbar die Landschaft genießen kann. Auf der linken Seite befindet sich ein Kinderspielplatz, der mit einem schwarzen Geländer eingezäunt ist.

Die doppelte Glastür ist mit einer dunkelblauen Markise verziert. Ich öffne die Tür und die Glocke darüber läutet. Wie die alten Boote sind auch die Tische und Stühle aus dunklem Holz noch genau so, wie ich sie in Erinnerung habe. Wie nostalgisch. Ich schaue mich nach Caitlyn um, aber ich bin zu früh, und wie erwartet ist sie noch nicht da.

Es gibt eine neue Edelstahltheke mit diesen Selbstbedienungsvitrinen aus Glas. Da sie gerade leer sind, gehe ich zur Hauptkasse.

»Guten Morgen. Was darf es sein, meine Liebe?«, sagt die freundliche Verkäuferin mit der Schürze hinter der Kasse.

Ich lächle sie an. »Guten Morgen. Kann ich bitte eine Kanne Tee haben und ... oh, ist das Karottenkuchen?«

Sie nickt. »Da wir außerhalb der Saison sind und nicht so viele Besucher haben, ist der Karottenkuchen hausgemacht.«

»Hausgemachter Karottenkuchen zum Frühstück. Wie könnte ich da widerstehen? Ein Stück davon zum Tee wäre wunderbar. Danke.« Nachdem ich jahrelang den gleichen Job wie diese Dame gemacht habe, bin ich besonders nett. Ich weiß, wie es ist, wenn ein Kunde freundlich ist. Das kann einem den Tag versüßen, und wenn sie schrecklich sind, verziehe ich innerlich das Gesicht. Sagen wir einfach, es ist kein Wunder, dass ich mich für das Killergeschäft entschieden habe. Die Arbeit im Dienstleistungssektor kann einen zum Mörder machen.

Die Dame tippt meine Bestellung ein und ich gebe ihr einen Zwanziger. »Ich habe eine Freundin, die mich begleiten möchte. Wäre es in Ordnung, wenn Sie ihre Bestellung davon mitbezahlen?«

»Sicher, kein Problem, meine Liebe. Wenn Sie sich setzen möchten, bringe ich Ihnen Ihr Getränk und den Kuchen.«

Ich lächle ihr dankbar zu, während sie sich beeilt, meine

Bestellung fertigzustellen und einen Tisch im hinteren Bereich zwischen zwei großen Bogenfenstern mit Blick auf den See und den asphaltierten Weg auszuwählen. Die Fenster bieten mehr Fluchtmöglichkeiten als der traditionelle Weg durch die Haupttür, und die massive Wand dazwischen ist ein guter Schutz. Sollte etwas passieren, könnte ich leicht ein Fenster einschlagen und Caitlyn hinausbringen, während ich mich um das Problem kümmere.

Die Kellnerin bringt ein Tablett mit einer dunkelblauen Teekanne, einer passenden Tasse mit Untertasse, einem Milchkännchen, einer Zuckerdose und einem riesigen Stück Kuchen. »Das sieht wunderbar aus. Vielen Dank.« Mir fällt ein, dass ich wiederkommen muss, denn laut der Speisekarte auf dem Tisch gibt es einen besonderen Nachmittagstee.

»Guten Appetit.«

Ich lasse den Tee ein paar Minuten ziehen und schenke ihn dann ein. Mit der heißen Tasse in der Hand schaue ich aus dem Fenster und knabbere an dem Karottenkuchen. Es dauert nicht lange, bis die Glocke über der Tür läutet.

Caitlyn dreht sich zu mir und winkt mir zu. *Oh, das arme Mädchen.* Sie trägt das gleiche Outfit wie beim letzten Mal. Die Tasse klappert auf dem Unterteller, als ich sie abstelle.

Caitlyn deutet auf den Tresen, ich nicke bestätigend und sehe zu, wie sie bestellt.

Dann geht sie nervös zum Tisch und ringt die Hände. »Du hättest mir nichts zu trinken kaufen müssen. Danke.« Caitlyn sieht müde aus. Sie ist blass und hat Tränensäcke unter den Augen.

»Kein Problem«, murmle ich. »Du kannst auch etwas essen, wenn du willst.« Ich gehe davon aus, dass sie sich setzen wird. Bevor ich sie aufhalten kann, schlüpft sie zu mir und umarmt mich. Ich versteife mich. Als sie mich loslässt, lächle ich gezwungenermaßen höflich und kremple unbeholfen die Ärmel meines Pullovers hoch.

»Danke, dass du gekommen bist.« Sie zieht den Holzstuhl vom Tisch. Er knarrt laut auf dem Boden, dann lässt sie sich in die Sitzfläche fallen. »Es ist ein schöner Tag.« Sie blickt aus dem Fenster auf den See.

»Ja, das stimmt.« Die Frau kommt mit Caitlyns Kaffee zurück und will mir das Wechselgeld geben. Ich schüttle den Kopf. »Behalt es!« Sie lächelt dankbar und eilt davon.

Caitlyn trinkt ihren Kaffee in einem Zug aus und verzieht das Gesicht. »Hast du gestrichen?«

Ich neige den Kopf. Caitlyn deutet auf meinen Unterarm. Ich drehe den Arm und sehe einen Spritzer rosa Farbe. Oh. »Ah, ich habe eine Stelle übersehen.« Ich kratze mit dem Daumennagel über die Farbe, und nach ein wenig Überredung blättert sie ab.

»Das ist eine interessante Farbe.«

Ich lächle. »An den Wänden wirkt sie heller.«

»Im Schlafzimmer?«

»Nein, im Wohnzimmer und in der Küche.«

Ihre Augen werden groß. »Du hast die Wände im Wohnzimmer und in der Küche in einem kräftigen Pink gestrichen. Wow. Das ist eine mutige Entscheidung.«

»Ich habe einen Farbberater hinzugezogen, der alles ausgearbeitet hat«, erkläre ich. Es wäre eine Katastrophe gewesen, wenn ich die Farbpalette selbst zusammengestellt hätte. »Das Haus wird immer noch aussehen, als hätte ein

Einhorn hineingekotzt, aber auf die bestmögliche Art und Weise.«

»Hast du ein Problem mit Weiß?«, fragt Caitlyn lächelnd und nimmt einen weiteren Schluck von ihrem Drink.

Ich zucke zusammen. Ich sehe auf den Tisch, meine Hand zuckt heraus und ich fummle an der Teekanne herum. »Ja, so was in der Art«, murmle ich und schenke eine weitere Tasse ein. »Du hast also am Telefon gesagt, dass du bei Freunden wohnst?«

»Ja, und es geht mir gut. Ich muss nicht ins Sanctuary, bevor du wieder damit anfängst. Ich habe angerufen und wollte dich sehen, um zu hören, ob du weißt, was los ist.« Caitlyn stützt die Ellbogen auf den Tisch und senkt die Stimme. »Mit den Hexen. Ein Freund eines Freundes hat mir erzählt, dass sie sie freigelassen haben, die Hexen, die in mein Haus eingebrochen sind und mich terrorisiert haben.« Ihre schönen braunen Augen verengen sich. »Bitte sag mir, dass du sie nicht hast gehen lassen, Tru.«

Caitlyns Blick ist direkt, über den Rand ihres Kaffees hinweg, und ihre Augen sind voller Wut und Angst. Es ist die Angst, die mich berührt. Ich nehme einen Schluck Tee. Ich überlege, was ich antworten soll.

Als ich nicht schnell genug antworte, werden Caitlyns Wangen rot. »Bitte sag mir, dass du weißt, was hier los ist. Haben sie diesen Hexenzirkel wirklich gehen lassen?« Sie wartet eine Sekunde. »Sie haben versucht, mich zu töten, Tru!« Ihre Stimme wird fast zum Schrei.

Die Dame am Schalter schaut uns besorgt an. Ich winke sie mit einem sanften Lächeln ab. *Hier gibt es nichts zu sehen.*

Caitlyn rutscht auf dem Stuhl herum und macht sich so klein wie möglich, kauert fast unter dem Tisch. Es tut mir in der Seele weh, sie so zu sehen.

»Ich habe dich gerettet«, zischt sie.

Ich reibe mir das Gesicht. Es ist so durcheinander. »Ich weiß und ich bin dankbar. Es tut mir so leid, Caitlyn, was du durchmachen musst. Es ist schrecklich. Wenn du mir erlaubst, dir zu helfen, kann ich dir ein sicheres Zuhause und neue Kleidung besorgen.«

»Ich brauche keine Kleidung, und ich werde nicht hier sitzen und darauf warten, dass eine Hexe mich tötet. Warum sollte ich dir vertrauen?« Sie lacht spöttisch. »Wenn du dankbar bist, dass ich dir das Leben gerettet habe, dann mach etwas. Besorg mir die Informationen!«

Ich muss professionell bleiben, auch wenn ich am liebsten alles erklären, um Verzeihung bitten und alles tun würde, um dem verängstigten Mädchen zu helfen. Aber ich darf nicht vergessen, dass wir uns in der Öffentlichkeit befinden und Caitlyn eine Zivilistin und Zeugin ist. Ohne die Erlaubnis kann ich ihr nichts sagen.

Ich weiß nicht, ob die Gerüchte wahr sind. Ich weiß nicht, ob die Hexen freigelassen wurden oder noch alle eingesperrt sind. Der Hexenrat schweigt.

»Ich werde einen Kontaktmann darauf ansetzen«, sage ich diplomatisch.

»Du hast einen Kontaktmann«, knurrt Caitlyn. »Was nützt du uns, Henkerin, wenn du es nicht weißt?« Frustriert wirft sie die Hände in die Luft. »Warum hast du sie nicht getötet, als du die Chance hattest?«

Ich runzle die Stirn. »Caitlyn, ich kann nicht einfach Kreaturen töten. Es gibt aus gutem Grund festgelegte

Prozeduren, und der Hexenrat regiert sein Volk, nicht mein Büro.«

Sie seufzt und schiebt den Kaffee von sich. Ihre Unterlippe zittert. »Sie werden mich töten, weil ich dir geholfen habe. Das ist deine Schuld.«

Ich schlucke meine Schuldgefühle hinunter und verenge meine Augen. Ich weiß, dass sie wütend ist, aber ich lasse mich nicht einschüchtern oder dazu zwingen, darüber zu reden. »Haben sie dich seitdem angegriffen?«

»Nein, eigentlich nicht.« Sie schiebt die Unterlippe vor.

»Brauchst du eine Unterkunft?«

»Ich kann auf mich selbst aufpassen. Ich wollte nur ein paar Informationen.« Wir starren uns an, Caitlyn runzelt die Stirn. Dann ist es, als hätte sie einen Schalter in ihrem Kopf umgelegt, und sie stößt einen traurig klingenden Seufzer aus. »Ich bin schrecklich unangemessen, nicht wahr? Ich wollte nicht unhöflich sein. Ich will nicht, dass du jemanden in meinem Namen tötest. Es tut mir leid. Ich habe einfach Angst.«

Sie nimmt ihren Kaffee wieder in die Hand, trinkt noch einen Schluck und lächelt mich schüchtern an.

»Meine Angst macht mich besonders zickig. Ich weiß, dass du alles tun wirst, um mir zu helfen. Es ist falsch von mir, hier zu sitzen und meinen Frust an dir auszulassen. Du tust doch alles, was du kannst, oder?« Sie holt ein Bonbon aus ihrer Tasche, packt es aus und steckt es sich in den Mund.

»Genau.« Ich verdrehe nicht die Augen. Mir geht es gut. Ihre Stimmungsschwankungen machen mich ganz schwindelig. Sind Menschen wirklich so? Ich erinnere mich, dass sie eine schreckliche Tortur durchmacht und ich nett sein muss.

Sie kaut zu Ende. »Danke, dass du gekommen bist. Ich muss jetzt gehen. Ist es in Ordnung, wenn ich dich anrufe, falls etwas passiert?«

»Ja, das ist kein Problem.«

»Gut.« Sie lächelt mich an und klatscht in die Hände. »Danke für den Kaffee.« Caitlyn springt auf, und wieder schleift der Stuhl über den Boden, als sie über den Tisch springt und ihre schlanken Arme um mich schlingt.

Noch eine Umarmung, igitt. Ich knirsche mit den Zähnen und klopfe ihr unbeholfen auf den Rücken. Sie duftet nach Erdbeerbonbons und Kaffee. »Pass auf dich auf! Soll ich dich zum Auto bringen oder irgendwo absetzen?«

»Nein. Alles in Ordnung.«

Ich sehe ihr nach, wie sie davon eilt. Es war eine seltsame Begegnung. Ich drücke auf die App auf meinem Handy und sende die ganze Interaktion an Story, um zu sehen, was sie davon hält. Ich bin froh, dass ich es aufgenommen habe.

KAPITEL SIEBENUNDZWANZIG

ICH BIEGE mit dem Land Rover in die Privatstraße ein, die zum Farmhaus führt, und sehe neben dem Zaun ein rotgoldenes Glitzern. Es ist Story, die über Dexters kopf steht. Sie hat die Arme vor der Brust verschränkt und schaut finster. *Was um alles in der Welt?* Und ich dachte, mein Gespräch mit Caitlyn wäre eigenartig gewesen. Das hier hat diesem Morgen eine ganz neue Dimension der Seltsamkeit gegeben.

Ich halte an. Die Tür quietscht, als ich sie öffne, und der Sicherheitsgurt schneidet mir in den Nacken, als ich mich zur Seite lehne und den Kopf herausstrecke. »Was macht ihr denn da?«

Beide starren auf etwas auf der anderen Seite der neuen Regenbogenstation. Ich rutsche auf meinem Sitz hin und her, um zu sehen, was ihre Aufmerksamkeit erregt hat, aber ich bin im falschen Winkel.

Story winkt mich rüber.

Warum ich? Ich stoße mir den Hinterkopf an der Kopfstütze und stöhne. Ich habe ein ungutes Gefühl. Ich schnalle mich ab und steige aus. Verdammt, hoffentlich hat die neue Station nichts Schlimmes gemacht. Nein, was kann die schon anrichten? Ich war ja nur ein paar Stunden weg. Ich klopfe mit den Fingern auf mein Bein, während ich auf sie zugehe. Vielleicht hätte ich es testen sollen, bevor ich zum See geeilt bin.

Die Station begrüßt mich, sobald ich sie berühre. Wie ein Haustier, ein verspielter Welpe. Sie fühlt sich ... wohl. Was zum Teufel? *Seit wann hat Magie Gefühle? Oje. Was habe ich getan?* Die Barriere gehört mir, und es ist fast so, als hätte ich sie befreit, und sie tut, was sie tun soll.

Die Kraft in mir war schon immer anders, und ich habe mehr davon als die meisten anderen Geschöpfe. Ich weiß, dass es ungewöhnlich ist, die Nuancen der Magie in der Luft zu spüren. Ich beschleunige. »Was ist los?« Ich breche durch das Gras.

»Wir hatten unerwarteten Besuch.« Mir entgeht nicht, dass Story die Vergangenheitsform benutzt.

»Besuch?«, frage ich.

»Ich glaube, die Schutzzauber waren schwach, nicht wegen der Aktivitäten der Erbauer, sondern weil diese Idioten sich angeschlichen und an ihnen herumgebastelt haben.« Sie deutet auf das, was oder wen auch immer sie anstarren. »Und es sieht so aus, als wären sie vorbereitet gekommen – sie haben nicht mit deinem neuen Super-Duper-Schutzzauber gerechnet.«

»Oh, sieh dir das an!« Ich drehe meinen Kopf zur Seite, um die Körper zusammenzusetzen. Drei Hexen und ein Vampir. Alle tot. Die Station hat sie sauber in Stücke geschnitten. Kein Blut, keine Sauerei. Als hätten sie einen Kampf mit einem Lasernetz verloren.

Ah. Ich summe vor mich hin, als ich an den Dolch denke, der Jonathans undurchdringliche Haut durchbohrt hat. Es ist wie das hier, nur viel größer.

Ich muss die Barriere so gebaut haben, dass sie auf Bedrohungen mit Gewalt reagiert. »Dann hat die Barriere ihren Zweck erfüllt.« Ich reibe mir den Nacken. Meine Augen folgen dem Chaos. Mehr brauchen wir nicht – eine ganze Ansammlung toter Kreaturen vor unserem Haus. Das wird Ärger geben. Ich sehe sie finster an. Wären sie nicht schon tot, würde ich sie noch einmal töten.

»Was hast du bisher unternommen?«, frage ich.

»Ich habe es gemeldet.«

»Wo sind die Kinder?«

»Die sind noch in der Schule. Ralph passt auf sie auf. Ich dachte, es wäre das Beste, wenn sie wegbleiben, bis das Chaos beseitigt ist.«

»Das ist eine gute Idee.« Ich schaue auf die Leichen und dann auf den Land Rover, der die schmale Straße blockiert. »Ich fahre den Defender besser weg. Glaubst du, dass die Station für andere Besucher sicher ist?«

»Ich wüsste nicht, warum nicht. Vielleicht sollten wir sie vorsichtshalber auf der anderen Seite halten. Oh, und du solltest wissen, dass die Station eine Warnwelle ausgesendet hat, bevor sie sie getroffen hat.«

»Wirklich? Die Magie hat uns gewarnt?« Ich drehe

mich um und sehe die Station an. Sie macht das, worum ich sie gebeten habe, schätze ich.

»Ja, und Dexter hat die Warnung auch gespürt. Es hat auch rot aufgeleuchtet.«

Es hat rot aufgeleuchtet. Cool.

»Ich bin mir sicher, dass wir es herausfinden werden, wenn die Wache bald eintrifft.« Sie wedelt mit ihrem Handy. »Ich habe gerade die Bestätigung bekommen, dass der Anführer der Vampire unterwegs ist.« Wir starren beide auf den toten Vampir.

Atticus höchstpersönlich. »Interessant.« Das zurückgezogen lebende Oberhaupt der Vampirgilde und des Vampirrates. Ich dachte, ein persönlicher Besuch wäre weit unter seiner Gehaltsstufe. Der tote Vampir ist schwer bewaffnet.

Ein vierköpfiges Killerkommando, das hauptsächlich aus Nichtkämpfern besteht, die Hexen sind hier, um die Mündel auszuschalten. Um mich zu töten, hätten sie mehr Kreaturen mitbringen sollen. Das ist schlampig. »Ich erkenne niemanden. Und du?«

»Doch.« Das Wort kommt heiser heraus. »Ich kenne diese acht.« Story schluckt und umarmt sich.

»Was? Acht?« Story zeigt auf etwas, und ich folge ihrem Finger und blinzle. Dann sehe ich die Klumpen, noch mehr Körper im Gras. »Scheiße, sind das Kobolde?«

»Ja«, flüstert sie.

»Es tut mir so leid.« Die Fae hätten die Patienten in den letzten Tagen leicht schwächen und verstecken können, besonders mit der Hilfe der Hexen. »Geht es dir gut?«

Story schüttelt den Kopf.

Die Erkenntnis dämmert und ich habe ein schreckliches Gefühl. »Story, wann ist das alles passiert?«

»Kurz vor zehn.«

Mir dreht sich der Magen um. Um zehn Uhr morgens habe ich Caitlyn getroffen. Scheiße. Wir hatten alle ein paar Tage Sonderurlaub wegen Justins Tod. Die Kinder wollten heute nicht zu Hause bleiben, es war eine kurzfristige Entscheidung für sie, zur Schule zu gehen. Die Killer müssen gedacht haben, dass alle zu Hause sind.

Alle außer mir.

Sie waren nicht nachlässig, denn sie hatten es nie auf mich abgesehen. Sie haben gewartet, bis ich das Haus verlassen habe, um sich meiner Familie zu widmen. Und dann die Kobolde im Team ... sie kamen heute mit dem einzigen Ziel, Attentäter in den Bau zu bringen, um die ganze Truppe zu töten. Mir wird schlecht. Die möglichen Folgen, wenn dieser Angriff nicht gescheitert wäre, treffen mich hart. Hätte ich heute Morgen nicht die Station gebaut, wären Story und Dexter ermordet worden.

Rote Blitze vor meinen Augen, die Hände in die Hüften gestemmt, muss ich auf den Boden starren und ein paar Mal tief durchatmen.

Es ist okay. Alles ist gut. Sie sind in Sicherheit.
Vorerst sicher.

Ich frage mich, wann ich auf der falschen Seite des Schicksals landen werde. Ich schaffe es immer nur knapp, nicht unversehrt, denn Teile von mir sind so zerbrochen und zerschmettert, dass ich metaphysisch verklebt und mit Klebeband überzogen bin.

Ich bewege mich noch. Ich bin zu stur, um nicht weiterzumachen. Aber das hier?

Mit meinen eigenen Schmerzen und Wunden kann ich umgehen. Aber die Menschen, die ich am meisten liebe, leiden zu sehen? Eine Zielscheibe zu sein? Da würde ich lieber in der Hölle schmoren.

Wer zum Teufel will mich so sehr, dass er meine Familie angreift? Meine Fäuste ballen sich an meinen Seiten. Das Portal, der Einbruch mit dem Zombie, die Hexen und jetzt das?

Ich werde sie finden und sie leiden lassen.

»Brauchst du noch etwas aus dem Haus?«, frage ich, während ich mit tauben Beinen zum Land Rover zurück taumle. Ich muss weg von dieser Wut.

»Nein, danke. Und Tru, die Mikrokameras sind installiert.«

Ich nicke. Ich sollte besser aufpassen, was ich sage und tue. Ich unterdrücke den Drang, die Welt in Brand zu setzen. Eine ruhige Entschlossenheit kriecht in mich hinein und umhüllt die Emotionen, die mich zu lähmen drohen. Ich erlaube der dunklen Seite, die Kontrolle zu übernehmen, und die kalte Maske eines Mörders legt sich auf mein Gesicht.

Sie haben es mit der Falschen zu tun.

Ich steige in den Defender, und als ich durch die Schranke fahre, sage ich aus irgendeinem bizarren Grund: »Gute Nacht.«

Die Magie kribbelt auf meiner Gesichtshaut, meine Augen treten fast aus ihren Höhlen.

Ich parke an meinem gewohnten Platz und sehe mir das Haus an. Ich kann nicht glauben, dass diese Bastarde so nah herangekommen sind und ich es nicht bemerkt habe. Das wird nicht wieder vorkommen. Langsam schleiche ich die

Straße hinunter. Während ich gehe, schäle ich die Hülle von meinem Verstand und mit einem sanften mentalen Stupser erhalte ich Klerics Aufmerksamkeit.

Hast du Zeit zum Reden?

Ja, seine schöne Stimme füllt meinen Kopf.

Es dauert nicht lange und ich erzähle ihm, was passiert ist, während ich ihm meine Erinnerungen zeige.

Sie haben die Mordkommission geschickt! Okay, das war's. Ich bin fertig, knurrt er.

Fertig? Ist er fertig mit mir? Ich wusste, es war zu schön, um wahr zu sein. Ich kann es ihm nicht verübeln. Ein Kloß bildet sich in meinem Hals, als mich eine überwältigende Traurigkeit überkommt.

Ja, scheiß auf alle, die mich von dir fernhalten. Ich komme nach Hause.

Nach Hause? Tränen schießen mir in die Augen und ich atme tief durch. Verdammt, für einen Moment hatte er mich.

Ja, zu dir. Du bist mein Zuhause, schöne Chimäre, und ich komme zu dir zurück. Sei vorsichtig! Ich komme morgen früh zu dir.

Du kommst morgen nach Hause?

Ja. Wir sehen uns morgen früh. Kleric verschwindet aus meinen Gedanken.

Und dann kommen die schwarzen Autos.

KAPITEL ACHTUNDZWANZIG

Er trägt einen makellosen Massanzug, einen kurzen, strengen Haarschnitt, glänzende Schuhe und einen Wollmantel. Er sieht gut aus, wenn auch ein wenig künstlich. Er ist so perfekt, dass er nicht echt zu sein scheint – Atticus. Der reinrassige Vampirführer – geboren, nicht gebissen – blickt auf die Regenbogenstation und die toten Vampirteile, die verstreut zu seinen Füßen liegen.

»Wie sind sie gestorben?«, fragt er mit seiner vornehmen, kultivierten Stimme.

»Die Station.« Mein Ton lässt vermuten, dass ich nicht ganz bei Sinnen bin. Ich weiß, ich weiß. Ich bin ein bisschen sauer auf den Anführer der Vampire, aber ich habe allen Grund dazu.

Atticus macht einen großen Schritt von dem unschuldig dreinblickenden Regenbogen weg. Ich muss mich zusammenreißen, um nicht zu lachen. »Eine interessante Mordstation, die jemand mit viel Talent gebaut hat. Kenne ich die Hexe?«

»Es war keine Hexe«, antworte ich, verschränke die Arme vor der Brust und sehe zu, wie die Jäger die Leichensäcke auslegen.

»Wer war es dann?«

Ich drehe mich wieder zu ihm um. »Das ist vertraulich, Sir. Die Station ist sicher. Wenn dein Junge hier niemandem etwas hätte tun wollen, wäre er nicht tot. Das gilt für alle zwölf. Du weißt, was ich tue und dass ich jahrelang als Auftragskillerin gearbeitet habe. Diese toten Idioten sind zu mir nach Hause gekommen. Sie haben Geruchskiller und genug Zaubersprüche und Ausrüstung, um die halbe Stadt zu töten. Du kannst mir nicht erzählen, dass sie sich mit all dem Zeug über die Felder geschlichen haben, um nett zu sein.«

Atticus ignoriert meine kleine Ansprache und fährt fort. »Die Regenbogenfarben sind faszinierend«, sagt er und verengt seine dunkelbraunen Augen.

Ooh, unheimlich.

»Das steht nicht zur Diskussion.«

»Verstehe. Okay, wir werden diesen fehlgeschlagenen Angriff untersuchen. Miss Story sagte, sie hätte Aufnahmen von der ganzen Sache.«

Das ist gut zu wissen. Mir war nicht klar, dass Story meinte, dass sie die ganze Zeit Kameras installiert hatte. Mit der neuen Station und mir, ergibt das absolut Sinn. Ich liebe ihre Weitsicht und ihren gesunden Menschenverstand. Das wird die Dinge bei der nächsten Untersuchung einfacher machen.

»Inzwischen hat der Rat getagt und dir einen Vertrag gegeben. Du hast ein neues Ziel. Der Große Rat der Kreaturen wird dich brauchen, um es mit sofortiger Wirkung umzusetzen. Es ist von größter Wichtigkeit, Miss Dennison. Das Ziel wird als extrem risikoreich eingestuft, deshalb schickt dir die Jägergilde die Höllenhunde zur Unterstützung.«

»Was, Höllenhunde? Mehr als einen?« Ich blinzle ihn an.

Atticus nickt.

Ein Team von Höllenhunden für ein Ziel? Um mir zu helfen? Was zum Teufel ist hier los? Ziehen wir in den Krieg? Die Station hinter mir brummt eine Warnung direkt in mein Gehirn. Es kitzelt. Mein Kopf schnellt nach rechts.

»Hey!«, knurre ich den glatzköpfigen Kerl an, einen Jäger, der daran herumstochert. »Fass es nicht an! Es mag dich nicht.« Ich sehe zu, wie er die Hand sinken lässt und sich entfernt.

Ich werde mich an ihn erinnern. Andere haben die Station berührt, und sie hat nicht reagiert. Dieser Typ führt nichts Gutes im Schilde. Ich nicke Story zu, und sie hebt ihr Kinn, um mir zu zeigen, dass sie alles über ihn herausfinden wird.

Atticus beobachtet uns. Mir gefällt die Verschlagenheit in seinen Augen nicht.

»Entschuldige bitte, was hast du gerade gesagt?«

»Ich habe die Dokumente auf dein Datapad geschickt. Ich möchte eine Bestätigung, dass du dem Hinrichtungsbefehl zustimmst, bevor ich gehe.«

Ich sehe ihn misstrauisch an, schüttle den Kopf, ziehe die gefaltete Taschendimension hervor und mein Arbeitsdatapad heraus. »Wenn du mich einen Moment entschuldigen würdest.« Der Vollblutvampir sieht viel zu viel, also drehe ich mich um und suche ein wenig Privatsphäre, während ich lese.

»Noch drei Hexen«, brüllt eine Stimme von der Straße. »Ihr lasst dieses Scheusal fünf Hexen töten und tut nichts!«

Oh, jetzt geht es los.

Ich schließe entnervt die Augen, als eine Autotür ins Schloss fällt. Die Hexe von neulich, die Frau mit dem schwarzen Pagenkopf und den roten Lippen – ich weiß immer noch nicht, wie sie heißt – stürmt auf mich zu.

»Wenn du willst, dass ich die Unterlagen für diesen Job lese, kümmere dich bitte um sie«, sage ich mit halb geöffnetem Mund und gehe in die entgegengesetzte Richtung.

»Miss Peak«, sagt Atticus mit einem charmanten Lächeln und fängt sie ab. »Die Henkerin ist beschäftigt.«

»Beschäftigt? Sie ist damit beschäftigt, meine Hexen zu töten!« Sie schreit so laut, dass alle zusammenzucken.

Ihre Hexen? Das ist ja interessant. »Ich habe sie nicht angerührt«, murmle ich und suche auf dem Datapad nach den Dokumenten, die der Vampir geschickt hat. Ah, da sind sie ja.

»Nein, das machst du ja nie«, knurrt sie. Dann stürmt sie an Atticus vorbei – auf himmelhohen Absätzen, beeindruckend – und stürzt sich mit erhobenem Arm auf mich.

Wird sie mich schlagen? Bevor ich reagieren kann – ich hätte nichts dagegen, sie auf den Hintern zu setzen –, bewegt sich die Station mindestens einen Fuß weit und deckt mich zu. Funken sprühen, Wellen breiten sich aus, ein Warnsignal blitzt auf ihrem Gesicht auf.

Miss Peak stoppt ihren Angriff mit einem uneleganten Stolpern. »Was zum Teufel ist das?« Ihre Stimme zittert. Ihr Blick wandert über die Grundstücksgrenze und ihre erhobene Hand zittert. Sie streckt einen Finger aus und deutet darauf. »Es hat sich bewegt«, flüstert sie. »Wie hat es sich bewegt?«

Oh, und das Schreien ist wieder da.

»Du wolltest mich doch nicht angreifen, oder?«, frage ich.

»Die Station hat sich bewegt. Das können sie nicht.«

Meine aber schon. Ich klimpere mit den Wimpern. »Wow, die Hexen haben aber ein böses Temperament. Ich finde, ein obligatorischer Kurs in Aggressionstherapie wäre angebracht. Weniger Zauberei und mehr soziale Kompetenz vielleicht.« Ich grinse und ihr Gesicht wird so rot wie ihr Lippenstift.

Atticus packt sie fest am Oberarm und zieht sie weg.

»Ich kriege dich«, keucht sie.

»Und deinen kleinen Hund auch.« Ich grinse. »Okay, auf Wiedersehen, böse Hexe. Ich werde mich beschweren.« Ich winke ihr zu und ignoriere sie und ihre Schreie, während ich meinen Blick wieder auf das Datapad richte und den nicht ganz standardmäßigen Hinrichtungsbefehl lese.

Als ich meinen Dienst als Henkerin angetreten habe, hatte ich Angst davor, unbewaffnete Kreaturen töten zu müssen. Ich konnte mir nichts Schlimmeres vorstellen. Ich hatte eine Henkerschlinge oder einen Holzklotz mit einem keilförmigen Hals vor Augen und wie mir ein Beil gereicht wird mit dem Befehl *Kopf ab*. Nicht sehr sportlich.

Aber die Kreaturen, die ich töten soll, stehen nicht still.

Nein, sie kämpfen mit allen Mitteln ihrer verdorbenen Seelen. Bei diesem Job geht es nicht darum, Unschuldige zu töten. Es geht darum, das Böse zu bekämpfen, einen echten Dienst an der Öffentlichkeit zu leisten. Müllabfuhr. In den letzten drei Monaten haben sie mich nicht ein einziges Mal geschickt, um jemanden zu töten, der es nicht verdient hat.

Bis jetzt.

Ich lese das Dokument zweimal, und die Worte verschwimmen vor meinen Augen. *Wie seltsam.* Dann merke ich, dass ich weine. Tränen laufen mir über die Wangen und ausnahmsweise schaut mir niemand dabei zu. Ich bin so dankbar, dass Miss Peak die Aufmerksamkeit aller hat. Ich drehe mich um und wische mir hastig mit der zitternden Handfläche übers Gesicht.

Ich kann nicht.

Ich kann nicht. Ich will nicht.

Der Name der Zielperson ist Caitlyn Croft. Aber was sie fett gedruckt haben, ist das, was mich wirklich wütend macht. Die Rasse der Kreatur: **eine unbekannte Kreuzung.**

Der Große Rat der Kreaturen will Caitlyn tot sehen, und sie wollen, dass ich sie töte.

Ein Mädchen, das sich als Mensch ausgibt. Dasselbe Mädchen, das mir mit einer Bratpfanne das Leben gerettet hat. Und zu allem Überfluss ist sie ein Hybrid, genau wie ich.

Das muss ich erst einmal verdauen.

Ich habe noch nie einen echten Hybriden getroffen, und alles in mir will für sie kämpfen. Um sie zu beschützen. Ich sehe mich selbst in ihr. Sie ist tollpatschig, unhöflich, hat Ecken und Kanten. Ich runzle die Stirn und wische mir wieder übers Gesicht.

Kein Wunder, dass sie Angst hat. Es geht nicht nur um die Hexen, sondern auch darum, dass sie ihre wahre Natur verbirgt. Das habe ich selbst erlebt. Ich werde die tägliche Angst, entdeckt zu werden, nie vergessen, die Angst, die man hat, wenn man das Verbrechen begangen hat, entstanden zu sein.

Die Angst ist immer da und kann einen verrückt machen. Ich habe meine Kindheit nur durch Glück, Umstände und Schicksal überlebt. Als ich mit siebzehn entdeckt wurde, hatte ich starke Kreaturen um mich, die für mich gekämpft haben. Ohne die Hilfe dieser einflussreichen Kreaturen wäre ich getötet worden.

Ich wäre gejagt worden, so wie Caitlyn jetzt gejagt wird.

Das Datapad zittert in meiner Hand. Ich verdanke mein Leben anderen, also werde ich nicht tatenlos zusehen, wie ein unschuldiges Mädchen leidet. Ermordet wird. Und so wie andere an mich geglaubt haben, braucht auch Caitlyn jemanden, der ihr hilft. Ich kann nicht zulassen, dass ihr jemand wehtut. Das ist meine Chance, jetzt ist es an mir, etwas zurückzugeben, etwas Gutes zu tun und Caitlyn zu helfen.

Ich blinzle, um meine Augen zu klären, und lese den Befehl noch einmal. Ich schüttle den Kopf. Das ist eine Falle. Das muss es sein. Die Unterlagen sind unvollständig. Normalerweise geben sie mir eine vollständige Aufschlüsselung, aber in diesem Fall gibt es nichts, und das, was sie mir gegeben haben, ist stark zensiert. Geschwärzt als vertrauliche Information. Was soll das? Es gibt eine Liste von schrecklichen, unsäglichen Verbrechen, die keinen Sinn ergeben. Wenn Caitlyn so ein Monster ist, warum haben sie mir dann nicht die Beweise gegeben?

Sie sagen nicht einmal, was für ein Hybrid sie ist.

Das ist alles erfunden. Das muss es sein. Es ist das Einzige, was Sinn ergibt. Hybriden sollen die großen Bösen in unserer Welt sein, aber ich habe recherchiert und nie einen Beweis dafür gefunden. Ich halte das für erfundenes Geschwätz, um die Massen zu kontrollieren. Um die Kreaturen an ihrem Platz zu halten und die Blutlinien rein zu halten.

Wenn ich sie beschützen will, muss ich klug vorgehen und bereit sein, mich zwischen sie und die Kreaturen zu stellen, die sie töten wollen.

Oh, und diese Kreaturen – ja – wir dürfen nicht vergessen, dass ich ein Team von Höllenhunden habe, die sie jagen.

Ich kann es nicht glauben.

Wenn ich nicht vorsichtig und klug vorgehe, riskiere ich alles, meine Freunde, meine Familie, mein Leben. Ich lache bitter. Drei Monate und vier Tage, so lange bin ich schon Henkerin. *Es ist mir egal, nicht wirklich. Der Job ist sowieso ein Albtraum.*

Gott, mein Mund ist so trocken.

Eines ist sicher – die Pixies und Dexter müssen ins Königreich. Bei den wahllosen Angriffen und den Risiken, denen ich mich aussetze, wenn ich mit den Höllenhunden spiele, muss ich wissen, dass sie in Sicherheit sind, bevor ich mein ganzes Leben aufs Spiel setze.

Oh, ich werde supergeheimnisvoll und vorsichtig sein, aber am Ende werden sie wissen, dass ich ihr geholfen habe.

Mein ganzes Leben lang höre ich die Stimme meines

Großvaters in meinem Kopf, die sagt: »*Kannst du mit dir selbst leben?*« Ich habe schlimme Dinge getan. Ich weiß, dass mein Moralkodex nicht ganz in Ordnung ist, aber das ... ich muss ihr helfen, obwohl ich weiß, dass es mich ruinieren wird.

Ich zücke mein Handy und rufe Caitlyn an, und siehe da, die Handynummer ist offline. So einfach kann es doch nicht sein. Oder doch?

»Sie ist gefährlich, Tru«, sagt Atticus hinter mir. »Du kannst den Hybriden nicht retten. Sie ist zu weit fortgeschritten.«

Ich kann es. Ich werde es tun.

Ich muss es richtig machen. Wenn ich zu schnell zustimme, sieht das verdächtig aus. Ich drehe mich um. »Wenn sie so gefährlich ist, Sir, warum fehlen dann Informationen in diesem Bericht?« Ich deute auf das Datapad. »Wo sind die Beweise, Atticus? Abgesehen davon, dass Caitlyn ein Hybrid ist ...« Ich unterbreche mich, als meine Stimme lauter wird. Ich klinge verzweifelt. Ich habe ihn sogar beim Vornamen genannt. Frustriert atme ich aus. »Mit solchen Halbwahrheiten kann ich nicht arbeiten, und mich loszuschicken, um noch einen Hybriden zu töten, ist krank. Was denkt sich der Rat dabei?«

»Die Höllenhunde werden die ganze schwere Arbeit machen, sie werden sie finden, sie in die Enge treiben, und alles, was du tun musst, ist, sie zu töten.«

Töten wie einen tollwütigen Hund? »Ihr Name ist Caitlyn«, flüstere ich. »Sie hat mir das Leben gerettet, Sir. Ich habe heute Morgen mit ihr Kaffee getrunken, vor nicht einmal ein paar Stunden.«

Der reinrassige Vampir beugt sich vor und verengt seine dunkelbraunen Augen. »Du hast Tee getrunken.«

Ich zucke zusammen und stolpere zurück. »Du hast mich beobachtet?«

»Wir haben das Café überwacht, ja. Die Suche nach Miss Croft hat lange gedauert, und Ihr Verhalten heute Morgen hat uns davon überzeugt, dass du die Richtige bist. Aus deiner Verzweiflung schließen wir, dass du den Großen Rat der Kreaturen für grausam hältst, weil er dir diesen Auftrag erteilt hat. Das ist nicht unsere Absicht. Wir glauben, dass es für dich leichter sein wird, sich ihr zu nähern, weil du sie kennst. Schließlich hast du deinen Freund getötet – wurde er nicht in deinen Arbeitspapieren als Abhängiger eingestuft? Ein gebissener Vampir noch dazu.« Atticus tut es.

Wusste er ... An diesem Tag wusste Atticus, dass Justin dort war? *O ja, natürlich wusste er es.* Es war ein Test, genau wie das hier ein blöder Test ist. Ich lasse mich von niemandem zur Mörderin machen. Meine Finger graben sich in mein Haar. Selbst wenn ich nicht getötet werde, bin ich fertig mit diesem Spiel. Mit diesem Scheißjob.

»Justin hat das Gesetz gebrochen, und du hast nicht gezögert, ihn zu töten«, fährt der Vampir fort. »Wenn du bereit bist, jemanden zu töten, den du liebst, dann hast du auch kein Problem damit, ein Mädchen zu töten, das du gerade erst kennengelernt hast. Miss Croft bedeutet dir nichts. Zumindest beantwortet das deine Fragen über Hexen und warum sie so versessen darauf sind, sie zu töten.«

Ich erinnere mich an Caitlyns Haus und das Gespräch

mit den Hexen. Damals ergab die Unterhaltung keinen Sinn.

»Geh nach Hause!«, tönt eine dünne Stimme von oben. Die anderen Hexen da oben winken ihr zu, aber sie redet weiter. »Das ist Hexensache, Henkerin. Das hat nichts mit dir zu tun.«

»Da liegst du falsch. Caitlyn ist Zeugin eines Verbrechens und steht unter meinem Schutz. Ich werde nicht zulassen, dass du ihr etwas antust. Sie ist ein unschuldiger Mensch ...«

Eine andere Hexe lacht laut auf. »Hat sie das gesagt? Ein Mensch? Wir wissen doch alle, dass ihr zusammenhaltet.«

Es wiederholt sich in meinem Kopf: *»Wir wissen doch alle, dass ihr zusammenhaltet.«* Damals fand ich das komisch, diese Art. Jetzt wird mir klar, dass sie es wussten.

Sie wussten, was Caitlyn war. »Sie waren in dieser Nacht hinter Caitlyn her, weil sie eine Hybridin ist.«

»Ja. Es hatte nichts mit dem männlichen Zauberer zu tun, den sie getötet hat. Der Zauberer gehörte keinem Hexenzirkel an und war neu in der Stadt.«

Ah, deshalb hatte er auch nichts Persönliches in seiner Wohnung außer seinen Kleidern.

»Miss Croft ist ein sehr gefährliches Geschöpf.«

»Ich bin ein gefährliches Geschöpf. Greifen sie mich deshalb ständig an? Ist die Jagdsaison auf alle Andersartigen eröffnet?« Ich deute auf die toten Hexen – oder besser gesagt, auf den Ort, an dem sie gelegen haben, denn sie sind bereits in ihren Säcken und auf der Ladefläche eines Lieferwagens versiegelt. Es dauert nicht lange und die Szene ist vorbei.

»Die Hexen, die dich angegriffen haben, gehören nicht zum selben Hexenzirkel. Sie sind nicht einmal aus der Gegend, sondern von außerhalb. Vielleicht Freunde des Hexenmeisters? Die Hexen aus der Gegend haben kein Problem mit dir, allerdings ist der Hexenzirkel nicht glücklich über die dramatische Verhaftung in dieser Nacht. Vielleicht solltest du dir andere Fesseln besorgen, die Kokons haben ihnen wirklich nicht gefallen.« Seine Mundwinkel zuckten. »Nein, sie sind nicht glücklich über deine Einmischung, aber sie haben begriffen, dass sie nicht über dem Gesetz stehen. Sie können nicht einfach versuchen, Kreaturen zu töten, selbst wenn sie es verdienen.«

»Wenn sie nicht von hier sind, warum ist sie dann so wütend?« Ich deute auf die wütende Miss Peak, die in ihrem Auto eingeschlossen ist, während ein Jäger Wache hält.

Atticus zuckt mit den Achseln.

Nun, es sieht so aus, als hätte ich einen hervorragenden Ansatzpunkt – die böse Hexe zu befragen.

Kapitel Neunundzwanzig

Story sitzt auf meinem Schoß und liest, ihr Datapad in der Hand. Nach ein paar Minuten lässt sie sich wieder fallen, ihre nackten Zehen wippen und sie zupft unbewusst an der harten Naht meiner Jeans, während sie sich das Material aus dem Café ansieht, das ich ihr geschickt habe.

»Dieses Mädchen? Der Tötungsauftrag ist für dieses Mädchen?« Sie hebt das Kinn, und ihre saphirblauen Augen verengen sich, während sie mich anstarrt. Dann liest sie das Dokument noch einmal.

Schließlich legt Story ihr Datapad beiseite. »Wurdest du gezwungen?« In ihrer vertrauten Sing-Sang-Stimme liegt ein kehliges Brummen. »Das ist doch deine Unterschrift, oder? Das ist die Bestätigung, dass du den Mord begehst. Aber warum? Tru, willst du das Mädchen wirklich töten?« Ihre Flügel hängen nach unten, während sie mich anstarrt.

»Ich gehe auf die Jagd.«

Sie leckt sich über die Lippen und ihre Nasenflügel blähen sich auf. »Nach ihr?«

»Nein.« Ich schüttle den Kopf. »Ich werde Jagd auf diese Idioten machen, die glauben, sie könnten in unser Haus kommen und versuchen, uns zu töten. Sie spielen mit der falschen Bestie. Ich werde sie von der Erdoberfläche auslöschen, und während ich das tue, werde ich das Mädchen retten.«

»Wie kann ich helfen?«

Ich schließe die Augen, meine Unterlippe zittert. Ich liebe sie so sehr. »Ich muss wissen, dass du in Sicherheit bist.« Meine Stimme zittert ein wenig. »Sie waren hinter dir und den Kindern her. Obwohl sie in der Schule waren, hätten diese Kobolde dich töten und dann warten können, bis Ralph und die Kinder nach Hause kommen. Ich bin zu groß. Ich wäre nicht in der Lage gewesen, euch zu retten.«

»Wenn wir bleiben, bist du abgelenkt. Wenn ich versuche, dir zu helfen, wirst du getötet.« Sie versteht.

Die Anspannung in mir löst sich.

Zum ersten Mal in unserer Geschichte will sie nicht streiten. Ich sehe es in ihren Augen. Die Kobolde zu sehen, hat sie verängstigt. Die Hexen mögen von außerhalb gekommen sein, aber der Vampir und die anderen Kobolde waren von hier.

Ihre Flügel hängen tiefer. »Wo sollen wir hin? Zum Zufluchtsort?«

Ich nicke.

Story richtet sich auf, zieht die Schultern zurück und

ihre Flügel heben sich hinter ihr. »Ich wollte schon immer mal ein Königreich besuchen. Das klingt wunderbar. Jemand hat mir erzählt, dass es dort eine Schule gibt, die temporäre Versetzungen annimmt. Sie soll nicht von dieser Welt sein.« Storys Mundwinkel zucken, als sie scherzt. »Ich gehe packen.«

Sie versucht es, aber ich sehe die Angst in ihren Augen.

Ich ziehe meine magieabweisende Jagdkleidung an, bepacke mich mit griffbereiten Waffen und stecke den reflektierenden Anhänger von Gary Chappell in meinen Sport-BH.

Dexter und ich warten beim Defender. Die Monsterkatze weigert sich einzusteigen. Sie dreht mir den Rücken zu und wedelt mit dem Schwanz, um mir ihren Unmut zu zeigen.

Ich zucke zusammen. Er ist wirklich wütend. »Das wird dir gefallen.« Ich beuge mich über ihn, um Blickkontakt herzustellen.

Er zuckt zurück, das Fell an Rücken und Schwanz sträubt sich.

»Dex, es ist nicht so, dass ich dir nicht vertraue oder dich nicht brauche. Ich brauche dich. Ich brauche dich, damit du mir den Rücken freihältst und mich beschützt. Aber unsere Elfen haben Vorrang. Es wäre egoistisch, dich bei mir zu behalten. Bitte versteh das!«

»Mert«, brummt er.

»Ja, es ist egoistisch von mir, einen so großen und mächtigen Krieger wie dich für mich zu behalten. Du bist ihre einzige Hoffnung«, füge ich leise hinzu. Seine Ohren zucken. *Mach weiter so ein ernstes Gesicht, Tru. Du musst überzeugend wirken*. Ich beiße die Zähne zusammen, um nicht zu lächeln. *Bitte lächle nicht.*

»Breow.« Er dreht sich um, springt durch die offene Tür und setzt sich mit hoch erhobener Nase auf den Beifahrersitz.

Breow.

Story kommt aus dem Bau, und ich beeile mich, ihr mit den Taschen zu helfen. Auch nach all den Jahren amüsieren mich die kleinen Elfen immer noch. Alle Taschen, mit denen Story zu kämpfen hat, passen perfekt in meine Handfläche. Ich fühle mich wie ein Riese. *Fae-fi-fo-fum.*

Während der Fahrt besprechen wir den Plan, und als wir an der Schule ankommen, warten die Kinder und Ralph schon auf uns. Als sie in den Defender einsteigen, sind die Fae ernst und still. Story umarmt ihre Kinder und Page weint.

Wir wollen nicht nach Hause fahren, nur um das Portal zum Königreich zu rufen. Bei all dem, was passiert ist, und all den Personen, die sich hier versammelt haben, kann ich mir nicht helfen, aber ich denke, wir wären eine leichte Beute, wenn wir mit dem Land Rover nach Hause fahren. Aber wir können auf dem Schulgelände kein Portal in ein Königreich öffnen, also entscheiden wir uns für den nächstgelegenen geeigneten Ort – den Strand.

Die Flut ist gerade zurückgegangen und der goldene Sand erstreckt sich kilometerweit. An der Strandpromenade finde ich einen geeigneten Parkplatz gegenüber dem Tower.

Der hundertachtundfünfzig Meter hohe gusseiserne Turm wurde 1894 fertiggestellt und ist eine Hommage an den Eiffelturm in Paris. Obwohl es Gerüchte gab, dass die

Fae die Küstenstadt angreifen wollten, glaubte man, dass der Turm und das Salzwasseraquarium in seinem Inneren sie davon abhalten würden. Das Eisen tut weder den Fae noch Dexter weh, und nur das interessiert mich.

Wir steigen alle aus dem Defender, die Fae klettern auf mich und halten sich fest, und Dexter trottet neben mir her, während wir über die Straßenbahnschienen und die dicken Betonstufen, die in den Deich gehauen wurden, rennen.

Als meine Stiefel den Sand berühren, gehe ich zur Seite und bleibe dicht an der massiven Deichmauer, damit man uns von oben nicht sehen kann.

Okay, so weit, so gut.

Ich weiß nicht, ob das funktioniert, denn ich habe noch nie ein Portal aus dem Nichts gerufen. Es ist seltsam und sollte eigentlich nicht gehen. Aber das Königreich ist seltsam und steckt voller Magie. Man hat mir gesagt, dass man es entweder durch eine Einladung betreten kann – sie schicken einem ein Portal –, oder indem man sich einfach eines wünscht. Irgendwie erkennt die Magie des Reiches deine Bitte, und wenn du ihren Kriterien entsprichst, öffnet sich ein Portal. Es ist eine verrückte Magie.

Ich schätze, die meisten Leute müssen ziemlich verzweifelt sein, um durch ein zufälliges Portal in ein unbekanntes Taschenreich zu gelangen.

»Okay, lass uns gehen!« Ich nehme Augenkontakt mit Story auf.

Sie läuft meinen Arm entlang, stellt sich in die Mitte meiner Handfläche und schließt die Augen, um sich zu konzentrieren, während sie in Gedanken das Portal heraufbeschwört.

Die Minuten vergehen und nichts scheint zu passieren, bis ... Zu meiner Überraschung funktioniert es. Ein schwarzer Ball erscheint aus dem Nichts und durchbricht die Realität vor uns, und die unheimlich aussehende Masse blüht auf und öffnet sich wie eine verwelkte Blume.

Die Kraft des wachsenden Portals wirbelt den Sand auf und kleine Haarsträhnen, die nicht in meinem Zopf befestigt sind, wehen mir ins Gesicht. Story klammert sich an meinen Zeigefinger. Ich schlinge meine Finger um sie, um ihren winzigen Körper zu stützen, damit sie nicht weggeweht wird, und decke Ralph und die Kinder mit meiner anderen Hand und meinem anderen Arm zu, drehe mich zur Seite, um sie zu schützen. Das blutige Portal ist nicht Fae-freundlich, das steht fest.

Das Portal hat eine unregelmäßige Form und ist an den Rändern dunkel und rauchschwarz. Die Außenseite scheint sich turbulent zu drehen, während die Innenseite ruhig und stabil ist.

Ich wollte nicht mit ihnen gehen, aber jetzt sehe ich dieses Ding ... ich könnte sie wer weiß wohin schicken. Story tippt mit dem Finger auf mich, um mir zu signalisieren, dass sie bereit ist. Vergiss es! Ich kann sie nicht gehen lassen. Nicht bevor ich diesen Zufluchtsort überprüft habe. Ich muss mir sicher sein, dass sie in Sicherheit sind. Sonst hätte es keinen Sinn.

»Ich komme mit und sorge dafür, dass es sicher ist«, rufe ich gegen den peitschenden Wind an. »Bereit?«

»Bereit«, antworten die Elfen im Chor.

»Mert«, stimmt Dexter zu und drückt seinen großen Kopf gegen mein Bein.

Okay, dann. Los geht's!

Meine Stiefel bleiben im Sand stecken, und ich muss mich zwingen, weiterzugehen. Noch ein Schritt, und das Portal verschluckt uns.

Kapitel Dreissig

Ich blinzle. Das Portal spuckt uns in einer schicken Hotellobby aus. Wenn ich die modernen Fenster ignoriere, ist es, als würde ich in eine schottische Festung aus dem Mittelalter treten. Wow, das habe ich nicht erwartet. Dieser Ort ist pure Magie, und die Macht des Reichs kneift und beißt mich in die Haut. Ich werde unruhig, als ich bemerke, dass all meine Waffen verschwunden sind. *Das ist nicht gut.*

In der Lounge gleich neben der Lobby sitzt eine Frau in einem Sessel mit hoher Rückenlehne und liest. Sie legt ihr Buch auf den Armlehnen ihres Sitzes ab. »Willkommen.« Ihre violetten Augen leuchten warm.

Ist das die Kreatur, die diese Welt regiert? Ihr wunderschönes Gesicht ist von silbernen Wirbeln umgeben, einer Magie, die ich noch nie zuvor bei jemandem gesehen habe. Sie dreht sich, sodass ihre Augen, Wangenknochen und ihr

Kinn hervorgehoben werden. Ich habe keine Ahnung, was für eine Kreatur sie ist. Als sie sich elegant aus dem Stuhl erhebt, um uns zu begrüßen, fällt ihr dickes, glänzendes violettes Haar von ihrer Schulter und wie ein Vorhang bis zu ihrer Taille. Sie kommt geschmeidig auf uns zu.

Ich dachte ... ich kneife die Augen zusammen, als mir die Erkenntnis kommt. Ich kenne sie. Wir kennen sie. Vor etwa fünf Jahren hat sie mir in einem Café bei einem kleinen Vampirproblem geholfen und Story geheilt. Ich stehe in ihrer Schuld. Ich weiß instinktiv, dass die Elfen und Dexter bei ihr in guten Händen sind.

»Hallo.« Ich signalisiere der Bande, dass alles in Ordnung ist. Story fliegt von meiner Schulter in die Luft, und Ralph und die beiden Mädchen klettern hinunter.

Jeff schnaubt und stampft mit dem Fuß auf und schaut mich mit seinen großen Kulleraugen an, denen ich nie widerstehen kann. »Bitte, Tru!«, flüstert er.

Ich verdrehe die Augen und strecke meine Hand aus. Jeff springt mit einem Grinsen von meiner Schulter auf meine Handfläche, und ich lasse ihn auf den Boden gleiten.

Das Lächeln der Frau wird breiter.

»Ich bleibe nicht«, sage ich ihr. Nur für den Fall, dass sie mich rauswerfen will. Ich bin nicht gerade der Typ, der Zuflucht braucht. »Das Portal war irgendwie ...«

»Verrückt?«, unterbricht sie. »Ja, das hören wir oft. Keine Sorge. Ich kümmere mich um deine Familie.« Sie lächelt die Elfen und Dexter an. »Oh, und mach dir keine Sorgen um deine Waffen. Du bekommst sie zurück, sobald du gehst. Mein Name ist Tuesday. Tuesday Larson.« Sie streckt mir unbeholfen die Hand entgegen, die ich widerwillig schüttle.

»Tru Dennison«, murmele ich.

»Larson? Sind Sie mit Carol Larson verwandt?«, fragt Story.

»Ja, sie ist meine Mutter.«

»Oh, das tut mir leid«, sage ich leise.

Tuesday schnaubt, und als ihre violetten Augen die meinen treffen, tanzen sie vor Vergnügen. Wenn Hexenrat Carol ihre Mutter ist, dann ... ist Tuesday eine Hexe? Wow. Sie muss verflucht sein oder so, denn ich habe noch nie eine Hexe mit so einer einzigartigen, seltsamen Magie getroffen.

»Ich bin Story, das ist mein Gefährte Ralph und meine Kinder Novel, Jeff und Page« – Page quietscht und versteckt sich hinter Ralphs Bein – »und unser Beithíoch Dexter.«

»Breow.«

»Es ist mir eine Freude, euch kennenzulernen.« Tuesday senkt den Kopf und verbeugt sich vor Dexter.

Ich finde diese Geste immer so seltsam. Es ist merkwürdig, wenn die Mächtigen das tun. Niemand würde sich vor ihm verbeugen, wenn sie wüssten, wie stinkend sein Hintern nach dem Verzehr eines ganzen Lachses wird.

Dexter bläht als Antwort auf Tuesday seine haarige Brust auf.

»Ihr seid alle willkommen. Ich habe einen wunderbaren Bau für euch im Wald ausgesucht«, sagt Tuesday zu den Elfen. »Ich liebe Fae-Gäste. Ich war mir nicht sicher, was du bevorzugst, Dexter. Ich nehme an, du möchtest in der Nähe deiner Familie sein?«

Dexter nickt.

»Perfekt. Nun, mal sehen, was wir finden können.«

Sie alle entfernen sich von dem Portal, das sich nicht

geschlossen hat und immer noch hinter mir herumwirbelt. Ich schlurfe von einem Fuß auf den anderen. Ich hasse Abschiede. »Also, ähm, ich werde jetzt gehen.« Ich drehe meinen Daumen über meine Schulter und lächle verlegen. »Danke, Tuesday. Ich sehe euch alle in ein paar Tagen. Ich liebe euch. Habt Spaß!«

Ein paar Tage sind etwas übertrieben – ich muss diesen Fall abschließen, bevor Kleric morgen früh zurückkommt. Ich möchte nicht, dass er auch darin verwickelt wird. Ich zucke zusammen. Es ist jetzt vierzehn Uhr, also kein Druck. Ich winke und trete zurück in das Portal.

Kapitel Einunddreißig

Das Portal setzt mich genau an derselben Stelle ab, und im nächsten Augenblick erscheinen meine Waffen. Ich gehe direkt vom Strand zu dem gemieteten Haus, in dem die böse Hexe selbst wohnt. Miss Peak.

Ich habe keine Hilfe von Ava, aber immer noch meine Kontakte. Und wie ich auf dem Weg hierher erfahren habe, ist Miss Peak eine Stadträtin aus London, die hier zu Besuch ist. Deshalb kommt mir ihr Gesicht nicht bekannt vor.

Sie ist nach Lancashire gekommen, um ein paar vermisste Hexen aufzuspüren, die im Urlaub sind. Urlaub, von wegen. Überraschung, Überraschung: Diese vermissten Hexen sind diejenigen, die tot auftauchen – dieselben, die immer wieder versuchen, mich zu töten und sich dabei selbst umbringen – und Miss Peak steckt bis zum Hals in diesem Schlamassel.

Warum sie glaubt, dass ihr Geschrei und ihre Wutanfälle sie und die anderen Hexen unschuldig aussehen lassen, werde ich nie verstehen. Es ist so merkwürdig. Eine verrückte umgekehrte Psychologie. Das macht sie zu einem leichten Ziel für jemanden wie mich. Ich vermute, dass in ihrem Kopf die Schuldigen herumschleichen und sich in den Schatten verstecken.

Laut Miss Peaks Unterlagen gibt es noch drei vermisste Hexen auf der Liste. Hoffentlich weiß sie, wo sie sind und wer sie angeheuert hat.

Die gemietete Wohnung befindet sich in einem schicken Anwesen in der Nähe des Stanley Parks. Ich lasse den Land Rover in einer ruhigen Straße stehen und laufe durch den Park auf die ruhige, verwundbare Seite der Siedlung, wo ich über den Zaun klettern kann, ohne gesehen zu werden.

Es ist lächerlich einfach, das richtige Haus zu finden und hineinzukommen. Es ist schwierig und teuer, ein gemietetes Haus angemessen zu sichern, und sie haben sich nicht die Mühe gemacht. Deshalb würde ich in einem Hotel übernachten, wenn ich irgendwohin fahren würde. Sicherheit geht immer vor Privatsphäre.

Ich benutze einen einfachen Entriegelungszauber, um durch die Hintertür zu kommen, das Haus zu durchsuchen und mich dann ins Wohnzimmer zu setzen und zu warten. Es sollte nicht lange dauern. Laut meiner Quelle hat sie in ein paar Stunden ein Abendessen, und es ist sehr wahrscheinlich, dass sie zurückkommt, um sich umzuziehen – ein Outfit liegt auf dem Bett bereit.

Während ich warte, hört die quälende, besorgte Stimme in meinem Kopf nicht auf, zu schreien, dass die Höllenhunde Caitlyn jagen. Bei dem Gedanken dreht sich mir der Magen um und mir wird übel. Es fällt mir schwer, nicht auf dem Wohnzimmerteppich auf und ab zu laufen.

Vierzig Minuten später höre ich, wie ein Schlüssel im Schloss der Haustür kratzt. Die Sonne ist untergegangen, und als die Tür aufgeht, werfen die Straßenlaternen Schatten in den Flur. Die Tür fällt ins Schloss, ein Seufzer, das dumpfe Geräusch einer Tasche, dann zwei kleinere dumpfe Geräusche, als Schuhe ausgezogen werden.

»Habe ich den Fernseher angelassen?«, murmelt sie und geht barfuß ins Wohnzimmer, wo sie auf den flimmernden, stummen Fernseher starrt. Ihr Atem stockt, als sie die Schale mit dem halb aufgegessenen Popcorn auf dem Beistelltisch sieht.

Ich halte den Film an, damit sie mich nicht sieht.

Sie knurrt wütend und macht das Licht an. »Wer zum Teufel sind Sie? Verschwinden Sie. Ich habe dieses Haus gemietet.« Miss Peak – Gillian – schafft es sogar ohne Schuhe, aggressiv um das Sofa herum zu stampfen. Dann sieht sie mich, wie ich zusammengerollt dasitze, eine Tasse dampfenden Tee in der einen und eine Handvoll Popcorn in der anderen Hand.

Ich fuchtele mit der Popcornfaust vor ihr herum.

Für einen Moment erstarrt die Hexe, dann dreht sie sich mit einem Schrei um und versucht zu fliehen. Mit einem weiteren Schwung meiner Popcorn-Hand aktiviere ich die temporäre Barriere und riegele den Raum ab. Weit kommt sie nicht. Schluchzend schlägt sie mit der Handfläche gegen die Barriere.

»Hallo Gillian. Wir müssen uns mal unterhalten. Setz dich doch. Das *Du* ist okay? Ich hoffe, es stört dich nicht, dass ich es mir hier gemütlich gemacht habe. Das Popcorn ist lecker. Hast du das gekauft?«

Sie schüttelt den Kopf.

»Es ist richtig lecker. Ich muss noch mehr kaufen. Okay, wenn ich dir also ein paar Fragen stellen darf, dann lasse ich dich in Ruhe.«

»Das darfst du nicht. Weißt du, wer ich bin?« Oh, und sieh mal an! Ihre Tränen sind wie durch ein Wunder verschwunden – die kleine Betrügerin. »Ich werde deinen Job haben!«, kreischt sie.

Ich zucke zusammen. Ich fahre mit dem Finger über mein Ohr und wackle damit. »Man, hast du eine laute Stimme! Wow, man sollte deinen Gesprächspartnern Ohrstöpsel geben.«

»Hörst du nicht zu? Raus hier!« Sie fuchtelt mit den Händen und stampft mit dem Fuß auf.

»Sieht das aus wie ein Gesicht« – ich zeige auf mich –, »das sich um einen Scheißjob kümmert?«

Sie runzelt die Stirn.

»Gillian, ich versuche, höflich zu sein, also setz dich verdammt noch mal hin. Wir haben viel zu besprechen. Zum Beispiel möchte ich wissen, wer dich und dein Team angeheuert hat, um mich und meine Familie zu töten.« Ich stelle die Teetasse ab und ziehe ein riesiges, gezacktes Messer im Rambo-Stil aus der Scheide. »Wir können das auf die leichte oder auf die harte Tour machen.« Mit einem gruseligen Grinsen drehe ich die Klinge.

Das Ding ist lächerlich. Es ist viel zu groß und die

Balance ist völlig falsch. Aber es ist ein perfektes Werkzeug, um zu drohen.

Die Hexe setzt sich. Sie fällt fast zu Boden, kann sich aber gerade noch am Stuhl festhalten. Ihre Hände zittern, als sie auf das Kissen rutscht und mich mit großen, ängstlichen Augen anstarrt.

»Wie viele Hexen gibt es noch und wer hat dich angeheuert?« Ich komme gleich zur Sache.

»Drei und ich«, flüstert sie. »Wir sind noch zu viert.«

Ich nicke. Das passt. »Und wer hat euch angeheuert?«

Sie presst ihre roten Lippen hart aufeinander und schüttelt den Kopf.

Ich werfe die Klinge in die Luft und drehe sie, um sie zum Reden zu bringen. Ups, fast hätte ich es vermasselt und das verdammte Ding fallen lassen. Mein Fehler. Ich grinse. Die Balance ist wirklich schrecklich. Das mache ich besser nicht noch einmal.

»Marcus!«, ruft sie. »Er hat alles für seine Freundin, die Nekromantin, vorbereitet. Sie hat viel Geld bezahlt, um unsere Hilfe zu bekommen. Ich weiß nicht, wie sie heißt. Ich weiß nur, dass sie dich nicht leiden kann.«

Wow, sie mag mich nicht. Ohne Scheiß?!

Ich brumme vor mich hin. »Ich habe sie verärgert, oder? Was habe ich getan?«

»Marcus hat gesagt, dass sie sehr unglücklich darüber ist, dass du ein Hybrid bist und die Rolle der Henkerin bekommst. Du, der Liebling der Medien, während alle ignorieren, was für ein abscheuliches Monster du bist. Sie wollte, dass du alles vermasselst, um der Welt zu beweisen, dass du unausgeglichen und dein bequemes Leben nicht wert bist.«

Ich denke, die Nekromantin hat nicht ganz unrecht. Nicht, dass ich eine Abscheulichkeit bin – diesen Unsinn schüttle ich mental ab. Aber sie hat recht damit, dass ich es nicht wert bin, unschuldige Kreaturen zu töten – eine Position, deren Ausbildung aus einem beschissenen Handbuch und halbherzigen Worten der Ermutigung bestand. *Schnapp sie dir, Psycho!*

Es ergibt keinen Sinn, aber wann ergibt etwas Sinn, das verrückt ist? Irgendwas stimmt nicht mit dieser Nekromantin. Ich bin mir sicher, es wird bald ans Licht kommen. Ich könnte es verstehen, wenn ich einen Verwandten oder einen Geliebten getötet hätte, aber sie ist verrückt nach dem Leben, das ich führe.

Sie wird wütend sein, wenn ich Caitlyn rette, meinen Job verliere, ein Kopfgeld auf mich ausgesetzt wird und ich am Ende tot bin. Sie wird wütend sein, wenn sie herausfindet, dass sie ihre Zeit, ihr Geld und das Leben der Hexen verschwendet hat, wenn sie nur hätte warten müssen, bis ich aufgebe. Ich bin dabei, alles selbst zu versauen. Vielen Dank.

Oder sie wird wütend sein, wenn ich sie am Leben lasse. Ich habe vor, sie zuerst zu finden und dieses kranke Spiel zu beenden.

»Wir mögen sie nicht. Sie ist schlecht, aber Marcus war verwöhnt. Wir haben ihn verwöhnt. Haben ihn geliebt. Irgendwann hätte er sich mit ihr gelangweilt. Marcus hat uns zuerst angeheuert, um die Portale in der Stadt zu öffnen und euch zu quälen«, fuhr die Hexe fort. »Als das nicht den gewünschten Effekt hatte, hat Marcus das Portal unter eurem Auto geöffnet. Als ihr ihn getötet habt, hat uns das motiviert, euch zu töten. Als wir dich nicht erreichen konnten, haben wir geplant, dich in den Wahnsinn zu treiben, indem wir deine Familie töten.« Sie grinst hämisch.

Wie von selbst schnellt meine Hand nach vorn, die Klinge fliegt haarscharf über ihren Kopf hinweg und bohrt sich in die Wand. Sie schreit auf.

»Das sind nur Kobolde«, wimmert sie.

»Nimm dich in Acht!« Ich starre sie an. »Weißt du wirklich nicht, wie sie heißt?«

»Nein, ich habe keinen Namen. Marcus wusste ihn, aber er hat ihn mir nicht gesagt. Das war zu unserem Schutz.«

»Beschreib die Nekromantin!«

»Sie ist klein und hat langes braunes Haar. Ich kann mir Gesichter nicht gut merken.« Sie streckt ihre Hand aus, während ich mein Gewicht verlagere. »In Marcus Wohnung hängen überall Fotos von ihr.«

Nur ein Foto war übersehen worden, und darauf war kein Gesicht zu sehen.

»Wo ist diese Nekromantin jetzt?«

»Sie ist bei meinem Hexenzirkel, den anderen drei Hexen.«

»Wo?«

Sie schüttelt den Kopf, bis ich eine weitere Klinge ziehe, und erstarrt.

»Beeil dich, Gillian! Ich werde nicht absichtlich daneben treffen, wenn ich das hier werfe.« Die Klinge des silbernen Wurfmessers glänzt im Licht des Fernsehers.

»In dem Turm. Im Aquarium. Der Freizeitkonzern, dem das Gebäude gehört, hat die Attraktion diese Woche wegen Renovierungsarbeiten geschlossen. Sie stellen dort eine Falle auf.«

»Für wen?« Als ob ich das nicht schon wüsste. Ich beuge mich vor, und ihre großen, ängstlichen Augen folgen dem Messer.

»Für dich!« Gillian wischt sich mit zitternder Hand über das feuchte Gesicht. »Für dich. Sie wollen dich reinlegen. Lass mich jetzt gehen! Bitte lass mich gehen! Ich bin nur die Mittlerin. Meine Aufgabe war es, die hiesigen Hexen und alle Kreaturen davon abzuhalten, sich einzumischen. Ich habe dir nichts getan. Ich sollte nur mit dem Gemeinderat verhandeln.«

Ich lege das Wurfmesser weg, sie seufzt erleichtert, dann hustet sie, und beim nächsten Atemzug entweicht ihr ein quietschendes Keuchen.

»Möchtest du noch etwas hinzufügen?« Ich stehe vom Sofa auf und strecke mich ein wenig.

»Nein, ich habe dir schon alles gesagt ...« Sie ringt nach Luft, ihr Mund ... die Ränder ihres roten Lippenstifts verfärben sich seltsam blau. »Was ... was ist passiert?«, krächzt sie. »Was ... was hast du getan?«

»Der Stuhl. Sobald du dich hingesetzt hast, hast du den Zauber für ein langsam wirkendes Gift aktiviert.« Mein Kopf neigt sich zur Seite. »Erkennst du das nicht, Gillian? Es ist dein Entwurf.«

Es ist schreckliche Magie. Ich habe sie oben bei ihren Sachen gefunden. Der Kontakt, über den ich an Gillians Informationen gekommen bin, war sehr entgegenkommend und hilfsbereit. Miss Peak hat den Ruf, ein bisschen böse zu sein. Gift ist ihre Spezialität.

»Nein ...« Sie keucht und ihre Augen rollen zurück.

Ich schleiche mich an sie heran. »Es scheint, als hätte deine beschleunigte Herzfrequenz die Dinge vorangetrieben.« Meine Stimme ist so sanft. »Ich frage mich, ob deine Opfer das auch so empfunden haben?«

Mein Handy piept, als die böse Hexe ihren letzten Atemzug nimmt. Ich lache ungläubig, als ich die Nachricht lese. Die Höllenhunde haben Caitlyn gefunden. Sie ist im Tower und sie haben sie im Aquarium eingekreist.

Wie stehen die Chancen?

Ich schreie frustriert auf und trete gegen das Bein des Stuhls der toten Hexe. Der Stuhl kippt über den Teppich, prallt gegen die Wand und ihr lebloser Körper fällt seitlich auf die gepolsterte Armlehne des Stuhls.

Ich wünschte, ich könnte sie noch einmal töten.

Miss Peak muss gehört haben, wie ich mich über den Hinrichtungsbefehl aufgeregt habe, oder die anderen Hexen haben uns zusammen im Café gesehen und angenommen, wir seien gute Freundinnen, oder noch wahrscheinlicher, sie wussten, dass Caitlyn Marcus getötet hat.

»Es tut mir so leid, Caitlyn. Du hast wirklich keine gute Woche.« Ich zupfe an meinem Haar und senke beschämt den Kopf. Keine gute Tat bleibt ungestraft. Ich starre auf das Handy. *Sieh an, eine nette, kleine, saubere Falle.* Ich schüttle den Kopf.

KAPITEL ZWEIUNDDREISSIG

ICH KANN NICHT GARANTIEREN, dass ich das Glück habe, noch einen Parkplatz an diesem Tag zu bekommen, also ordere ich mir ein Taxi, das mich in zehn Minuten am Haupteingang des Parks abholt.

Ich schütte das restliche Popcorn in den Eimer, stelle Schüssel und Becher in den Geschirrspüler und schalte ihn ein. Ich weiß nicht, warum ich mir die Mühe mache. Wenn sie den Fall untersuchen, können sie mir diese nicht genehmigte Tötung leicht in die Schuhe schieben. Meine DNA ist überall, und im Moment ist mir das egal.

Ich bekomme eine Bestätigung, dass ich abgeholt werde, und als ich durch die Hintertür gehe, entschuldige ich mich im Stillen beim Hausbesitzer, während ich das verdammte Rambo-Messer in der Wand zurücklasse. Wenigstens habe ich die Hexe nicht völlig zerlegt, und wenn sie bald gefunden wird, wird sie nicht einmal mehr ausfließen.

Ich springe über den Zaun und renne durch den dunklen Park. Als ich meinen Rhythmus gefunden habe, beginnt es zu regnen, und ich denke an Miss Peak. Ich bin froh, dass ich sie nicht am Leben gelassen habe. Ich gehe am Defender vorbei – es ist besser, ihn hierzulassen, wo er sicher ist – und als ich mich den schwarzen Toren des Parks nähere, wartet ein Auto auf mich.

»Miss Dennison?«, fragt der Fahrer.

»Ja.«

Er öffnet die Tür, und ich klettere auf den Beifahrersitz. Ich schnalle mich an, während der Fahrer auf den Sitz neben mir rutscht. Wir fahren los und rasen die Straße entlang, die um den Park führt. Der Fahrer sagt kein Wort, bis er mich fünf Minuten später an der Adelaide Street absetzt.

»Gehen Sie zum Personaleingang der Tower Buildings auf der Rückseite.«

»Okay. Danke fürs Mitnehmen.« Ich schließe die Tür und renne die Straße hinunter. Die Tower Buildings sind der Name des Turmsockels. Der dreistöckige Entertainmentkomplex am Fuße des Turms besteht aus Tonnen von Beton mit roten Ziegeln und Dutzenden von weißen Fenstern und Türen. Der Komplex beherbergt einen Indoor-Spielplatz für Kinder, einen weltberühmten Ballsaal, ein Restaurant, einen Zirkus und ein Aquarium. Der Turm verfügt über einen Aufzug, der die Besucher ganz nach oben bringt, wo sich eine gläserne Aussichtsplattform befindet.

Ich werde den Turm heute hoffentlich nicht besteigen, und alles bleibt im Erdgeschoss des Aquariums.

Das letzte Mal war ich in diesem Gebäude, als ich neun Jahre alt war und mit meinem Großvater in den Zirkus ging. Der Zirkus im Turm war in der Mitte des Gebäudes, zwischen den vier Beinen des Turms. Ich erinnere mich, wie sich die ganze Manege für das große Finale mit den tanzenden Fontänen mit Wasser füllte. Es war magisch.

Ich jogge an den frühen Abendshoppern vorbei, höre Gemurre und Klagen über das Wetter und dass die Fußgängerzone hinter dem Tower gesperrt ist. Ich biege links in die Bank Hey Street ein und verlangsame meinen Schritt durch die magische Barriere, die die Straße blockiert und hinter der drei riesige Höllenhunde warten.

John, der Höllenhund, den ich neulich bei der Hexenszene kennengelernt habe, lehnt lässig an der Ecke des Gebäudes, seine Schulter an den roten Backstein gelehnt. Als er mich auf sich zukommen sieht, sind seine grünen Augen ausdruckslos, sein Gesicht ist leer, er sieht aus, als hätte er diese Scheiße schon tausendmal gesehen und erlebt. Ich bin mir sicher, das hat er.

»John.« Ich nicke den beiden anderen Höllenhunden zur Begrüßung zu. Höflichkeit zahlt sich aus.

»Henkerin, es tut mir leid, dass du deswegen gerufen wurdest«, sagt John mit einer Stimme, die kurz vor dem Knurren ist.

Das ist alles, womit ich es zu tun habe: wütende Höllenhunde. »Und ich entschuldige mich dafür, dass ich dir auf die Füße getreten bin. Wenn es hilft, es war nicht meine Absicht.« Ich bin genau da, wo ich sein sollte, aber das müssen sie ja nicht wissen.

»Wir sind dir sehr dankbar, dass du so schnell hier bist«, sagt der kleine blonde Höllenhund mit einem freundlichen Lächeln.

»Nun, ich hatte keine Zeit, mich vorzubereiten. Ich bin völlig unvorbereitet. Also, was haben wir?«

John winkt mich herein, und wir schieben uns durch den schmalen Personaleingang. Mit seinem Datapad projiziert er den Grundriss des Gebäudes an die Wand.

Praktisch.

»Kurz nach sechzehn Uhr kam ein Team von Angreifern durch diesen Eingang. Sie schalteten die Kameras im Gebäude aus, bedrohten das Personal und töteten einen Sicherheitsmann, der eingreifen wollte.« John klickt auf sein Datapad und Teile des Gebäudeplans an der Wand färben sich grün.

»Bis auf den Zirkus haben wir das gesamte Gebäude evakuiert, und im Moment haben wir drei Teams von Jägern – hier, hier und hier –, die diese Bereiche absperren.« Er zeigt auf die oberen Stockwerke, den Ballsaal und den Kinderbereich. Nur der Zirkus und das Aquarium sind noch nicht gesichert.

»Es wurde bestätigt, dass das Ziel hier im Aquarium ist.« John drückt auf einen Knopf, der auf dem Plan ein X markiert. »Anhand der Kamerabilder von der Straße haben wir mindestens vier Angreifer gezählt. Mögliche weitere Angreifer, die bereits vor dem ersten Einbruch im Gebäude waren, sind dabei noch nicht berücksichtigt.«

Mit einem weiteren Klick wird ein Bereich rot markiert, der den Zirkus und das Aquarium umfasst. »Sie kontrollieren diesen gesamten Abschnitt und haben zwei Bereiche gebildet. Der eine, der den Zirkus umgibt, ist ein einfacher

Standardbereich. Der zweite ist eine Killerzone. Sie ist gefährlich und ein Albtraum, wenn nicht unmöglich zu durchbrechen. So wie es aussieht, können wir diesen Bereich nicht einnehmen, ohne das ganze Gebäude auf uns zu stürzen. Es erstreckt sich um das gesamte Aquarium herum.« Ein weiterer Klick und der Bereich um den Zirkus wird orange und das Aquarium rot.

Ich muss also irgendwie an der Killerstation vorbei. Kein Problem.

»Gibt es da Hexen?«, frage ich. Die Antwort auf diese Frage kenne ich zwar schon von Miss Peak, aber es ist immer besser, sich zu vergewissern.

»Ja, wir glauben, dass mindestens drei von ihnen mächtige Hexen sind.«

»Gibt es Geiseln?« Ich reibe mir die Schläfen. Ich brauche Wasser, denn ich habe starke Kopfschmerzen.

»Keine Bestätigten. Aber wir vermissen Mitarbeiter, darunter den ganzen Zirkus, der gerade bei der Generalprobe war, als die Station in die Luft geflogen ist, und der immer noch darin gefangen ist. Der Feind schweigt. Abgesehen von dem Zettel, den sie dem Wachmann umgehängt haben, haben wir keine Kommunikation«, sagt der blonde Höllenhund.

»Ein Zettel?«

John winkt mich zu sich und deutet hinter den Schreibtisch. Ich schaue über seine Schulter. Der tote Sicherheitsmann liegt auf dem Rücken, bekleidet mit einem roten Polohemd, auf dessen Brust in schwarzen Großbuchstaben »Security« steht. Meine Augen folgen dem Gesicht des jungen Wachmanns. Ein böser Fluch muss ihn umgebracht haben. An seiner Schulter hängt ein blutverschmierter Zettel, der mit einem Butterflymesser befestigt ist.

Wir werden nur mit der Henkerin sprechen.
Sie darf die Station betreten, wenn sie unbewaffnet und
allein kommt.
Und als zusätzlichen Anreiz lassen wir die Zirkusleute frei.

»Der arme Kerl. So eine Verschwendung«, murmle ich.

»Ja, und er wird eine Weile nicht rauskommen. Wir müssen warten, bis das Gebäude gesichert ist, bevor ein Team ihn in die Leichenhalle bringen kann«, sagt der blonde Höllenhund.

Ich ziehe zwei Beweismittelbeutel und ein Paar blaue Latexhandschuhe aus einer meiner vielen Taschen. »Darf ich?«

John zuckt mit den Schultern.

»Nur zu!«, sagt der gesprächige blonde Höllenhund.

Ich ziehe die Handschuhe an, schleiche hinter den Tresen und ziehe dem Toten das Messer aus der Schulter. Die Schmetterlingsklinge wandert in eine Tüte, der Zettel in eine andere. Ich gebe die Beweisstücke John, der sie dankbar entgegennimmt.

»Also lassen sie mich rein, wenn ich unbewaffnet bin? Für ein Gespräch? Das ist, äh, großartig.«

Der blonde Höllenhund grinst mich an.

»Das gefällt mir nicht«, sagt John.

»Mir gefällt das auch nicht. Es ist okay. Ich war schon in viel schlimmeren Situationen und habe ein paar Asse im Ärmel. Manchmal muss man sich einschleichen, um etwas zu erreichen.«

»Okay. Wir können das Gebäude halten, während du dich um die Feinde im Aquarium kümmerst. Du hast die Erlaubnis, alle Ziele in diesem Bereich auszuschalten, und wir kümmern uns darum, den Zirkus zu übernehmen. Die Station dort schwankt bereits.« John senkte seine Stimme zu einem superernsten Ton. »Weißt du, wenn du da reingehst, bist du auf dich allein gestellt. Es gibt keine Chance, dass wir dich da rausholen können, solange die Station aktiv ist. Um die Station lahmzulegen, muss man alle Hexen töten.«

»Das kann ich tun. Haltet sie nur davon ab, sich von hinten an mich heranzuschleichen, das wäre toll.«

Der dunkelhaarige Höllenhund, der bis jetzt geschwiegen hatte, niest. »Was ist das für ein Gestank?« Er reibt sich die Nase. »Leichenfäule.«

Ich blinzle ins Gebäude. »Ach ja, apropos. Das wird der Nekromant sein.«

»Nekromant? Seit wann gibt es Nekromanten? Zombies, ich hasse Zombies«, knurrt der blonde Höllenhund. Gemeinsam schauen wir den Gang entlang zur Zirkustür, durch die die Mitarbeiter verschwanden. »Die sind doch alle tot, oder?«, fährt er fort. »Die Mitarbeiter, die sie gehen lassen. Die werden alle zu verdammten Zombies, nicht wahr?«

Ich zucke mit den Schultern. »Ich weiß es nicht. Vielleicht, vielleicht auch nicht. Das ist doch der Grund, warum du so viel Geld verdienst. Oder nicht? Und jeder kann sich hinter dir verstecken, weil ich wette, dass du ein leckeres Gehirn hast.« Ich muss über das Entsetzen in seinem Gesicht grinsen. »Aber der Nekromant müsste schon verdammt stark sein, um mehr als einen Zombie zu kontrollieren.« Ich winke ab. »Das wird schon klappen.«

John stöhnt. »Sie waren mitten in der Generalprobe ... Zombie-Clowns, das ist ja toll. Ich hasse Clowns.«

Die beiden anderen Höllenhunde lachen, weil es leichter ist, als wütend und verärgert zu sein. Ein Witz, um sich gedanklich vom Grauen zu distanzieren.

Ich höre ein Geräusch hinter dem Schreibtisch und ziehe eines meiner Engelsschwerter aus der Scheide, um es zu schwingen, bevor ich merke, was ich tue. Im letzten Moment passe ich den Winkel der Klinge an und der Zombie-Sicherheitsmann verliert seinen Kopf.

Die Klinge skalpiert ihn und durchbohrt sein Gehirn. Igitt. Sie durchtrennt alle motorischen Funktionen und die Magie. Wie nicht anders zu erwarten, fällt der Körper des Wachmanns in sich zusammen und hinter den Schreibtisch. Tot. Der faulige Geruch hatte eine nähere Quelle. Ein Zombie-Wächter.

Scheiß Zombies. Was habe ich gesagt? Ich wusste, dass sie mich beißen würden. Ich zittere. Ich ertrage den Gedanken nicht, dass sie mich zerfleischen.

Ich denke kurz nach und stelle fest, dass ich beinahe einen fatalen Fehler begangen hätte. Ich bin eine weichherzige Närrin. »Als ich das Messer und den Zettel weggenommen habe, muss es irgendwie aktiviert worden sein«, sage ich zu den Höllenhunden. »Ich weiß nicht, ob das überhaupt möglich ist.« Ich wette, Story wüsste es.

Mit einem Tuch wische ich die Gehirnmasse des Zombies von der Klinge. Als ich fertig bin, spüre ich, wie sie mich anstarren. »Tut mir leid.« Ich drehe mich um und sehe, dass mich alle drei Höllenhunde anstarren.

»Wie zum Teufel hast du das gemacht?«, fragt der Blonde und schließt dann den Mund.

Ich zucke mit den Schultern.

John fährt sich mit der Hand übers Gesicht. »Ich denke, du wirst wieder in Ordnung kommen.« Er drückt mir ein zugeklapptes Handy in die Hand.

»Danke. Ich rufe an, wenn es vorbei ist.« Je schneller ich drin bin, desto schneller kann ich die Scheiße aufklären und Caitlyn retten. Jetzt kommt der unangenehme Teil: Ich muss alle Waffen ablegen. Ich ziehe alles aus und lande mit einer ganzen Sammlung auf dem Tresen.

»Ist dieser Bereich als privat gekennzeichnet?«, frage ich niemand Bestimmten, während meine Finger neben den Waffen nervös eine Melodie klimpern.

John gibt einen Laut von sich.

»Ja, alles in Ordnung«, antwortet der blonde Höllenhund.

»Gut.« Ich greife in meine Kampfausrüstung und hole den gefalteten schwarzen Seidenbeutel heraus. Die Höllenhunde beobachten, wie ich alles hineinlege, auch das Handy. Dann falte ich das handliche Taschenarsenal zu einem kleinen Quadrat und stecke es in eine Innentasche. Es liegt flach an meiner linken Hüfte. Wenn ich durchsucht werde, wird man es hoffentlich für das Essen halten. Ich wende meine Aufmerksamkeit wieder der Wand zu, überprüfe noch einmal die Anordnung des Aquariums und präge mir die Ausgänge ein.

»Okay. Ich bin bereit.«

Kapitel Dreiunddreißig

Die Station knistert bedrohlich vor mir, als ich vor der Personaltür stehe, die zum Aquarium führt. John hat nicht übertrieben, als er gesagt hat, dass dieses Ding das ganze Gebäude zum Einsturz bringen könnte. Es pumpt so viel Energie aus, dass sich mir die Nackenhaare sträuben. Hinter mir machen sich die Höllenhunde bereit, den Personaleingang des Zirkus zu stürmen, und sie vertrauen darauf, dass ich es ihnen gleichtue.

Immer wieder muss ich mich davon überzeugen, dass das, was ich tue, richtig ist. Ich sorge dafür, dass Caitlyn und die Mitarbeiter des Towers durch meine Anwesenheit in Sicherheit sind. Sie alle haben es verdient, gerettet zu werden und heute Abend nach Hause zu kommen. Und dann weiß ein Teil von mir, dass die Trauer um Justin es mir schwer macht, klar zu denken, und mein Bauch schreit, dass ich einen großen Fehler mache, aber ich habe mich entschieden.

Ich bin nervös, meine Nerven liegen blank. Außerdem atme ich zu schnell. Ich zwinge mich, ruhig und langsam zu atmen. Ich habe alles unter Kontrolle. Ich habe es im Griff.

Du hast alles unter Kontrolle? Du bist eine hinterhältige Idiotin.

Ich wippe von einem Fuß auf den anderen. Der magische Timer an meinem Ärmel zählt die letzten sechzig Sekunden, bis ich das Aquarium betrete. Die Höllenhunde vertrauen mir, dass ich ins Aquarium gehe und sie töte. Stattdessen täusche ich sie – Lügen durch Weglassen ist immer noch Lügen. Ich gehe rein, um nett zu den bösen Jungs zu sein, bis ich Caitlyn sehe. Sobald ich den Beweis habe, dass sie lebt, kümmere ich mich um den Rest.

Alles wird gut. *Alles wird gut.*

Ich habe dieses Chaos verursacht, muss das Richtige tun und es in Ordnung bringen. Ich betrachte den Dämonenkuss mit einem traurigen Lächeln und vergewissere mich, dass meine Verbindung zu Kleric fest verankert ist. Er darf nicht wissen, was ich vorhabe. Ich schlucke. Egal, was jetzt passiert, ich muss weitermachen. Ich muss die Person sein, die gut genug ist, um seine Gefährtin genannt zu werden.

Dreißig Sekunden. Ich fühle mich seltsam, fast nackt, keine Waffe in Reichweite, und die in meiner Hose versteckte Pistole brennt ein imaginäres Loch in meine Seite. Ich balle die Hände und verdrehe aus nervöser Gewohnheit die Handgelenke.

Mein Gott, ich vermisse das Gefühl meiner Schwerter.

Ich kann mit mehr als meinen Waffen kämpfen. *Ich* bin die Waffe. Ich kann es.

Bei zehn Sekunden richte ich meine Schultern auf, hebe mein Kinn und starre auf die Station. *Ich hoffe, dass ich nicht verdammt noch mal gegrillt werde.* Ich strecke meine Hand aus. Magische Funken sprühen über meine Haut. Es ist wie ein Schlag von einem Elektrozaun, schmerzhaft, aber nicht lebensgefährlich. Ich greife nach der Klinke und öffne die Tür. *So weit, so gut.* Eine Sekunde. Ich atme tief durch und schlüpfe hinein.

Der Wechsel vom grellen Licht des Personalraums in das sanfte, fischfreundliche blaue Licht des Aquariums macht es mir für ein paar Sekunden schwer, etwas zu erkennen. Ich lasse meine Augen sich anpassen, während sich die Tür schließt. Mit der Station im Rücken kann sich niemand von hinten an mich heranschleichen.

Sobald ich etwas sehe, blinzle ich und schaue mich genau um. Dem großen Schild an der Wand zufolge ist das Aquarium den Kalksteinhöhlen in Derbyshire nachempfunden. Das kann ich sehen. Die dunklen, höhlenartigen blauen Wände sind eine außerirdische Welt aus bröckeligem Kunststein, die Dutzende von Aquarien auf beiden Seiten des Raumes umschließt.

Über jedem Aquarium befinden sich ein quadratisches blaues Licht und kleine Informationstafeln mit Details zu den darin lebenden Wassertieren. In der Mitte ist ein riesiges Salzwasserbecken mit riesigen Meeresschildkröten, die gemächlich über die im römischen Stil verzierten weißen Säulen schwimmen. Eine Hommage an die versunkene Stadt Atlantis?

In der Ecke ist ein Souvenirladen und überall liegen

Aquarienzubehör, Röhren und andere Dinge herum. Es sieht definitiv so aus, als würde hier gerade modernisiert.

Dexter würde diesen Ort mit dem friedlichen Blubbern und Summen der Aquarien lieben. Er würde die ganze Zeit von den leuchtend orange-weißen Clownfischen zu den Seepferdchen rennen.

»Hallo?«, rufe ich. Man könnte meinen, ein böses Empfangskomitee warte auf mich. »Ihr habt die Henkerin bestellt. Hier bin ich.« Ich nehme die Hände von meinem Körper und fuchtele damit herum. »Ihr könnt die Zirkusleute gehen lassen.«

Zu diesem Zeitpunkt habe ich keine Ahnung, ob die Hexen und der Nekromant wissen, dass ich weiß, dass dies eine Falle ist. Mein Kopf brummt, während ich versuche, das Chaos zu entwirren. Seit Tagen habe ich nicht richtig geschlafen.

»Caitlyn? Wenn du mich hören kannst, ich komme. Hab keine Angst. Halte durch, ich hole dich bald hier raus.«

»Jaja, schöne Rede. Jetzt nimm die Hände hoch«, knurrt eine Frauenstimme. »Höher.« Ich drehe mich um und erblicke eine dunkelhaarige Hexe. Sie steht auf der anderen Seite des Raumes, in einer dunklen, schlecht beleuchteten Ecke neben der Station. Ich halte meine Hände noch höher. Es fühlt sich so falsch an, mich wie eine Kriegsgefangene auszuliefern.

Ich bemerke eine Bewegung und drehe mich um, um die Hexe im Auge zu behalten, während zwei Zombies in roten Polohemden mit Stöcken aus dem Souvenirladen schlurfen.

Oh, hallo!

Ich kann nur das Salz aus den Tanks riechen. Ich bin froh, dass meine Nase nicht so empfindlich ist wie die eines Wolfswandlers, denn diese frisch erschaffenen Zombies riechen für mich nicht tot. Ihre Augen sind noch nicht einmal milchig geworden und zum Glück fällt auch nichts ab.

Zombie Nummer eins stöhnt, als er näher kommt. Ich schaudere, als er an mir schnüffelt. Er hat noch eine Erkennungsmarke. Ich blinzle auf das Schild. Er heißt Steve. Der zweite Zombie hat kein Namensschild, aber er sieht aus wie ein Chris, also nenne ich ihn in Gedanken so.

»Was hält sie davon ab, mich zu zerfleischen?«, frage ich durch die Zähne.

»Die Nekromantin, aber du kannst nichts tun, um sie aufzuhalten. Ich würde gern zusehen, wie sie dein Gesicht fressen. Da du eine Wandlerin bist, wette ich, dass die Nekromantin dir zum Spaß ein neues Gesicht wachsen lässt. Aber wenn du aus der Reihe tanzt, sie aufhältst oder auch nur einen Hauch von Gewalt anwendest, ist das Mädchen, das du am Leben erhalten willst, tot. Du willst doch nicht, dass deine kleine Hybrid-Freundin Caitlyn auf grausame Weise stirbt, oder? Ihr Leben hängt davon ab, dass du dich benimmst.«

»Na schön.«

Ich spiele mit.

»Lesley, bleib, wo du bist!«, ruft sie von der anderen Seite des Raumes. »Madie, durchsuch sie nach Waffen!«

Hinter den Zombies taucht eine rothaarige Hexe auf. Sie bewegt sich seitwärts wie eine Krabbe, ihr Rücken berührt den Haupttank, sodass sie ihn nicht anfassen muss. Sie bleibt vor mir stehen, stellt sich auf die Zehenspitzen, legt ihre Hände auf meinen Kopf und gräbt ihre Fingernägel in meine Kopfhaut. Sie fährt mit ihren Händen über meinen Nacken, klopft mir auf die Schultern und fährt fort, meinen Oberkörper und meine Hüften zu untersuchen.

Dann fährt sie mit den Händen an meinen Beinen entlang. Madies Technik ist nicht schlecht, aber sie übersieht die versteckte Tasche an meiner Taille. Mit einem harten Schlag und einem finsteren Blick zwingt sie mich, die Stiefel auszuziehen.

»Warum hilfst du dem Geisterbeschwörer?«, frage ich und hüpfe auf einem Bein.

»Halt die Klappe!«, sagt die erste Hexe.

Ich steige wieder in meinen zweiten Stiefel. »Geht es ums Geld? Ist das Geld all die toten Hexen wert?« Ich binde mir die Schnürsenkel zu und ziehe den Kopf ein, als Madie völlig überraschend mit dem Arm ausholt und mir eine Ohrfeige verpasst. Meine Wangenknochen und meine Nase brennen. Ich hasse es, geohrfeigt zu werden. Wenn ich die Wahl hätte, würde ich lieber einen Schlag einstecken. Ohrfeigen sind so würdelos.

»Madie, geh und kümmere dich um die Station!«, zischt die erste Hexe.

Die fröhliche Schlägerin starrt mich an und mit einem aufmunternden Schubs der ersten Hexe geht sie näher an die Station heran.

Die erste Hexe mustert mich von oben bis unten und schüttelt den Kopf. »Du machst dich über uns lustig, weil wir so unser Geld verdienen, aber du bist eine Auftragsmörderin. Du bist nicht besser als wir. Wir sind nur ehrlicher in unserer Arbeit.« Sie flüstert: »Und du bist so dumm. Ich kann nicht glauben, dass du darauf reingefallen bist. Wo ist deine Würde, Henkerin?« Sie schüttelt den Kopf und lächelt.

Ich hasse es, wenn ein Bösewicht so lächelt. Das ist nie ein gutes Zeichen.

Aus ihrer Tasche zieht sie ein vertrautes weißes Halsband. Ich halte die Luft an und trete einen Schritt zurück. Sie hebt den Kragen an ihr Gesicht und bewundert ihn. »Erkennst du das? Die Nekromantin hat einen hellen und köstlichen Sinn für Humor.«

Ja, das sehe ich. Sehr witzig. Toll, wie sie mein Trauma aus der Vergangenheit ausnutzt, um mich auf den Arm zu nehmen. Ich knirsche mit den Zähnen. Woher zum Teufel wissen die von den weißen Gefängnis-Halsbändern?

Der gewalttätige Einhorn-Teil in mir will Rache und drängt mich, ihr die Kehle rauszureißen und sie den Zombies zum Fraß vorzuwerfen, anstatt ihr zu erlauben, dieses Halsband auch nur in die Nähe meines Halses zu bringen.

»Du musst es nicht tragen. Aber wenn du es nicht tust, wird die arme, süße, unschuldige Hybridin sterben. Es ist ganz allein deine Entscheidung. Hast du Angst?« Sie lächelt und Madie in der Ecke kichert.

Verdammt. Meine Nasenflügel weiten sich. Sie will mich ködern. Die Höllenhunde hätten mich nie hier reingelassen, wenn sie gewusst hätten, wie verletzlich und leicht zu manipulieren ich bin. Sie sind sich sicher, dass ich alle töten werde. Schließlich ist Caitlyn für sie das Ziel, nicht das Opfer. Ein Opfer, das sie jetzt benutzen, um mich zu kontrollieren. Mit einem Halsband natürlich.

Es ist irgendwie erbärmlich. Ich bin erbärmlich. Wie tief bin ich gesunken?

Ich starre die Hexe ausdruckslos an und denke über meine begrenzten Möglichkeiten nach. Mit dem Halsband kann ich umgehen. Ich nicke, mache mich breiter und bin bereit, als die Hexe mir das weiße Halsband um den Hals legt. Mein Herz schlägt schneller, als das Plastik – nicht das Metall – meine Haut berührt. Dann kann ich nicht mehr denken, als das Halsband mir meine Magie nimmt.

Ich erwarte, dass Angst und schlechte Erinnerungen aus meinem Unterbewusstsein auftauchen, wobei ich mein Bestes getan habe, um sie tief zu vergraben. Aber ... es geht mir gut. Ich bin wütend. Ich bin so wütend auf mich. Und ich kann nicht atmen. Ich schwanke. »Nein, bitte«, wimmere ich. Mehr sage ich nicht, denn ich bin keine gute Schauspielerin. Ich kann meinen Kopf kaum halten, sodass er zur Freude der Hexen ein wenig mehr als nötig nach unten sinkt.

Sie denken, sie haben mich.

»Stark, nicht wahr? Wir haben gewettet. Es ist viermal stärker als ein normales Anti-Magie-Armband, also habe ich gesagt, du fällst um und wirst ohnmächtig. Madie und Lesley haben gesagt, du bekommst einen Herzinfarkt und stirbst. Die Nekromantin meint, du wärst schwach wie ein Kätzchen, aber immer noch auf den Beinen.«

Sie schlägt mir mit der flachen Hand auf die Schulter und schubst mich, sodass ich unkontrolliert schwanke.

»Sieht aus, als hätte die Nekromantin wieder einmal recht gehabt.« Sie schubst mich noch fester und ich falle Zombie Steve in die Arme. Ich wehre mich nicht. Es läuft mir kalt den Rücken hinunter.

Zombie Chris schleppt sich links an uns vorbei. Er ist ein paar Zentimeter kleiner als ich, sodass sein Mund auf einer Höhe mit meinem Hals ist. Ich zucke zusammen, als er mit den Zähnen knirscht.

Die beiden Hexen lachen.

Jaja, lacht nur!

»Unser Spaß ist vorbei und es wird Zeit, dass du die Nekromantin kennenlernst. Weil du so brav warst, werden wir dich als Belohnung zuerst mit dem Hybriden sprechen lassen.«

Kapitel Vierunddreißig

Die Zombies packen mich an den Oberarmen und zerren mich in Richtung Souvenirladen. Ich kann nicht glauben, dass sie mich anfassen. Es ist schrecklich, aber es könnte schlimmer sein, wenigstens sind die armen Kerle frisch. Ich senke absichtlich den Kopf und lasse die Stiefelspitzen über den Boden schleifen, während wir der ersten Hexe folgen, die mit leichten Sprüngen voranschreitet.

Da hat aber jemand Spaß.

Während ich taumle, konzentriere ich mich darauf, wie ich mich innerlich fühle. Schwach. Aber als die Magie dieses falschen Halsbandes auf mich übergeht, scheint sie wie Wasser von mir abzufließen, und mit jeder Sekunde, die vergeht, werde ich stärker. Es ist schrecklich, keine Magie zu haben, aber ich habe dafür geübt, und egal, was die erste Hexe denkt, das Halsband ist gar nicht so gut. Es hat nicht einmal halb so viel Hexenkraft wie das ursprüngliche Halsband, das ich im Gefängnis getragen habe.

Wir schlängeln uns durch den Souvenirladen, der vollgestopft ist mit Schildkröten-Teddys, Tassen und Schlüsselanhängern. Zombie Chris stößt gegen ein Regal, ein paar Glasfische fallen herunter und zerschellen auf dem Boden. Sie zerquetschen unter den Füßen von Zombie Steve.

Die Hexe stößt eine verborgene Tür auf, die in einen versteckten Raum in der Ecke des Ladens führt. Mit ein paar Zombie-Schlägen gegen Wand und Türrahmen stolpern wir hinein.

Ich schaue unter meinen Wimpern hervor. Der schmale Raum scheint sich über die gesamte linke Seite des Aquariums zu erstrecken und gibt von hinten den Blick frei auf die gesamte Wand mit den Aquarien, die aus einer Art Einwegglas bestehen. Durch das Wasser hindurch hat man einen hervorragenden Blick auf die Kundenseite des Aquariums.

An der anderen Wand stehen Regale mit Fischfutter und Zubehör. In der einen Ecke stehen ein großer kommerzieller Gefrierschrank und einige große Kühlschränke, in der anderen ein riesiges Metallwaschbecken mit Arbeitsplatte.

»Caitlyn, deine Heldin ist hier, um dich zu retten«, sagt die erste Hexe mit krankhafter Freude zu dem armen Mädchen, das auf dem Boden kauert.

Caitlyn sitzt da, die Arme um die Beine geschlungen, den Kopf auf den Knien. Ihr langes braunes Haar verdeckt ihr Gesicht.

Die Zombies lassen mich los. Ich stöhne und lasse mich

mit einer Dramatik fallen, auf die ich ziemlich stolz bin. Meine Knie knacken auf dem gestrichenen Betonboden.

»Ich gebe dir ein paar Minuten, um dich zu erholen.« Die Hexe stolziert aus dem Raum, die Zombies schlurfen hinter ihr her.

Die Tür fällt ins Schloss.

Ich liege noch auf den Knien, mein Kopf baumelt. Ich weiß nicht, ob wir noch beobachtet werden, also behalte ich vorerst meine erbärmliche Tarnung bei. »Geht es dir gut?«, frage ich mit kaum hörbarer Stimme.

Sie hustet und ringt nach Luft.

Oh-oh.

»Caitlyn?« Unter all dem glänzenden braunen Haar zittern ihre Schultern. Ich krieche zu ihr und lege ihr tröstend die Hand auf den Rücken. Sie mag Umarmungen. Ich gebe mein Bestes. »Ist schon gut«, murmle ich. Das ist alles meine Schuld, und meine Schuld verträgt keine Tränen.

Nein, keine Tränen ... ich lege den Kopf schief, als ein raues, dunkles Lachen aus ihrer Kehle dringt.

Sie lacht.

Ich lasse die Arme sinken und schlurfe zurück, immer noch auf den Knien. Es ist nie ein gutes Zeichen, wenn die Person, die man retten will, manisch lacht, wie der Bösewicht in einem Cartoon. *Sie muss verrückt vor Stress sein, oder?*

Oder?

Caitlyn hebt den Kopf, ihr braunes Haar fällt ihr in einer hübschen Welle über die Schultern, und ihr süßes, rosiges Gesicht verzerrt sich zu etwas Unkenntlichem. Ich blinzle. Die Maske, die sie vor der Welt trägt, fällt ab, als wäre sie nie da gewesen.

Oh, das ist nicht gut.

Sie zieht die Beine an und geht in die Knie, sodass wir auf gleicher Höhe sind, und mit einem gruseligen Kichern stürzt sie sich auf mich. Etwas zu spät sehe ich das silberne Blitzen. *Ein Messer.* Es gleitet in meinen Bauch. *Autsch.* Es ist eins von meinen – ich erkenne den Griff. *Die diebische Kuh.*

Schockiert starre ich auf meine blutüberströmten Hände, und als ich in ihr Gesicht schaue, lächelt sie mich engelsgleich an. Ich keuche und sie keucht mit und schüttelt sich wie verrückt. Sie genießt es, mir wehzutun.

Gut gemacht. Caitlyn ist eine von den Bösen. Was zum Teufel? Wer hätte das gedacht? Ich sicher nicht.

Aber um mich zu töten, hätte sie auf mein Herz zielen müssen.

»Du hättest keine silbernen Messer in deinem Haus herumliegen lassen sollen, wenn du nicht willst, dass sie jemand gegen dich einsetzt. Dieses lag im Schrank unter der Treppe. Ich konnte nicht widerstehen, es zu nehmen.« Ihr Kopf neigt sich zur Seite und sie lächelt selig. »Brennt es? Das Silber lässt meine Hände kribbeln, also muss es in dir brennen. Du kannst schreien, wenn du willst.« Sie leckt sich über die Lippen. »Das würde ich gern hören.«

»Das glaube ich gern«, sage ich.

Und dann schließe ich die Lippen. Ich werde nicht schreien. Der Schmerz in meinem Bauch ist unbeschreiblich. Wer hätte gedacht, dass dort so viele Nervenenden sind? Ich wünschte, ich hätte auch nur einen Hauch meiner Magie. Verdammter Kragen. Das ist ein Paradebeispiel dafür, wie übermütig zu sein, einen umbringen kann. Ich atme durch die unerträglichen Schmerzwellen, ohne einen Laut von mir zu geben, und versuche, mich nicht zu bewegen.

»Nur damit du es weißt, wenn du verblutest und stirbst, werde ich deinen Körper Hunderte von Jahren lang reiten. Ich werde deinen toten Körper benutzen, um deinen Dämonenpartner zu fangen und ihn ebenfalls zu töten.« Wieder lächelt sie unheimlich. »Es wird glorreich sein.«

Sie würde es nicht wagen, meinem Dämon etwas anzutun.

Meine seelischen Qualen enden, als ich alles, was sie gesagt hat, in mich aufnehme. Oh, wow. Die Kombination aus Schmerz und Halsband macht mich etwas langsam. Hätte ich eine Hand frei, würde ich mir gegen die Stirn schlagen. Ich habe ein paar Hinweise übersehen und jetzt, da ich in einer Lache meines schnell abkühlenden Blutes knie, sehe ich sie deutlich vor mir.

Was für ein Haufen Scheiße.

Caitlyn war diejenige, die den Zombie durch das Portal gebracht hatte. Sie war die Kreatur, die sich in mein Haus geschlichen, meine Sachen durchwühlt und das silberne Messer gestohlen hat, das jetzt aus meinem Bauch ragt, während sie die Treppe der Messer und den Zombiefinger zurückgelassen hat.

Caitlyn ist die verdammte Nekromantin.

»Als du am Freitagabend deinen Freund Marcus mit der Bratpfanne auf den Kopf geschlagen hast – ich will gar nicht darauf eingehen, wie falsch das ist –, hattest du eine Portalhexe und den riesigen Zombie in deinem Haus versteckt. Während wir vor deiner Tür auf die Verstärkung der Jäger warteten, hast du den temporären Schutz aktiviert, den ich dir gegeben habe, und bist dann aus dem

Haus gegangen, um in mein Haus zu portieren, damit du dich dort herumschleichen und ein Messer stehlen konntest – und das alles, bevor ich nach Hause gekommen bin.«

Caitlyn hat wirklich Nerven. Ihre Dreistigkeit ist unglaublich. Ich kann es nicht glauben. Hätte ich am Freitagabend nur einen einfachen Haus-Check gemacht, wäre ihr ganzer hinterhältiger Plan aufgeflogen.

»Ja, das klingt richtig.« Sie lächelt verträumt.

Ich stöhne und greife nach ihren Schultern. Meine Finger krallen sich in ihr Top. Wieder erschauert sie und stößt einen fast sexuell erregten Seufzer aus.

Ihre Augen glühen und ich erkenne den verwirrten Ausdruck. Ich habe diesen Blick schon einmal gesehen. Ich dachte, sie hätte einen Schock erlitten, als sie den Hexer mit der Bratpfanne erschlagen hat. Aber es ist kein Schock, im Gegenteil. Sie hat es genossen, ihren Freund zu töten, und jetzt, während ich darüber nachdenke, muss sie es getan haben, nur um mir näher zu kommen.

Ich bin auf ihre unschuldige Hilf-mir-Nummer reingefallen wie eine Idiotin. Jetzt ist alles so verdammt offensichtlich.

Caitlyn war das Mädchen mit dem langen braunen Haar auf dem Foto, das Marcus küsst. Sie hat mich heute Morgen aus dem Haus gelockt, um sich mit mir im Lakeview Café zu treffen, damit ich aus dem Weg bin und ihre Killer sich auf die Farm und in den Bau schleichen und meine Familie töten können.

Ich erinnere mich an den Erdbeerduft in ihrem Atem im Café. Sie hat die Erdbeerbonbons vor mir gegessen — dieselben Erdbeerbonbons, deren Verpackung in Marcus' Mülltonne lag. Ich stöhne. Wie bei einem Puzzle – klick-

klick-klick – passen die Teile perfekt zusammen. Ich wünschte, ich hätte sie früher zusammengesetzt und mir das alles erspart.

»Bist du wirklich eine Hybridin?« War das auch gelogen?

»Ja, ich bin eine Nekromantin und ein Krähenwandler.«

»Du bist ein Krähenwandler?«

Sie nickte.

»Hm. Kannst du dich wandeln?« Ups, ihrem wütenden Gesichtsausdruck nach zu urteilen wohl nicht. Die Frage gefällt ihr gar nicht.

»Nein«, knurrt sie. »Hybriden können sich nicht wandeln.« Sie dreht die Klinge in meinem Bauch noch ein wenig fester. Ich zucke zusammen. Autsch. »Nur du. Du. Die berühmte Tru Dennison, die so eine besondere Schneeflocke ist, kann sich verwandeln. Du machst mich krank. Ich hasse dich. Ich hasse dich!« Während sie schreit, pudert sie mich mit kleinen Speichelspritzern ein.

Okay, ich verstehe. »Warum?«

»Du stirbst, und das willst du wissen?«, spottet sie. »Okay, ich beiße an. Ich bin die Besondere. Ich! Meine Magie kommt von innen. Ich habe so viel mehr Kraft als du. Während du deine durch Blut stiehlst, du dreckiger, widerlicher Vampir. Einhörner sollten rein sein und sich nicht mit deinem Dreck vermischen. Ich bin die Perfektion. Ich. Ich sollte die mit dem tollen Job sein. Niemand hat eine Ahnung, zu was ich fähig bin.«

Ich bin mir sicher, sie wird es mir sagen.

Sie atmet wütend ein. »Ich tue das, wozu ich bestimmt bin, ich schaffe einen schönen Tod, und sie werden wütend. Ist das zu glauben? Ich töte ein paar hundert Menschen, und sie wollen mich tot sehen.«

Ein paar hundert Menschen? Ja, ich frage mich, warum sie das nicht mögen.

Eine Hand lässt das Messer los, sie berührt mit den Lippen meine Wange und bringt mein Blut auf ihr Gesicht. In Gedanken fordere ich sie auf, es aufzulecken.

»Du bist doch jedermanns kleiner Regenbogenliebling. So mutig, die Rebellenführerin, die Heldin des Alltags. So leicht zu manipulieren, sobald ich herausgefunden hatte, wie du tickst. Ein bisschen Blut, ein Flüstern in Justins Ohr, und er war glücklich, all deine Schwächen und Ängste auszusprechen.«

Mein Herzschlag setzt aus. *Oh, Justin.*

»Du bist wirklich auf der Seite der Verlierer, nicht wahr? Das war mein Weg hinein. Dein seltsamer, fehlgeleiteter Ehrenkodex würde es nicht zulassen, dass ich deinetwegen verletzt werde. Es hat sogar besser funktioniert, als ich es geplant habe, und du warst so leicht zu manipulieren.« Sie lächelt mich an. »Schau dir dein Gesicht an! Die Traurigkeit sprudelt nur so aus dir heraus, arme Tru. Es tut weh, nicht wahr? Was er getan hat. Justin. Es hat dich innerlich zerbrochen.

Kleine Kinder zu essen.« Sie schüttelt den Kopf und ihr Kopf nickt zur Seite.

Dann knirscht sie mit den Zähnen und setzt sich mit einem breiten Grinsen auf die Fersen. »Es hat dir wehgetan, ihn zu töten. So viel köstlicher Schmerz. Buh ... soll ich dich von deinem Leid erlösen? Weißt du was, ich glaube, das werde ich. Weißt du, was Zombieblut mit Vampiren macht?«

Ich schließe die Augen und schüttle den Kopf.

»Nein? Totes Blut tötet sie langsam, lässt sie verwesen. Nicht nur das«, sie dreht einen blutigen Finger neben ihrem Kopf, »es greift auch das Gehirn an. Ein mächtiger Nekromant wie ich, der nur einmal in einer Generation erscheint, kann einen gebissenen Vampir mit dem untoten Blut eines Zombies füttern und ihn dann kontrollieren. Wie eine Doobie-Doobie-Doo-Puppe«, singt sie und wedelt mit der Hand, als wäre sie eine Puppenspielerin.

Die Gerüchte über mächtige Nekromanten, die Angst verbreiten, sind also begründet. Sie können Vampire kontrollieren. Sie müssen ihr Opfer nur dazu bringen, zuerst Zombieblut zu trinken. Das ist schrecklich.

»Um ehrlich zu sein, hatte Justin nicht mehr lange zu leben. Er lag im Sterben.« Sie rümpft die Nase. »Alle Vampire sterben nach ungefähr vier Monaten. Das Vampir-virus ist tückisch, und ich muss den Übergang zum Vampir-Zombie noch perfektionieren. Das ist doch interessant, oder? Ich brauche noch mehr Testpersonen, um an den letzten Feinheiten zu feilen. Die Druckerei ist meine Idee. Da ich so viele Kunden habe, die regelmäßig Blut trinken, kann ich das verdorbene Zombieblut einem größeren Publikum zugänglich machen und infizieren, wann und wen ich will.«

Caitlyns blutverschmierte Hand fuchtelt in der Luft herum. Ihre Augen bekommen einen fanatischen Glanz und sie wartet nicht auf eine Antwort, sondern fährt fort. »Anstatt willenlose Zombies zu sein, haben Vampire eine gewisse Autonomie und passen sich besser an als ihre torkelnden, gehirnspeienden Gegenstücke. Ich fand das schon immer seltsam, denn beides sind tote Kreaturen, aber

Zombies gelten als abstoßend, während Vampire auf der Straße als glaubwürdig gelten. Verstehst du?«

Sie nickt und lächelt strahlend. »Mein Prozess beseitigt einfach all diese lästigen Hemmungen. Die Menschlichkeit. Ich habe ihn getötet. Deinen Justin. Ich, nicht du. Ich habe sie alle getötet. Das Vampirnest gehörte mir! Ich habe deinen Freund getötet und ihn in das Schlimmste seiner Ängste verwandelt. Und dann bist du gekommen und hast mir den Spaß verdorben! Du bist mir in die Quere gekommen und hast sie aus ihrem Elend befreit, bevor ich bereit war. Du solltest zum großen Finale hier sein!«, schreit sie und schlägt mit der Hand in die Blutlache auf dem Boden – es spritzt.

Oh, Justin.

Ich werde nicht weinen. Ich habe in den letzten vier Tagen mehr geweint als in den letzten zwanzig Jahren. Es wird Zeit, dass ich mich zusammenreiße. Ich bin froh, dass ich die Wahrheit kenne – dass Justin nicht böse war. Er war nicht böse, und ich hatte recht, als ich dachte, er sei ein Dämon oder krank.

Er war krank.

Der faulige Geruch des Vampirs war ein weiterer Hinweis. Ein Nekromant kontrollierte sie alle mit totem Blut. Caitlyn hat das meinem Freund angetan. Sie hat Petra getötet. Sie hat Justin getötet und all die anderen Vampire, die sie in ihre Klauen bekommen hat. Ja, es ergibt schrecklich viel Sinn. Ich packe diese böse Offenbarung weg, um sie später hervorzuholen. Wenn es ein Später gibt.

»Das große Finale wäre so viel schöner gewesen. Es wäre so viel besser gewesen, dir mit all dem Verrat auf einmal gegenüberzustehen. Dein Gesicht zu sehen.« Sie atmet tief durch, die Wut verschwindet aus ihrem Gesicht, während der Wahnsinn in ihren Augen aufflackert. »Aber es war die schönste Zeit meines Lebens, dich zu verletzen und zu manipulieren.«

»Was ist der Sinn, hierherzukommen, Caitlyn? All das zu tun? Du hast dich selbst in diesem Gebäude gefangen.«

Sie starrt mich an, als wäre ich dumm. »Na klar. Weil es Spaß macht.« Caitlyn greift sich an die Brust und lacht. »Ich komme, Caitlyn. Warte kurz!« Sie lacht mich mit hoher Stimme aus. »Ich habe mein Bestes gegeben, nicht zu lachen, aber dann hatte ich einfach genug von den Spielchen. Du bist urkomisch und so unterhaltsam. Was für ein armseliges Geschöpf du doch bist.«

Ich lasse den Kopf hängen. Ich behalte meinen Kopf unten, und jetzt bin ich an der Reihe zu lächeln. Ich bin hergekommen, um ihr Leben zu retten. Ich dachte, all der Horror, den sie durchgemacht hat, sei meine Schuld, und mit einer einzigen bösen Rede hat sie mich von all dieser Schuld befreit. Caitlyn hat mich befreit.

Jetzt kann ich das tun, was ich am besten kann.

Ich bin mit einem schicken Anti-Magie-Band gefesselt und blute aus der Bauchwunde, die mir ein silbernes Messer zugefügt hat. Sie denkt, sie hat gewonnen. Silber stoppt die Wandlung. Es hinterlässt Narben. Es hinterlässt furchtbare Narben. Es ist wahres Kryptonit für Wandler. Aber dann gibt es mich und die Art von Hybride, die ich bin ... Silber hat keine Wirkung auf mich.

Für mich ist es nur ein Messer.

Ich lasse ihr Oberteil los und greife ihr nasses, glitschiges Handgelenk. Ich drehe mich um und ziehe sie näher zu mir. Unsere Knie prallen aufeinander und die Klinge bohrt sich tiefer in meinen Bauch.

Caitlyn lacht verrückt, fast wie eine Hyäne. »Ja, genau so«, gurrt sie. »Bring dich schnell um! Auf ein Messer zu fallen, ist so eine schöne Art zu sterben. Ich hätte nicht erwartet, dass du so schnell aufgibst, aber ich nehme es hin.«

Mein Kopf sinkt auf ihre Schulter, und sie wagt es, mein Haar zu streicheln, mit einem weiteren leisen Stöhnen und Schaudern. Sie ist ein kranker Keks. Ein Detail hat sie vergessen: meine Fangzähne. Caitlyns Stöhnen verstummt abrupt, als sich die Fänge in ihren Hals beißen.

Dann schreit sie.

Kapitel Fünfunddreißig

Ich achte darauf, kein Blut von ihr zu schlucken. Obwohl ich vielleicht etwas von ihrem Fleisch zwischen den Zähnen habe. Ekelhaft. Caitlyn gurgelt und ich schubse sie. Sie fällt zurück, greift sich an den Hals und reißt die Augen auf. Ich spucke Blut und Teile ihres Halses auf den Boden neben ihren zappelnden Füßen.

Es widerstrebt mir, die Klinge dort zu lassen, wo sie ist, aber sie stopft ein ziemlich großes Loch. Vorerst muss ich sie dort lassen. Dringend muss ich dieses lästige Halsband loswerden, dann kann ich mich wandeln. Heilen.

Ich schleppe mich vom Boden hoch und stolpere. Meine Beine gehorchen nicht. *Sieh mal an! Ich mache meinen eigenen Zombie-Watschelgang.* Ich wette, diese hirnlosen Monster spüren keinen Schmerz. Sie tun nicht weh.

Im Aquarium tut sich etwas. Ich lehne mich gegen die

Scheibe und lache, als ich sehe, wie Zombie Steve die erste Hexe anspringt. »Hoppla«, murmle ich. »Du hast gerade die Kontrolle über deine Zombies verloren. Sie fressen deine Hexen.«

»Das ist mir egal«, krächzt sie.

Es ist ihr egal? Die Wut in mir möchte Caitlyns langes Haar um meine Faust wickeln, sie vom Boden hochheben und ihr Gesicht ein paar Mal gegen die Scheibe schlagen. Aber wahrscheinlich würde ihr das gefallen.

Auf der anderen Seite der Glaswand spritzt das Blut der Hexe über die Aquarien, während die beiden Zombies sie in Stücke reißen.

Ich ziehe meine inzwischen liebgewonnene Taschendimension heraus, greife hinein und fange einen Anti-Magie-Schlüssel. Er sollte ... Ich drücke ihn gegen den Kragen und atme erleichtert auf, als er sich öffnet und in meine Hand fällt.

Magie durchströmt mich.

Ich starre auf das Halsband in meiner Faust und überlege für den Bruchteil einer Sekunde, ob ich es behalten soll. Mit einem Kopfschütteln lasse ich den Anti-Magie-Schlüssel in die Tasche fallen und ziehe einen Säurezauber hervor. Innerhalb von Sekunden verwandelt sich das Halsband in einen Matschklumpen auf dem Boden.

Caitlyn sieht mich an, eine zarte Hand an ihren blutenden Hals gepresst und einen wütenden Gesichtsausdruck.

Ich grinse. »Sieh mal!« Ich ziehe das Messer heraus, lasse es los und wandle mich. Sofort heilen meine Zellen und ich nehme wieder meine menschliche Gestalt an, fange die Klinge geschickt in meiner rechten Hand auf, bevor sie zu Boden fällt. »Ta-da.«

Caitlyns Augen treten hervor. »Wie?«, krächzt sie.

»Wie konnte ich mich wandeln, obwohl ich ein silbernes Messer im Bauch und Silberpartikel im Körper habe? Wie du schon sagtest, Caitlyn, ich bin eine ganz besondere Schneeflocke.« Ich nehme mir Zeit, die Klinge zu säubern und beobachte mit krankhafter Faszination und ohne Mitgefühl, wie Madie um das große zentrale Becken herumläuft. Auch eine der Meeresschildkröten beobachtet sie, während sie versucht, den beiden Zombies auszuweichen. Sie ist schnell. Sie schlüpft unter den zappelnden Armen von Zombie Chris hindurch und rennt in den Souvenirladen.

Ich gehe lässig auf die Tür zu, blockiere sie mit meinem Stiefel und halte mich an der Klinke fest.

Ein dumpfer Schlag, und die Klinke bewegt sich hektisch in meiner Handfläche. Madie, die jetzt nicht mehr so glücklich ist, schlägt gegen die Tür. »Lasst mich rein, die Zombies!«, schreit sie. »Bitte lasst mich rein. Die Zombies sind ...« Es gibt einen noch heftigeren Aufprall und sie schreit.

Ihre Schreie verstummen schnell, und Blut sickert unter der Tür hindurch wie ein Wasserleck. Ich bewege mich, damit es nicht auf meine Stiefel tropft.

»Wow!«, sage ich zu Caitlyn. »Aufregend, was?«

Durch die Glasscheibe sehe ich die dritte und letzte Hexe, Lesley, die ich noch nicht getroffen habe. Sie versucht, durch die Station zu kommen, wird aber von den Zähnen des Zombies Steve erwischt.

»Sieh dir das an! Alle drei Hexen sind tot. Das war echtes Karma. Ich musste keinen Finger rühren.«

»Du bist ...«

»Wütend? Ja, ein bisschen.«

»Nein, ich habe einen Fehler gemacht. Du bist wie ich. Wir können so viel Spaß zusammen haben«, sagt sie, als würde ich ihr hinterhältiges Lächeln nicht sehen.

»Ich bin nicht wie du, Caitlyn.« Wenn sie so ist, wie Hybriden sind, ist es kein Wunder, dass sie uns jagen. Ich kümmere mich besser um sie, bevor sie sich erholt. Ihre Atmung wird schon besser. Ich stecke das saubere Messer in die Taschendimension und tausche es gegen eine Plastiktüte für Beweismittel und eines der Engelsschwerter.

»Du wolltest Hunderte von Jahren auf meinem Körper reiten? Meinen Gefährten töten?« Ich schleiche mich an sie heran. Das Schwert liegt warm in meiner Hand. Ich drücke den Griff und sende einen magischen Impuls entlang der Klinge, und wie ein Lichtschwert aus Star Wars leuchtet sie auf. Der Regenbogen meiner Magie funkelt an den tristen Wänden des Raumes wie eine Discokugel.

»Siehst du das? Mit diesem Schwert werde ich deinen Kopf von deinem Körper trennen und deinen verstümmelten Schädel in diese Plastiktüte stecken.« Die Tüte knistert laut, als ich sie schüttle.

»Dann werde ich deine Zombies töten. Wenn ich nach Hause komme, werde ich halbherzig einen Bericht schreiben – oder vielleicht lasse ich Story ihn schreiben, denn ich hasse so etwas – und dann ... werde ich nie wieder an dich denken.« Ich lächle, ziele mit der Klinge auf ihr Gesicht und haue ihr mit der Spitze auf die Nase. »Das ist dein Vermächtnis, Süße.«

Caitlyn zieht sich zurück und lässt diesmal ein richtiges Wimmern hören. »Nein!«

»Pst, pst, Caitlyn. Nicht weinen!« Ich schleiche mich vor und stelle meinen Stiefel auf ihre Brust, sodass ihr Oberkörper flach auf dem Boden liegt. »Das ist für Justin.« Ich hebe meinen Arm.

Ich schwinge.

Das Schwert schlägt einen perfekten Bogen und ich trenne ihren Kopf von ihrem Körper. Die Hitze der Magie versiegelt die Wunde, es fließt kein Blut. Wie praktisch. Ich fühle mich irgendwie benommen, als ich es an dem langen braunen Haar packe und in die Tasche schiebe.

Ich durchsuche ihre Taschen und finde ein Datapad und ein Handy. Ich will nicht, dass das als Beweismittel verwendet wird, bevor ich nicht alles gelöscht habe, was mich belasten könnte. Ich übertrage alle Informationen von dem Gerät auf mein eigenes und werfe dann beide Geräte in Caitlyns Tasche, um sie sicher aufzubewahren.

Ich rufe die Dokumente auf meinem Datapad auf und lese sie. Die Dateien enthalten seitenweise Notizen und wirre Gedanken. Caitlyn war fleißig. Sie ist genial intelligent, aber so unausgeglichen. Sie beschreibt detailliert, wie sie die Druckerei aufgebaut hat. Sie war allein dafür verantwortlich. Justin hatte nichts damit zu tun. Sie hat ihn mit hineingezogen, weil sie mein Leben zerstören wollte.

Fast wäre es ihr gelungen.

Caitlyn hat alles akribisch dokumentiert, vor allem die Vampire, die sie schon infiziert hatte. Ich weiß nicht, ob sie tot umfallen oder Amok laufen werden. Ich kann mir vorstellen, dass ich sie irgendwann jagen muss.

Auf halbem Weg finde ich den Namen, den ich

verzweifelt suche: Justin. Es gibt kein Datum, aber es sieht so aus, als hätte sie ihn vor etwa drei Monaten infiziert. Ein perfektes Testobjekt. Ein perfekter Weg, es mir heimzuzahlen. Ich kneife die Augen zusammen und beiße mir auf die Lippe, bis sie blutet. Sie hat sein künstliches Blut manipuliert, ohne dass er es gemerkt hat. Er war einkaufen und sie hat das manipulierte Blut, ein paar Flaschen davon, in seinen Einkaufswagen gekippt.

Das war's. Keine große Verschwörung.

Justin hat keinen Fehler gemacht, als er das Blut aus der falschen Quelle getrunken hat. Nachdem er es getrunken hat, war der Justin, den ich kannte und liebte, innerhalb weniger Stunden verschwunden.

Verdammt, meine Brust fühlt sich eng an und ich möchte mich zusammenrollen. Meine Hände zittern, als ich die Akte zuklappe und weglege, um sie später durchzusehen. Ich kann jetzt nicht.

Jetzt muss ich mich um die Zombies kümmern und vielleicht auch noch um die Hexen. Ich runzle die Stirn. Es heißt, dass Zombies, die durch Nekromantie entstanden sind, nicht ansteckend sind. Aber es heißt auch, dass die Zombies sterben, wenn der Nekromant stirbt. Ich starre durch das blutverschmierte Glas. Für mich sehen die Zombies nicht tot aus. Sie essen noch.

Ich benutze einen Reinige-mich-Zauber, um das viele Blut auf dem Boden zu entfernen – es ist nicht nötig, es herumliegen zu lassen.

Ich habe so viel Blut verloren. Das kann ich nicht durch eine Wandlung ersetzen. Zum Glück hat mir mein Dämon eine Notfallampulle mit seinem Blut in einem verzauberten Röhrchen gegeben, damit es frisch bleibt. Ich trinke es mit einem Schluck und die Energie durchströmt meine Glieder. Sofort fühle ich mich stärker und verbringe einige Minuten damit, meine Waffen und Ausrüstung anzulegen.

Gestärkt öffne ich die Tür und streife mit der Beweistasche in der linken und dem Schwert in der rechten Hand durch den Souvenirladen. Außer Blut und Schleifspuren ist von Madies Leiche nichts zu sehen. *Das ist nicht gut.* Hoffentlich ist die Hexe noch nicht aufgestanden.

Aus Versehen eine Zombie-Apokalypse auszulösen, wäre typisch für mich.

Ich vermeide es, auf die zerbrochenen Glasfische zu treten, und als ich das Aquarium betrete, sehe ich die Zombies, die beide noch fröhlich an einem Stück Hexe knabbern.

Zombie Steve knurrt mich mit einer Hexe zwischen den Zähnen an, aber er bewegt sich nicht. Zombie Chris schaut nicht auf. Ich starre seufzend auf das Schwert. Nach dieser Nacht habe ich keine Lust, den beiden Beißern zu nahe zu kommen.

Leise gehe ich zurück in den Souvenirladen.

Ich befreie meine linke Hand, stelle den Beweisbeutel auf ein Regal, schiebe das Schwert in die Querhülle und greife in die Tasche, um meinen Lieblingscompoundbogen und zwei Pfeile mit passenden, robusten Pfeilspitzen herauszuholen.

Ich habe den Bogen seit ein paar Wochen nicht mehr benutzt, aber ich bin mit der Waffe vertraut und sie liegt gut in der Hand. Ich überprüfe den Bogen, und als ich zufrieden bin, spanne ich den ersten Pfeil ein. Ich trete wieder hinaus, die beiden Zombies im Visier, und schlurfe seitwärts, um meine Position zu ändern, damit ich keinen

Panzer beschädige, falls ich verfehle. Die schönen Fische muss ich ja nicht verletzen. Nicht, dass ich verfehle.

Zombie Steve geht als Erster zu Boden. Der Schuss trifft ihn mitten in die Stirn und mit einem fast traurig klingenden Seufzer sackt er zusammen.

Tut mir leid, Steve.

Ich spanne den zweiten Pfeil für Zombie Chris. Ich könnte ein wenig prahlen, denn sein Kopf ist perfekt geneigt, als würde er mir sein Ohr entgegenstrecken und mich bitten, es ihm abzubeißen. Es wäre fast unhöflich, es nicht zu tun. Er fällt um und der Pfeil ragt aus seiner Schläfe.

Es tut mir leid, Chris.

Der Gedanke, dass Madie sich vielleicht doch noch verwandelt hat, aufsteht und als Zombie durch die Gegend läuft, lässt mich besonders vorsichtig sein. Um ganz sicherzugehen, lege ich den Bogen weg und schneide den drei Hexen mit dem Schwert die Köpfe ab, was so eklig ist, wie es sich anhört.

Die gute Nachricht ist, dass ich seit ihrem vorzeitigen Tod durch die Zombies eine Veränderung auf der Station spüre. Sie ist ruhiger geworden. Ich versuche nicht, die Station zu verlassen, denn sie ist immer noch stark genug, um mich auf der Stelle zu grillen. Aber ich nehme das Handy heraus. »Alles klar«, sage ich. »Ich warte nur noch darauf, dass die Station zusammenbricht.« Ich lege das Handy weg, ohne eine Antwort abzuwarten, und sende eine Entwarnung an Story.

Dann schnappe ich mir die Beweistasche aus dem Souvenirladen und schlendere mit einem Schluck Wasser in der Hand davon.

Story antwortet. Sie ist erleichtert, dass ich in Sicherheit bin. Sie haben alle eine wunderbare Zeit und werden morgen früh direkt nach Hause gebeamt.

Ich überlege, ob ich ihr sagen soll, was ich über Justin herausgefunden habe. Ich würde es wissen wollen. Also schicke ich ihr eine vereinfachte Version der Informationen – ich hasse es zu tippen. Story fragt sofort nach allen Informationen auf Caitlyns Handy.

Ich verschlüssele die Daten, sende sie und bitte sie, die Liste der kranken Vampire an Atticus weiterzuleiten und ihn wissen zu lassen, dass die Behörden nach Vampiren mit übelriechendem Atem suchen sollen.

Kapitel Sechsunddreißig

IN DER NÄCHSTEN Stunde ignoriere ich die auf dem Boden verstreuten Leichen und lese stattdessen die Informationen über alle Fische und Wassertiere. Während ich mich durch die Ausstellung bewege, prallt Caitlyns abgetrennter Kopf ab und zu gegen mein Bein.

Endlich flackert die Station einmal, zweimal und geht dann aus. Die Höllenhunde und Xander – juhu – stürmen herein und finden mich mit meiner Beweistasche bei den Meeresschildkröten.

Der Höllenhund kommt auf mich zu.

»Alles in Ordnung?«, fragt John barsch, als er neben mir steht.

»Ja, ein Kinderspiel. Und bei dir? Wie war der Zirkus?«

John grunzt und blickt auf die Beweistasche in meiner Hand. »Keine Zombies, und den Mitarbeitern geht es gut.« Beiläufig blickt er sich im Raum um und folgt dem Blut, das von den Glasbehältern tropft. »Wir haben alle auf dich gewartet.«

Ich verziehe das Gesicht. Ich kann den Zauber nicht beschleunigen, also versuche ich gar nicht erst, es zu erklären. »Ich bin froh, dass es den Zirkusleuten gut geht. Tut mir leid, dass ich den ganzen Spaß hatte.« Ich neige den Kopf, um die Leichen hinter mir mit einzubeziehen. »Leider hat die Nekromantin noch zwei weitere Mitarbeiter in Zombies verwandelt. Sie liegen dort drüben. Ich schicke dir den Bericht, wenn du willst.«

Die grünen Augen des Höllenhundes verengen sich, als er schnell das Thema wechselt. »Ich habe eine Frage an dich. Weißt du zufällig etwas von einer toten Hexe in einem Haus im Park?« John fragt mit einem tiefen Grollen, das mir eine Gänsehaut über den Rücken jagt.

Wenn ich falsch antworte, reißt er mir dann den Kopf ab? Ein unheimlicher Typ. Ich bin froh, dass ich nicht pinkeln muss. Sie haben die Leiche der Hexe schnell gefunden, vielleicht weil sie ihre Verabredung zum Abendessen verpasst hat?

Scheiß drauf! Ist mir egal.

Ich richte mich auf und strecke das Kinn vor. Ich weigere mich, den Blickkontakt abzubrechen. »Ja, Miss Peak. Ich habe sie getötet.« Und John weiß es, denn mein Geruch und meine DNA sind im ganzen Wohnzimmer verteilt. »Sie hat die Hexen gedeckt, die dem Hybriden geholfen haben. Die Hexen, die die Station errichtet und mindestens dreimal versucht haben, mich zu töten.« Ich grinse und verschränke die Arme. »Du wirst herausfinden, dass sie ein Teil davon ist, wenn du dich mit ihrer Vergangenheit beschäftigst. Es waren neun, und sie hatte wertvolle Informationen. Sie musste im Rahmen dieser Untersuchung eliminiert werden.«

Wir messen uns gegenseitig.

Er knurrt. »Ich sorge dafür, dass die Fälle miteinander verknüpft werden.«

»Brauchst du noch etwas?« Das war's? Ich sage es nicht, aber es schwingt in meiner Stimme mit.

Seine Lippen zucken. »Nein. Gute Arbeit.«

Ich brumme und zucke mit den Schultern. *Gute Arbeit.* Ich wette, von diesem Kerl bekommt man selten ein Lob, und es ist mir egal. Das kann er sich sonst wohin stecken. Ich will nach Hause und, wenn es das Schicksal so will, morgen früh eine Umarmung von meinem Dämon.

Ich will Kleric mit aller Macht sehen.

Ich winke John halbherzig zu und verschwinde schnell. Mit der Beweistasche schwinge ich mich davon.

Etwas in mir hat sich verändert, und ich habe beschlossen, es zu versuchen. Meinen Dämon zu lieben. Das Leben ist zu kurz, um sich von etwas wie Angst vom Glück abhalten zu lassen. Wenn es nicht funktioniert, ist der Schmerz es wert, es nie versucht zu haben.

Xander betrachtet die Leichen, aber ich weiß, dass er mich die ganze Zeit beobachtet hat. Er beurteilt mich. Ich ignoriere ihn.

Als ich an den beiden anderen Höllenhunden vorbeigehe, klopft mir der Blonde auf die Schulter. »Gut gemacht, Dennison.« Ich nicke dankend, gehe weiter und schleiche mich an dem Gefahrgut-Team vorbei, das gerade eintrifft.

Ich erstarre.

»Entschuldigung, hier.« Ich drücke einer kompetent wirkenden Frau den Beweisbeutel in die Hand. »Das ist die Hybrid-Nekromantin Caitlyn Croft. Na ja, ihr Kopf. Der Rest ist in einem Lagerraum in der Ecke des Souvenirladens. Ich habe die Tür offen gelassen.« Ich zeige in die ungefähre Richtung.

Vorsichtig nimmt sie mir die Tüte ab. »Danke, Henkerin. Ich werde das notieren.«

»Danke.« Ich drehe mich um und gehe.

Ich kann nicht glauben, dass ich beinahe Caitlyns Kopf mit nach Hause genommen hätte. Ich habe keine Ahnung, warum ich ihn mitgenommen habe. Es schien eine gute Idee zu sein. Das Richtige zu tun. Wenn ihr Kopf in einem Sack wäre, wäre er nicht an ihrem Körper befestigt und sie könnte nicht aufstehen und noch mehr Scheiße bauen.

Ich glaube, ich stehe immer noch unter Schock. Ich bin verletzt und werde eine Weile brauchen, um das alles zu verarbeiten. Ich flüchte durch den Personaleingang.

Irgendwie ist es noch Nacht. Ich fühle mich, als hätte ich mein ganzes Leben im Aquarium verbracht. »Miss Dennison? Hast du einen Moment Zeit?«, fragt eine vertraute Stimme hinter mir.

Ich schließe die Augen. Ich will einfach nur weitergehen, vielleicht sogar rennen. Ich will nicht mit ihm reden. Aber die lästigen, tief verwurzelten Manieren zwingen mich, stehen zu bleiben. Ich drehe mich auf den Zehenspitzen und neige den Kopf in den Nacken, um ihn anzusehen.

Xanders honigfarbene Augen nehmen mich in sich auf. Ich bin mir sicher, dass er das Loch in meinem Oberteil bemerkt, das von der verheilten Stichwunde stammt. Ich verschränke die Arme und versuche, meinen Bauch zu verbergen.

»Ich bin froh, dass du in Sicherheit bist«, sagt er leise. Der Engel sieht noch immer müde aus.

»Xander, was machst du hier? Wie bist du überhaupt ins Aquarium gekommen?« Ah, jetzt erinnere ich mich. John und der Engel sind dicke Freunde. »Der Höllenhund«, knurre ich und schüttle den Kopf.

»Ich habe mir Sorgen um dich gemacht. Egal, was du über mich, meine Motive und meine Fehler denkst, ich werde mich immer um dich sorgen. Ich mache mir Gedanken um dich.«

»Klar.« Klar. Ich starre auf meine Stiefel und schleife mit dem Zeh über einen kleinen Riss im Pflaster.

»Es tut mir leid wegen Justin. Er war ein guter Mensch.«

»Das war er.« Meine Stimme überschlägt sich vor unterdrückten Gefühlen. Ich huste. »Er hat nicht getan, was sie gesagt haben. Er war am Ende nicht mehr er selbst.« Ich schließe meinen Mund, weil ich ihm nichts mehr sagen will, bis ich mehr weiß. Selbst wenn ich wollte, würden mir die Worte im Hals stecken bleiben.

Er sieht mir an, dass ich nicht bereit bin, weiter ins Detail zu gehen. Und zum ersten Mal in unserer ... Ex-Freundschaft? Ex-Beziehung? Was auch immer ... seit ich ihn kenne, drängt er nicht. Wow, ein modernes Wunder.

»Ich habe nichts vermutet. Ich wollte mit dir darüber reden. Ich bin für dich da, wenn du reden willst.« Er rückt seine Manschetten zurecht und sein Gesichtsausdruck wird nachdenklich. »Tru, wir haben die Dinge etwas schleifen lassen. Atticus hat mich kontaktiert. Ich werde dir und dem

Dämon nicht in die Quere kommen. Kleric.« Er sagt den Namen, als hätte er den Mund voll Scheiße. »Ich mag ihn immer noch nicht. Er ist zu jung, zu arrogant. Er ist nicht gut genug für dich.«

Ich runzle die Stirn.

»Aber ich bin der Erste, der zugibt, dass er ein guter Mann ist, und ich will, dass du glücklich bist. Ich trete zur Seite. Es tut mir leid, dass ich dich erst als Erwachsene gesehen habe, als es zu spät war. Es tut mir leid, dass ich dich verletzt habe, dass ich nicht auf dich gehört habe. Ich habe mich geirrt.«

Verdammt, bin ich tot? Bin ich in einem parallelen Universum gelandet?

Wir starren uns an, und das Schweigen zwischen uns ist lebendig. *Ich könnte ihm einfach sagen, er soll sich verpissen.*

Niemand ist unfehlbar. Mein Freund ist tot. Ich habe ihn umgebracht. Es hat sich herausgestellt, dass ich das Richtige getan habe, denke ich. Sicher bin ich mir noch nicht. Aber ... ich habe nicht stundenlang mit ihm geredet, um seine Geschichte zu erfahren. Ich habe ihm keine Chance gegeben, sich zu erklären. Nicht wirklich. Ich habe in dem Moment eine schnelle Entscheidung getroffen und Justin ist tot. Er kommt nie wieder. Ich weiß nicht, ob er hätte geheilt werden können, und ich werde ihn nie um Verzeihung bitten können.

Ich bin auf Caitlyns Lügen und ihre verrückten Pläne hereingefallen. Ich weiß nicht, was sie früher getan hat oder ob sie schon immer so unausgeglichen war. Aber was ich weiß, ist, dass mein Leben mit siebzehn vielleicht genauso verlaufen wäre wie das von Caitlyn, wenn ich nicht die

Hilfe dieses Mannes gehabt hätte und die Umstände anders gewesen wären.

Ich habe Xander einmal geliebt. Ich glaube, deshalb habe ich noch so viel Rohheit in mir. Es hat mehr wehgetan, weil es um ihn ging.

Ich schlucke. Ich muss den Schmerz und die Wut loslassen. Verzeihen macht mich nicht schwach. Manchmal ist es das Richtige. All den Hass und den Schmerz in mir zu behalten, ist Gift für mich.

Ich recke das Kinn vor und strecke die Hand aus. »Freunde?«

Xander nimmt meine Hand – es muss ein Trick der Straßenlaternen sein, denn seine Augen glänzen vor Tränen. Seine warme, überraschend schwielige Hand greift sanft nach meiner und schüttelt sie.

»Freunde«, sagt er mit einem sanften Lächeln. »Darf ich dich zu deinem Auto bringen?«

Oh, der Engel zeigt sich von seiner besten Seite.

Ah, mein Land Rover. Ich habe ganz vergessen, dass ich nach einer Mitfahrgelegenheit anfragen muss. Ich zucke zusammen. »Er steht im Stanley Park.«

»Ich kann dich hinfahren, wenn du willst.«

»Danke, das wäre nett.« Wir gehen die Straße entlang – beide passieren wir problemlos die Absperrung, die den Tatort markiert, und gehen die Bank Hey Street hinunter.

»Hast du den Schwertern Namen gegeben?«

Ich stolpere fast. »Was?« Ich habe noch nie einer Waffe einen Namen gegeben. Außer vielleicht, wenn ich wütend auf sie bin, und dann ist es nicht sehr schmeichelhaft. »Ähm ... das sind schöne Schwerter.« Ich weiche aus.

»Das sind sie. Hast du ihnen Namen gegeben?«

Ich klopfe mit den Fingern auf meinen Oberschenkel und streiche mit der Hand über das nächste Schwert. Ich überlege, was ich sagen könnte, um ihn von seiner Frage abzubringen. Aber mir fällt nichts ein, und der Engel sieht mich an, als warte er darauf, dass ich etwas Tiefsinniges sage.

»Schwerti«, platzt es aus mir heraus. Ich schiebe es auf den Druck des Augenblicks, und ich liege nicht falsch. Es ist wirklich ein schönes und süßes ... Schwerti.

»Wie bitte?« Xanders Gesicht verzieht sich zu einer Grimasse.

»Schwerti eins«, ich fuchtele mit der einen Klinge und zeige auf die andere, »und Schwerti zwei.« Ich nicke.

Xander reibt sich energisch die Stirn. »Verstehe ich das richtig? Du hast die beiden unbezahlbaren Engelsschwerter, die ich für dich bestellt habe, Schwerti eins und Schwerti zwei genannt?«

Meine Lippen zucken. »Ja.«

»Ah.«

»Ja.« Ich grinse.

Ich glaube, der Engel bedauert unsere neu gewonnene Freundschaft bereits. Das muss ein neuer Rekord sein. Ich habe nur zwei Minuten gebraucht, um ihn wütend zu machen.

KAPITEL SIEBENUNDDREISSIG

KLERIC KOMMT durch ein amtliches Tor zurück, damit es einen offiziellen Beweis für seine Rückkehr zur Erde gibt. Niemand muss wissen, dass er durch unsere Verbindung die Rauchmagie nutzen kann, um auf eigene Faust anzukommen.

Ich bin nervös.

Ich habe ihn vor Kurzem gesehen, aber es war ein Notfall und ich war völlig außer mir vor Trauer. Verdammt, ich habe ihn vollgerotzt. Ich weiß nicht, warum ich ihn vollgeheult habe. Im Moment scheint es so, als wäre das unsere Sache.

Ich lehne meinen Kopf gegen die violette Tür und schaue in den Himmel. Kleric sieht mich immer in meinem schlimmsten Zustand. Die Wolken ziehen über meinen Kopf hinweg, der Himmel ist stellenweise wütend dunkelgrau. Noch regnet es nicht. Ich drücke die Daumen – der Morgen war bisher gut. Ich wäre auch hier draußen, wenn es regnen würde.

Ich stöhne und wippe mit dem Bein. Mein linkes Bein fühlt sich langsam taub an. Die Stufe, auf der ich sitze, ist alles andere als bequem, und unter meinem Hintern klafft ein tiefer Riss im Stein. Das wird behoben, wenn die Auffahrt fertig ist. Aber jetzt ist er da und macht das Ganze unbequem. Aber ich rühre mich nicht. Von hier aus kann ich die Auffahrt bis zur Privatstraße und darüber hinaus überblicken.

Die Station wird mir Bescheid geben, sobald jemand die Auffahrt hochkommt, aber ich kann nicht warten. Mein Bein zuckt vor Ungeduld und mein Herz rast. Ich könnte unsere mentale Verbindung aktivieren, die Abschirmung von meinem Geist entfernen und ihn fragen, wo er ist. Ich schlucke. Ich will nicht.

Die große böse Henkerin hat eine Scheißangst, dass Kleric nicht kommt. Er hat versprochen, heute Morgen zu Hause zu sein, und wenn er nicht zurückkommt, werde ich enttäuscht sein. Also will ich es gar nicht wissen. Noch nicht.

Ich werde noch ein paar Stunden hier sitzen, bis weit in den Nachmittag hinein, bis ich mich geschlagen gebe. In meinem Kopf kreisen so viele Was-wäre-wenn-Fragen, und jetzt habe ich beschlossen, dass ich es als seine Gefährtin versuchen will – um glücklich zu sein. Ich habe solche Angst, dass er mich nicht will.

Ich bin völlig durcheinander.

Ich schlinge meine Arme um die Beine und ziehe den

Kopf bis zu den Knien ein. Meine Leggings riechen nach Farbe.

Ich hebe den Kopf und reibe meine Arme. Ich bin überall mit Farbe bespritzt. Ich habe nicht aufgehört, zu malen, als ich gestern Abend nach Hause gekommen bin. Ich musste weitermachen, weil mein Kopf viel zu beschäftigt war, um mich auszuruhen, und weil ich wusste, dass Kleric heute früh hier sein würde, war es unmöglich zu schlafen.

Jetzt sind die Wände dreimal und die Holzverkleidungen zweimal gestrichen. Der Boden und die Küche sind fertig. Den Flur muss ich noch streichen. Da die Handwerker noch kommen und gehen müssen, werde ich ihn garantiert wieder zerkratzen, wenn ich ihn streiche. Ich wollte ihn mir bis zum Schluss aufheben. Das ist eine Kleinigkeit im Vergleich zu allem anderen.

Ich hätte duschen und mich umziehen sollen. Ich sehe schrecklich aus – Story hat mich schief angesehen, als die Fae und Dexter vor einer Stunde nach Hause kamen. Das gruselige Portal vom Dienstag hat sie direkt vor unserer Station abgesetzt. Ein Teil von mir hat Angst, seine Ankunft zu verpassen, und ich möchte ihn so sehr begrüßen, dass ich mich nicht von der Türschwelle wegbewegen kann. Vielleicht bilde ich es mir nur ein, aber seit einer Stunde habe ich das Gefühl, dass Kleric näher kommt.

Vielleicht verliere ich den Verstand. Etwas hat in mir geklickt, als ich dachte, er sei durch das Tor gekommen – ein seltsames mentales Spiel von heißer und kälter. Alles wird heißer, der Kuss auf meiner Hand glüht.

Ich kann nicht glauben, dass ich noch lebe und leider

immer noch diesen blöden Job als Henkerin habe. Ich habe ihn nicht aufgegeben. Ich keuche. Ich frage mich, wann der beste Zeitpunkt ist, um aufzuhören. Den Albtraum mit Caitlyn habe ich gerade noch überlebt. Ich hatte Glück, dass es so gelaufen ist, und es kommt mir immer noch so unwirklich vor.

Mir dreht sich der Magen um und mein Gewissen regt sich auf. *Glück ist kein Wort, das man benutzen sollte. Glück. Ja, genau, Tru.* Einer meiner Freunde ist gestorben. Was für ein Glück.

Morgen gehe ich zu Morris. Er ist die zweite Person, der ich es erzählt habe, nachdem ich es Story erzählt habe. Ich habe ihn angerufen, als ich nach Hause gekommen bin. Es ist immer noch so ein Chaos. Ich kratze einen Farbfleck von meinem Knie und bleibe stehen, als ich in der Ferne das Rumpeln eines Autos höre, das sich nähert.

Ich springe auf und hüpfe auf der Stelle. Wie ein kleines Kind, das auf die Toilette muss, kann ich nicht stillstehen.

Ist er das? Oh, Schicksal, ist er es?

Das vertraute Auto fährt mühelos durch die Station, schlängelt sich langsam die Auffahrt hinauf und parkt neben dem Defender. Die Fahrertür öffnet sich und ein riesiger blassblauer Dämon steigt aus.

Meine verkrampften Schultern entspannen sich.

Seine übergroßen Augen sind unendlich schwarz. Sie funkeln warm, als er mich ansieht und lächelt.

Ich schreie vor Freude und renne auf ihn zu. Ich springe. Seine großen Hände fangen mich in der Luft auf, dann schlinge ich meine Arme um seinen Hals und meine Beine um seine Taille. Kleric wirkt noch größer, wenn das überhaupt möglich ist. Er riecht so gut. Ich küsse sein Gesicht, kleine, dumme Küsse. Ich bedecke sein Gesicht damit. Er lacht und mein Herz zerspringt fast vor Freude über diesen schönen Klang.

»Du bist zu Hause«, sage ich atemlos.

»Ich bin zu Hause.«

Seine warme Stimme lässt mich erschauern. »Ich habe dich so sehr vermisst«, sage ich zu ihm. »Lass uns das nicht noch einmal machen.«

Kleric zuckt zusammen.

Oje. Was jetzt?

Kleric senkt seine Stimme zu einem tiefen Grollen. »Tru, dein Schützling hat mich gerade abgeleckt.« Ich kichere, dann schwingt er uns in einem schwindelerregenden Kreis herum. »Warum macht er das?«

Ich lache. »Keine Ahnung.« Ich lache so sehr über seinen beleidigten Gesichtsausdruck.

Kleric hört auf sich zu drehen. Er lächelt mich an, schließt den winzigen Spalt zwischen uns und nimmt meinen Mund. Sein Geschmack durchströmt mich und meine Sinne spielen verrückt – es ist überwältigend.

Ich halte sein Gesicht fest und meine Daumen streichen über seine markanten, hohen Wangenknochen. Der Kuss ist zunächst zärtlich. Dann wird er mit zunehmender Intensität härter und intensiver. Kleric legt seine Hand um meinen Zopf und zieht sanft daran, um meinen Kopf zu neigen. Ich schnappe nach Luft. Als hätte er auf diese Einladung gewartet, gleitet seine Zunge in meinen Mund und verschränkt sich mit der meinen.

Wir küssen uns, als würden wir nie wieder damit aufhören wollen.

Kapitel Achtunddreißig

Der Nachrichtensprecher fährt fort und berichtet über das bahnbrechende Geschäft mit der Königsfamilie des Dämonenreiches. »Der Handelsvertrag ist Milliarden Pfund wert ...«

Nein, das reicht. Ich verdrehe die Augen und schalte das Handy aus. Ich werfe es aufs Bett und ziehe den zweiten Knöchelriemen meines zierlichen Silberschuhs fest, als eine warme Stimme in mein Ohr grollt. »Du siehst wunderschön aus.« Ich erschaudere und bekomme eine Gänsehaut auf den Armen.

Verlegen richte ich mich auf und nestele am Saum des silbernen Kleides. Es schmiegt sich eng an meinen Körper und lässt meine Beine endlos lang erscheinen. »Vielleicht sehe ich nicht mehr so schön aus, weil mein Gesicht jetzt tomatenrot ist«, murmle ich.

Es ist schön ... es ist wirklich schön, Komplimente zu bekommen.

Ich drehe mich um und mein Mund öffnet sich. »Wow. Du siehst auch wunderschön aus – ähm, ich meine, gut.« Ich zwinkere ihm eulenhaft zu.

Er trägt einen wunderschönen Anzug und sieht aus wie ein Dämonenprinz. Kleric lächelt, streicht mir eine Strähne meines bunten Haars hinters Ohr und tätschelt meinen Kiefer. »Wir sind heute Abend zum ersten Mal zum Essen verabredet, und ich habe mir gedacht ... wenn es dir recht ist, würde ich gern ein Familienessen daraus machen.«

Familienessen? Bei unserem ersten Date. Okaaay.

Ich bin nicht gut darin, Enttäuschung in meinem Gesicht zu verbergen.

Kleric räuspert sich, seine schwarzen Augen funkeln. »Wir sind heute Abend zum Essen in den Bau eingeladen.«

»Was?« Ich schnappe nach Luft. »Aber wie?« Habe ich etwas verpasst? Habe ich mir den Kopf gestoßen? Das wird nicht funktionieren. »Das geht nicht. Das ist das Haus von Story und wir können nicht ...« Ich strecke meine Hände aus, um meine ... unsere Größe zu zeigen, nur für den Fall, dass Kleric es nicht versteht.

»Und hier kommt deine Überraschung ins Spiel.« Kleric zieht eine rosafarbene Schachtel aus seinem Rücken. »Der Engel ist nicht der Einzige, der dich beschenken kann«, schließt er mit einem Knurren.

»Eifersüchtig, Baby?«, necke ich ihn und starre auf die hübsche rosa Schachtel in seiner Hand.

Sein Knurren verstummt schlagartig, als er meine Worte hört. »Hör auf, mich zu bemuttern.« Er ist herrlich empört, während er seine – beachtliche – Brust aufbläst. »Ich bin ein richtiger Mann.«

»Ja, Liebling. Natürlich bist du das. Es tut mir leid.« Ich mache ein Gesicht, das hoffentlich Mitleid ausdrückt, und tätschle seinen massiven Bizeps.

Er schüttelt die Schachtel in meine Richtung.

Ich nehme sie und öffne vorsichtig den Deckel. Unter einem Berg von Seidenpapier verbirgt sich ein weiß schimmernder Anhänger in Form eines Kobolds – ich betrachte ihn wie erstarrt.

Ist es das, was ich denke?

»Das ist ein Gary-Chappell-Alice-Amulett.« Er schiebt meine erstarrten Finger beiseite und hilft mir, das Amulett aus der Schachtel zu nehmen. Kleric legt es mir auf die Handfläche. Mein Herz klopft wie verrückt. »Es ist nach *Alice im Wunderland* benannt. Es verändert deine Größe, wann immer du willst.«

»Wow.« Ich starre ihn an und dann durch meine Wimpern. Ehrlich gesagt bin ich schockiert. »Das hast du mir als Überraschung gekauft? Das gehört mir? Ein Gary-Chappell-Alice-Amulett. Wirklich? Das ist ... das ist ...« Ich stottere. »Ist es echt?«, flüstere ich. Es fühlt sich echt an. Die Magie, die von dem kleinen Amulett ausgeht, ist gewaltig.

»Natürlich ist es echt.« Er nimmt das Kästchen aus meiner zitternden Hand und legt es aufs Bett. »Ich weiß, wie traurig es dich macht, dass du das neue Zuhause der Elfen nicht sehen kannst. Wenn es in meiner Macht steht, dich glücklich zu machen, dann werde ich es tun.« Verlegen zuckt er mit den Schultern. »Ich bin gut im

Verhandeln und habe es geschafft, die zwanzigjährige Warteliste zu überspringen und es für dich zu kaufen.«

Ich schniefe und tupfe mir mit der Spitze meines Zeigefingers über meine Wange. Mein ganzer Körper zittert. »Es wird meine Größe ändern, wann immer ich will? Wow. Einfach nur wow. Danke, vielen Dank. Das ist das schönste Geschenk, das ich je bekommen habe.«

Kleric lächelt selbstgefällig. Ich werfe mich in seine Arme und schniefe noch mehr. Dann ziehe ich mich stirnrunzelnd zurück und sehe ihn mit glasigem Blick an. »Was ist mit dir?«

»Ich bin ein Dämon. Ich kann ganz einfach meine Größe verändern.«

»Oh! O ja, das ergibt Sinn.« Das ist ein Traum. Das kann nicht echt sein. »Gehen wir wirklich zu ihnen zum Essen?«

»Wenn du möchtest.«

Ich nicke heftig. »Bitte.« Seine Augen treffen meine und die Sanftheit in seinem Blick trifft mich mitten ins Herz. Mein weiches Herz setzt für einen Schlag aus.

Kann er noch perfekter sein?

Auf dem Weg an mir vorbei küsst er meine Stirn.

O ja. Ja, das kann er.

Vielleicht habe ich mir mit all dem Mist, den mir das Schicksal zugeworfen hat, etwas Karma verdient und darf ihn behalten. Er gehört mir. Ich gebe ihn nicht auf. Niemals. Ich renne die Treppe hinunter und folge ihm.

Wir gehen nach draußen und gehen Hand in Hand den Weg zu Storys Haus. Als wir uns dem Baum nähern, in dem das Haus steht, nickt Kleric mir aufmunternd zu.

Es ist ein großer Moment. Ich lasse seine Hand los und spreche die Worte, um den Alice-Zauber zu aktivieren. Die Magie des Zaubers trifft mich und die Welt verschwindet. Es ist eine Achterbahnfahrt vom Feinsten. Mir dreht sich der Magen um, meine Ohren klingeln, der Wind rauscht um mich herum und mein buntes Haar schwebt. Als sie sich schwer auf meinen Rücken legen, bin ich winzig.

Mir wird schwindelig. Ich blinzle schnell, als die Welt wieder scharf wird. Ein riesiger Schuh, so groß wie ein Auto, steht neben mir, und als ich nach oben schaue, ist Kleric so groß wie ein Berg.

Nach wenigen Sekunden schrumpft Kleric auf meine Größe.

»Hallo«, sage ich und winke. Ich reibe mir den Hals und verziehe das Gesicht. »Ich dachte, meine Stimme würde sich quietschend anhören, aber ich glaube, sie klingt noch genauso.«

»Hi.« Seine Lippen zucken und er schüttelt den Kopf, als er den Schock in meinem Gesicht sieht. »Und ja, du klingst noch genauso.«

»Du auch.« Ich lehne mich an ihn. »Das ist beängstigend.«

»Ist schon gut. Wir passen aufeinander auf.« Er drückt meine verschwitzte Hand.

Es ist eigenartig, so klein zu sein. Vorsichtig schaue ich mich um. Ich bedaure, dass ich kein Schwert habe. Ich bin froh, dass es Winter ist, denn so klein möchte ich keiner Fliege begegnen. Alles fühlt sich fremd und gefährlich an.

Der Weg zum Bau ist riesig und die winzigen, erbsenförmigen Kieselsteine sehen aus wie riesige Felsen, auf denen man mit Absätzen nur schwer vorankommt. Die Bäume um uns herum sind unendlich hoch, und die solarbetriebenen Lampen am Wegesrand sind viel heller und größer als jede Straßenlaterne.

Die Welt sieht ganz anders aus, wenn man klein ist.

Wir gehen auf die geschwungene Eingangstür des Gebäudes zu, und bevor wir anklopfen können, wird sie geöffnet. Ich springe auf und starre voller Ehrfurcht hinein.

Der ganze Raum ist verwinkelt und mit Baumwurzeln und einer gewölbten Decke verziert. Ein Regenbogen aus Lichtern, Fae-Laternen, schwebt durch den Raum und hebt die besten Eigenschaften der Halle hervor.

»Wahrhaftig! Du bist gekommen.« Ich mache ein »Uff«, als Page sich auf mich wirft und ihre Arme um meine Taille legt.

Es ist surreal.

Ich umarme die zauberhafte grüne Fae. »Du bist so hübsch«, flüstert Page in meinen Bauch.

»Du auch«, sage ich ehrfürchtig und streiche ihr übers Haar.

»Ich kann nicht glauben, wie lange wir gewartet haben, bis du überhaupt vor der Tür standst. Einige von uns haben Hunger«, sagt Jeff. Er neigt den Kopf zur Seite und starrt mich an. »Ja, ich schätze, du bist hübsch für eine alte Person. Ich bin es so gewohnt, deine riesige Nase und die tiefen Nasenlöcher zu sehen«, scherzt er.

Ich denke nach.

»Danke?«

»Komm, Tru, komm und sieh dir das Haus und unsere Zimmer an.« Novel greift nach meiner Hand und zieht mich hinein, wobei eine noch anhänglichere Page zur Seite geschoben wird. Unbekümmert dreht sie sich um und greift nach meiner anderen Hand.

Ich kann nicht sprechen. Ich stehe unter Schock. Ich kenne diese Kinder, seit sie geboren wurden, und sie jetzt von Angesicht zu Angesicht zu sehen, ist ein seltsames, befremdliches Gefühl.

Ich höre jemanden barfuß laufen und reiße mich aus meiner Erstarrung, als Story um die Ecke kommt. Keuchend bleibt sie vor mir stehen.

Ein breites Lächeln erhellt ihr hübsches Gesicht. »Tru!«, ruft sie.

»Story?« O mein Gott. Ihre Haut ist genauso saphirblau, aber die Details ihrer Wangenknochen, die Form ihrer Lippen, die rotgoldenen Flecken in ihren Augen ... es ist, als hätte ich sie noch nie gesehen. Wir starren uns an. *Wir sind gleich groß,* denke ich vage.

Und dann bewegen wir uns, werfen uns die Arme um den Hals und umarmen uns zum ersten Mal richtig.

»Verdammt, das ist surreal«, sage ich mit belegter Stimme.

»Wir sind seit fast zehn Jahren beste Freundinnen, Schwestern, und das ist unsere erste richtige Umarmung«, sagt sie und drückt mich noch fester. »Warum haben wir das nicht schon früher gemacht?«

Wir lachen und lösen uns nach ein paar Minuten wieder.

Story nimmt meine Hand. »Willkommen in unserem Haus.«

»Es ist wunderschön«, sage ich zu ihr.

»Kommt, ihr zwei! Ralph deckt den Tisch. Ich hoffe, ihr habt Hunger.«

Ich schaue über die Schulter und suche Kleric. Er lehnt mit einem breiten Grinsen an der Wand.

Ich liebe dich, forme ich mit meinen Lippen.

Ich liebe dich mehr, antwortet Kleric.

Liebe Leserin, lieber Leser,

zunächst einmal *vielen Dank*, dass du meinem Buch eine Chance gegeben hast.

Wow, ich habe es noch mal geschafft. Ich hoffe, es hat dir gefallen. Wenn das der Fall ist und du Zeit hast, wäre ich dir sehr dankbar, wenn du eine Rezension schreiben könntest.

Jede Rezension macht einen *riesigen* Unterschied für einen Autor – vor allem für mich als brandneue, glänzende Autorin – und deine Rezension könnte anderen Lesern helfen, mein Buch zu entdecken. Ich würde das sehr zu schätzen wissen, und es wird mir helfen, weiter zu schreiben.

Tausend Dank!

Oh, und es besteht sogar die Möglichkeit, dass ich deine Rezension für meine Marketingkampagne auswähle. Kannst du dir das vorstellen? Das ist so aufregend!

Alles Liebe,
Brogan x

Brogan lebt mit ihrem Mann und ihren elf pelzigen Kindern in Irland: fünf pelzige Minions der Dunkelheit (auch bekannt als Katzen), vier Hellhounds (also Hunde) und zwei traditionelle Einhörner (fette, haarige Irish Tinker).

Im Jahr 2019 beschloss sie, ihre Verrücktheit auszuleben und über die imaginären Kreaturen, die in ihrem Kopf leben, zu schreiben. Ihre größte Liebe gehört ihrem pelzigen Lieblingskind Bob, dem Irish Tinker, und dann dem Lesen. Wenn sie nicht gerade liest oder schreibt, steckt sie knietief in Pferdeäpfeln und Fell und ignoriert dabei glückselig alle Erwachsenenpflichten.

amazon.com/author/broganthomas

facebook.com/BroganThomasBooks

instagram.com/broganthomasbooks

goodreads.com/Brogan_Thomas

bookbub.com/authors/brogan-thomas

BÜCHER VON BROGAN THOMAS

VERFLUCHTER WOLF
KREATUREN DER ANDERSWELT

VERFLUCHTER DÄMON
KREATUREN DER ANDERSWELT

VERFLUCHTER VAMPIR
KREATUREN DER ANDERSWELT

VERFLUCHTE HEXE
KREATUREN DER ANDERSWELT

VERFLUCHTE FAE
KREATUREN DER ANDERSWELT

VERFLUCHTER DRACHE
KREATUREN DER ANDERSWELT

REBELLISCHES EINHORN
REBELLIN AUS DER ANDERSWELT

REBELLISCHER VAMPIR
REBELLIN AUS DER ANDERSWELT

www.ingramcontent.com/pod-product-compliance
Lightning Source LLC
Chambersburg PA
CBHW061624210726
48287CB00001B/266